主编◎乔继堂
编委◎鄢晓霞／李剑霞／李晓丽／崔人元

# 中华散文百家

中华散文百家

石评梅◎著

李　霞◎选　编

# 石評梅 散文

上海科学技术文献出版社

上海图书馆馆藏经典阅读

# 出版说明

在中国文学史上，散文具有突出的地位，这恐怕是谁也不能否认的。在文体以有韵无韵区分的时代，散文与韵文相对，固然得占大半壁江山；即使是到了诗歌、散文、小说、戏剧四大文学体裁齐备的时代，散文亦是一方重镇。近世以来，其他文学样式尤其是小说等长足发展，但散文依然焕发着耀眼的光彩，不但有作家钟情此种文体，专事散文随笔的创作而卓成大家，即使以其他体裁创作为主的作家，也或多或少地从事过散文写作；而且由于散文体裁较为广泛的适用性，众多不以作家名世的人也留下了丰富的散文作品。这些散文作品不仅是我们的文学遗产，也是我们的思想文化遗产，其所蕴涵的滋育我们的营养真可谓“无穷无尽”。正是为了较为系统地整理这笔宝藏，挖掘其丰富营养，我们编辑出版了这套丛书。

这套丛书计划以二十世纪初为起点，以人为单位，从我国历代散文作家中选取名家精品，汇成丛集。入选作者除专门的散文家之外，自然也包括其他作家，甚至不以作家名世的作者；与此相应，不仅选取狭义的纯粹散文作品，也选取那些在历史上曾经影响甚巨但不那么纯粹的大散文作品，从而不仅体现散文的文学价值，更体现散文创作在思想文化方面的价值。也可以说，这是这套散文丛书最为突出的特色——不仅是文学的，更是思想文化的；不仅关乎写作技巧，更是关乎素质养成；不仅可供了解作家作品，更可以由此体察历史洪流、社会巨变的大风景……

丛书所选各家散文的编排，或按其原集编排，或重新分辑编排，一视作者原作情况而定。选文除作必要的技术处理外，其余一仍其旧，以见作品原貌。为了阅读的方便，对一些于今天的读者不太熟悉的专门术语等作了适当的注释。关于具体的编选情况，以及作者及其作品的情况，每一集后缀以编后语，给以简略的说明。

丛书计划分批相对集中出版，先期推出二十世纪上半叶的名家名作，随后向两个方向延伸，陆续成其规模，期于有所贡献。

愿广大读者襄助之；愿广大作者襄助之。

上海科学技术文献出版社

# 目　录


母亲 …… 1
玉薇 …… 10
露沙 …… 13
小苹 …… 16
梅隐 …… 20
漱玉 …… 24
小玲 …… 28
素心 …… 32
给庐隐 …… 36
寄山中的玉薇 …… 41
婧君 …… 45
寄海滨故人 …… 49
天辛 …… 56
涛语 …… 58
　一　微醉之后 …… 58
　二　父亲的绳衣 …… 60
　三　醒后的惆怅 …… 62
　四　夜航 …… 63
　五　“殉尸” …… 66
　六　一片红叶 …… 69
　七　象牙戒指 …… 71
　八　最后的一幕 …… 73

缄情寄向黄泉 …… 77
狂风暴雨之夜 …… 82
我只合独葬荒丘 …… 85
肠断心碎泪成冰 …… 90
梦回寂寂残灯后 …… 94

无穷红艳烟尘里 …… 99
梦回 …… 101
归来 …… 105
战壕 …… 108
社戏 …… 111
恐怖 …… 114
寄到狱里去 …… 117
深夜絮语 …… 121
一 凄怆的归途 …… 121
二 遗留在人间的哀恸 …… 122
三 笔端的惆怅 …… 123
梦呓 …… 125
墓畔哀歌 …… 128
偶然草 …… 133
冰场上 …… 135
噩梦中的扮演 …… 138
毒蛇 …… 140
偶然来临的贵妇人 …… 143
惆怅 …… 146
晚宴 …… 149
卸妆之夜 …… 151
蕙娟的一封信 …… 154
花神殿的一夜 …… 159

春之波 …… 162
心之波 …… 163
同是上帝的儿女 …… 167
梅花小鹿 …… 169
灰烬 …… 172
绿屋 …… 176
沄沁 …… 178
雪夜 …… 181
爆竹声中的除夕 …… 185

报告停办后的女师大 …… 189
女师大惨剧的经过 …… 194
血尸 …… 199
痛哭和珍 …… 202

武昌的名胜 …… 205
金陵的古迹 …… 210
西湖的风景 …… 216
龙潭之滨 …… 231
翠峦清潭畔的石床 …… 234

《妇女周刊》发刊词 …… 238
再读《兰生弟的日记》 …… 240

编者后记 …… 247

# 母　亲

母亲！这是我离开你，第五次度中秋，在这异乡——在这愁人的异乡。

我不忍告诉你，我凄酸独立在枯池旁的心境，我更不忍问你团圆宴上偷咽清泪的情况。

我深深地知道：系念着漂泊天涯的我，只有母亲；然而同时感到凄楚黯然，对月挥泪，梦魂犹唤母亲的，也只有你的女儿！

节前许久未接到你的信，我知道你并未忘记中秋；你不写的缘故，我知道了，只为了规避你心幕底的悲哀。月儿的清光，揭露了的，是我们枕上的泪痕；她不能揭露的，确是我们一丝一缕的离恨！

我本不应将这凄楚的秋心寄给母亲，重伤母亲的心；但是与其这颗心，悬在秋风吹黄的柳梢，沉在败荷残茎的湖心，最好还是寄给母亲。假使我不愿留这墨痕，在归梦的枕上，我将轻轻地读给母亲。假使我怕别人听到，我将折柳枝，蘸湖水，写给月儿，请月儿在母亲的眼里映出这一片秋心。

挹清嫂很早告诉我，她说：

“妈妈这些时为了你不在家怕谈中秋，然而你的顽皮小侄女昆林，偏是天天牵着妈妈的衣角，盼到中秋。我正在愁着，当家宴团圆时，我如何安慰妈妈？更怎能安慰千里外凝眸故乡的妹妹？我望着月儿一度一度圆，然而我们的家宴从未曾一次团圆。”

自从读了这封信，我心里就隐隐地种下恐怖，我怕到月圆，和母亲一样了。但是她已慢慢地来临，纵然我不愿撕月份牌，然而月儿已一天一天圆了！

十四的下午，我拿着一个月的薪水，由会计室出来，走到我办公处时，我的泪已滴在那一卷钞票上。母亲！不是为了我整天的工作，工资微少，不是为了债主多，我的钱对付不了，不是为了发的迟，不能买点异乡月饼，献给母亲尝尝，博你一声微笑。只因：为了这一卷钞票我才流落在北京，不能在故乡，在母亲的膝下，大嚼母亲赐给的果品。然而，我不是为了钱离开母亲，我更不是为了钱弃故乡。

你不是曾这样说吗，母亲：

“你是我的女儿，同时你也是上帝的女儿，为了上帝你应该去爱别人，去帮助别人。去吧！潜心探求你所不知道的，勤恳工作你所能尽力的。去吧！离开我，然而你却在上帝的怀里。”

因之，我离开你漂泊到这里。我整天的工作，当夜晚休息时，揭开帐门，看见你慈爱的像片时，我跪在地下，低低告诉你：

“妈妈！我一天又完了。然而我只有忏悔和惭愧！我莫有检得什么，同时我也未曾给人什么！”

有时我胜利的微笑，有时我痛恨的大哭，但是我仍这样工作，这样每天告诉你。

这卷钞票我如今非常爱惜，她曾滴满了我思亲泪！但是我想到母亲的叮咛时，我很不安，我无颜望着这重大的报酬。

因此，我更想着母亲——我更对不起遥远的山城里，常默祝我尽职的母亲！

十五那天早晨很早就醒了，然而我总不愿起来；母亲，你能猜到我为了什么吗？

林家弟妹，都在院里唱月儿圆，在他们欢呼高吭的歌声里，激荡起我潜伏已久的心波，揭现了心幕底沉默的悲哀。我悄悄地咽着泪，揭开帐门走下床来；打开我的头发，我一丝一丝理着，像整理烦乱一团的心丝。母亲！我故意慢慢地迟延，两点钟过去了，我成功了的是很松乱的髻。

小弟弟走进来，给我看他的新衣裳，女仆走进来望着我拜节，我都付之一笑。这笑里映出我小时候的情形，映出我们家里今天的情形；母亲！你们春风沉醉的团圆宴上，怎堪想想寄人篱下的游子！

我想写信，不能执笔；我想看书，不辨字迹；我想织手工，我想抄《心经》；但是都不能。我后来想拿下墙上的洞箫，把我这不宁的心绪吹出；不过既非深宵，又非月夜，哪是吹箫的时节！后来我想最好是翻书箱，一件一件拿出，一本一本放回，这样挨过了半天，到了吃午餐时候。

不晓的怎样，在这里住了一年的旅客，今天特别局促起来，举箸时，我的心颤跳得更利害；不知是否，母亲你正在念着我？一杯红滟滟的葡萄酒，放在我面前，我不能饮下去，我想家里的团圆宴上少了我，这里的团圆宴上却多了我。虽然人生旅途，到处是家，不过为了你，我才绻恋着故乡；母怀是我永久倚凭的柱梁，也是我破碎灵魂，最终归宿的坟墓。

母亲！你原谅我吧！当我情感流露时，允许我说几句我心里要说的话，你不要迷信不吉祥而阻止，或者责怪我。

我吃饭时候，眼角边看见炉香绕成个卍字，我忽然想到你跪在观音面前烧香的样子，你惟一祷告的一定是我在外边“身体康健，一切平安”！母亲！我已看见你龙钟的身体，慈笑的面孔；这时候我连饭带泪一块儿咽下去。干咳了一声，他们都用怜悯的目光望我，我不由地低下头，觉着脸有点烧了。母亲！这是我很少见的羞涩。

林家妹妹，和昆林一样大；她叫我“大姊姊”；今天吃饭时，我屡次偷看她，不晓得为什么因为她，我又想起围绕你膝下，安慰欢愉你的侄女。惭愧！你枉有偌大的女儿；母亲！你枉有偌大的女儿！

吃完饭，晶清打电话约我去万牲园。这是我第一次去看她们创造成功的学校：地址虽不大，然而结构确很别致，虽不能及石驸马大街富丽的红楼，但似乎仍不失小家碧玉的居处。

因此，我深深地感到了她们缔造艰难的苦衷了！

清很凄清，因她本有几分愁，如今又带了几分孝，在一棵垂柳下，转出来低低唤了一声"波微"时，我不禁笑了，笑她是这般娇小！

我们聚集了八个人，八个人都是和我一样离开了母亲，和我一样在万里外漂泊，和我一样压着凄哀，强作欢笑地度这中秋节。

母亲！她们家里的母亲，也和你想我一样想着她们；她们也正如我般绻怀着母亲。

我们漂零的游子能凑合着在天涯一角底勉为欢笑，然而你们做母亲的，连凑合团聚，互谈谈你们心思的机会都莫有。因之，我想着母亲们的悲哀一定比女孩儿们的深沉！

我们缘着倾斜乱石，摇摇欲坠的城墙走，枯干一片，不见一株垂柳绿荫。砖缝里偶而有几朵小紫花，也莫有西山上的那样令人注目；我想着这世界已是被人摒弃了的。

一路走着，她们在前边，我和清留在后边。我们谈了许多去年今日，去年此时的情景；并不曾令我怎样悲悼，我只低低念着：

惊节序，
叹沉浮，
秾华如梦水东流；
人间何事堪惆怅，
莫向横塘问旧游。

走到西直门，我们才雇好车。这条路前几月我曾走过，如今令我最惆怅的，便是找不到那一片翠绿的稻田，和那吹人醺醉的惠风；只感到一阵阵冷清。

进了门，清低低叹了口气，我问问"为什么事你叹息？"她莫有答应我。多少不相识的游人从我身旁过去，我想着天涯漂泊者的滋味，沉默地站在桥头。这时，清握着我手说：

“想什么？我已由万里外归来。”

母亲！你当为了她伤心，可怜她无父无母的孤儿，单身独影漂泊在这北京城；如今歧路徘徊，她应该向那处去呢？纵然她已从万里外归来，我固然好友相逢，感到快愉。但是她呢？她只有对着黄昏晚霞，低低唤她死了的母亲；只有望着皎月繁星洒几点悲悼父亲的酸泪！

猴子为了食欲，做出种种媚人的把戏，栏外的人也用了极少的诱惑，逗着它的动作；而且在每人的脸上，都轻泛着一层胜利的微笑，似乎表示他们是聪明的人类。我和清都感到茫然，到底怎样是生存竞争的工具呢？当我们笑着小猴子的时候，我觉着似乎猴子也正在窃笑着我们。

她们许多人都回头望着我们微笑，我不知道为了什么！琼妹忍不住了。她说：

“你看梅花小鹿！”

我笑了，她们也笑了；清很注意的看着栏里。琼妹过去推她说：

“最好你进去陪着她，直到月圆时候。”

母亲！梅花小鹿的故事，是今夏我坐在葡萄架下告诉过你的；当你想到时，一定要拿起你案上那只泥做的梅花小鹿，看着她是否依然无恙；母亲！这是我永远留着它伴着你的。

经过了眠鸥桥，一池清水里，漂浮着几个白鹅；我望着碧清的池水，感到四周围的寂静。我的心轻轻地跳了，在这样死静的小湖畔，我的心不知为什么反而这样激荡着？我寻着人们遗失了的，在我偶然来临的路上；然而却失丢了我自己竞守着的，在这偶然走过的道上。

在这小桥上，我凝望着两岸无穷的垂柳。垂柳！你应该认识我，在万千来往的游人里，只有我是曾经用心的眼注视着你，这一片秋心，曾在你的绿荫深处停留过。

天气渐渐黯淡了，阳光慢慢叫云幕罩了；我们踏着落叶，信步走向不知道的一片野地里去。过了福香桥，我们在一个小湖边的山石上坐着，清告诉我她在这里的一段故事。

四个月前清、琼、逸来到这里。过了福香桥有一个小亭，似乎是从未叫人发现过的桃源。那时正是花开得十分鲜艳的时候，逸和琼折下柳条和鲜花，给她编了一顶花冠，逸轻轻地加在她的头上。晚霞笑了，这消息已由风儿送遍园林，许多花草树林都垂头朝贺她！

她们恋恋着不肯走，然而这顶花冠又不能带出园去，只好仍请逸把它悬在柳丝上。

归来的那晚上就接到翠湖的凶耗！清走了的第二个礼拜，琼和逸又来到这里，那顶花冠依然悬在柳丝上，不过残花败柳，已憔悴得不忍再睹。这时她们猛觉得一种凄凉紧压着，不禁对着这枯萎的花冠痛哭！不愿她再受风雨的摧残，拿下来把她埋在那个小亭畔；虽然这样，但是她却造成一段绮艳的故事。

我要虔诚地谢谢上帝，清能由万里外载着那深重的愁苦归来，更能来到这里重凭吊四月前的遗迹。在这中秋，我们能团集着；此时此景，纵然凄惨也可自豪自慰！

母亲！我不愿追想如烟如梦的过去，我更不愿希望那荒渺未卜的将来，我只尽兴尽情地快乐，让幻空的繁华都在我笑容上消灭。

母亲！我不敢欺骗你，如今我的生活确乎大大改变了，我不诅咒人生，我不悲欢人生，我只让属于我的一切事境都像闪电，都像流星。我时时刻刻这样盼着！当箭放在弦上时，我已想到我的前途了。

我们由动物园走到植物园，经过许多残茎枯荷的池塘，荒芜落叶的小径；这似我心湖一样的澄静死寂，这似我心湖边岸一样的枯憔荒凉。我在豳风堂前望着那一池枯塘，向韵姊说：

“你看那是我的心湖！”

她不能回答我，然而她却说：

“我应该向你说什么？”

我深深地了解她的心，她的心是这般凄冷。不过在这样旧境重逢时，她能不为了过去的春光惆怅吗？母亲！她是那年你曾鉴赏过她的大笔的；然而，她如椽的大笔，未必能写尽她心中的惆怅，因为她的愁恨是那样深沉难测呵！

天气阴沉地令人感着不快，每个人都低了头幻想着自己心境中的梦乡；偶然有几句极勉强的应酬话，然而不久也在沉寂的空气中消失了。

清似乎想起什么一样，站起身来领着我就走，她说：“我领你到个地方去看看。”

这条道上，莫有逢到一个人。缘道的铁线上都晒着些枯干的荷叶，我低着头走了几十步，猛抬头看见巍峨高耸的四座塔形的墓。荒丛中走不过去，未能进去细看；我回头望望四周的环境，我觉着不如陶然亭的寥阔而且凄静，萧森而且清爽。陶然亭的月亮，陶然亭的晚霞，陶然亭的池塘芦花，都是特别为坟墓布置的美景，在这个地方埋葬几个烈士或英雄，确是很适宜的地方。

母亲！在陶然亭芦苇池塘畔，我曾照了一张独立苍茫的小像；当你看见它时，或许因为我爱的地方，你也爱它；我常常这样希望着。

我们见了颓废倾圮，荒榛没胫的四烈士墓，真觉为了我们的先烈难过。万牲园并不是荒野废墟，实不当忍使我们的英雄遗骨，受这般冷森和凄凉！就是不为了纪念先贤，也应该注意怎样点缀风景！我知道了，这或许便是中国内政的缩影吧！

隔岸有鲜红的山查果，夹着鲜红的枫树，望去像一片彩霞。我和清拂着柳丝慢慢走到印月桥畔；这里有一块石头，石头下是一池碧清的流水；这块石头上，还刊着几行小诗，是清四月间来此假寐过的。她是这样处处留痕迹，我呢，我愿我的痕迹，永远留在我心上，默默地留在我心上。

我走到枫树面前，树上树下，红叶铺集着。远望去像一条红毡。我想拣一片留个纪念，但是我莫有那样勇气，未曾接触它前，我已感到凄楚了。母亲！我想到西湖紫云洞口的枫叶，我想到西山碧云寺里的枫叶；我伤心，那一片片绯红的叶子，都给我一样的悲哀。

月儿今夜被厚云遮着，出来时或许要到夜半，冷森凄寒这里不能久留了；园内的游人都已归去，徘徊在暮云暗淡的道上的只有我们。

远远望见西直门的城楼时，我想当城圈里明灯辉煌，欢笑歌唱的时候，城外荒野尚有我们无家的燕子，在暮云底飞去飞来。母亲！你听到时，也为我们漂泊的游儿伤心吗？不过，怎堪再想，再想想可怜穷苦的同胞，除了悬梁投河，用死去办理解决一切生活逼迫的问题外，他们求如我们这般小姐们的呻吟而不可得。

这样佳节，给富贵人作了点缀消遣时，贫寒人确作了勒索生命的符咒。

七点钟回到学校，琼和清去买红玫瑰，芝和韵在那里料理果饼；我和侠坐在床沿上谈话。她是我们最佩服的女英雄，她曾游遍江南山水，她曾经过多少困苦；尤其令人心折的是她那娇嫩的玉腕，能飞剑取马上的头颅！我望着她那英姿潇洒的丰神，听她由上古谈到现今，由欧洲谈到亚洲。

八时半，我们已团团坐在这天涯地角，东西南北凑合成的盛宴上。月儿被云遮着，一层一层刚褪去，又飞来一块一块的絮云遮上；我想执杯对月儿痛饮，但不能践愿，我只陪她们浅浅地饮了个酒底。

我只愿今年今夜的明月照临我，我不希望明年今夜的明月照临我！假使今年此日月都不肯窥我，又那能知明年此日我能望月！在这模糊阴暗的夜里，凄凉肃静的夜里，我已看见了此后的影事。母亲！逃躲的，自然努力去逃躲，逃躲不了的，也只好静待来临。我想到这里，我忽然兴奋起来，我要快乐，我要及时行乐；就是这几个人的团宴，明年此夜知道还有谁在？是否烟消灰熄？是否风流云散？

母亲！这并不是不祥的谶语，我觉着过去的凄楚，早已这样告诉我。

虽然陈列满了珍馔，然而都是含着眼泪吃饭；在轻笼虹彩的两腮上，隐隐现出两道泪痕。月儿朦胧着，在这凄楚的筵上，不知是月儿愁，还是我们愁？

杯盘狼藉的宴上，已哭了不少的人；琼妹未终席便跑到床上哭了，母亲！这般小女孩，除了母亲的抚慰外，谁能解劝她们？琼和秀都伏在床上痛哭！这谜揭穿后谁都是很默然地站在床前，清的两行清泪，已悄悄地滴满襟头！她怕我难过，跑到院里去了。我跟她出来时，忽然想到亡友，他在凄凉的坟墓里，可知道人间今宵是月圆。

夜阑人静时，一轮皎月姗姗地出来；我想着应该回到我的寓所去了。到门口已是深夜，悄悄的一轮明月照着我归来。

月儿照了窗纱，照了我的头发，照了我的雪帐；这里一切连我的灵魂，整个都浸在皎清如水的月光里。我心里像怒涛涌来似的凄酸，扑到床缘，双膝脆在地下，我悄悄地哭了，在你的慈容前。

（原刊 1925 年 10 月 7 日、14 日

《京报副刊·妇女周刊》第 43、44 期）

# 玉　薇

久已平静的心波，又被这阵风雨，吹皱了几圈纤细的银浪，觉着窒息重压的都是乡愁。谁能毅然决然用轻快的剪刀，挥断这自吐自缚的罗网呵！

昨天你曾倚着窗默望着街上往来的车马，有意无意地问我：

“波微！前些天你寄我那封信含蓄着什么意思?”

我当时只笑了笑，你说了几声“神秘”就走了。今天我忽然想告你一切，大胆揭起这一角心幕给你看：只盼你不要讥笑，也不要惊奇。

在我未说到正文以前，先介绍你看一封信，这封信是节录地抄给你：

> 飞蛾扑火而杀身，青蚕作茧以自缚，此种现象，岂彼虫物之灵知不足以见及危害？要亦造物网罗有一定不可冲破之数耳。物在此网罗之中，人亦在此网罗之中，虽大力挣扎亦不能脱。
>
> 君谓“人之所幸幸而希望者，亦即我惴惴然而走避者”，实告君，我数年前即为坚抱此趋向之一人，然而信念自信念，事实则自循其道路，绝不与之相侔；结果，我所讪笑为追求者固溺矣，即我走避者，人何曾逃此藩篱?
>
> 世界以有生命而存在，我在其狂涡呓梦之中，君亦在其狂涡呓梦之中；吾人虽有时认得狂涡呓梦，然所能者仅不过认识，实际命运则随此轮机之旋转，直至生命静寂而后已。
>
> 吾人自有其意志，然此意志，乃绝无权处置其命运，宰制

之者乃一物的世界。人苟劝我以憬悟，勿以世为有可爱溺之者；我则愿举我之经验以相告，须知世界绝不许吾人自由信奉其意志也。

我乃希望世人有超人，但却绝不信世上会有超人，世上只充满庸众。吾人虽或较认识宇宙；但终不脱此庸众之范围，又何必坚持违生命法则之独见，以与宇宙抗？

看完这封信，你不必追究内容是什么？相信我是已经承认了这些话是经验的事实的。

近来，大概只有两个月吧！忽然觉得我自己的兴趣改变了，经过许多的推测，我才敢断定我，原来在不知什么时候，我忽然爱恋着一个十七八岁的少女，她是我的学生。

这自然是一种束缚，我们为了名分地位的隔绝，我们的心情是愈压伏愈兴奋，愈冷淡愈热烈；直到如今我都是在心幕底潜隐着，神魂里系念着。她栖息的园林，就是我徘徊萦绕的意境，也就是命运安排好的囚笼。两月来我是这样沉默着抱了这颗迂回的心，求她的收容。在理我应该反抗，担我决不去反抗，纵然我有力毁碎，有一切的勇力去搏斗，我也不去那样做。假如这意境是个乐园，我愿作个幸福的主人，假如这意境是囚笼，我愿作那可怜的俘虏。

我确是感到一种意念的疲倦了。当桂花的黄金小瓣落满了雪白的桌布，四散着清澈的浓香，窗外横抹着半天红霞时；我每每沉思到她那冷静高洁的丰韵。朋友！我心是这样痴，当秋风吹着枯黄的落叶在地上旋舞，枝上的小鸟悼伤失去的绿荫时，我心凄酸的欲流下泪来；但这时偶然听见她一声笑语，我的神经像在荒沙绝漠寻见绿洲一样的欣慰！

我们中间的隔膜，像竹篱掩映着深密芬馥的花朵，像浮云遮蔽着幽静皎洁的月光，像坐在山崖上默望着灿烂的星辉，听深涧流水，疑惑是月娥环佩声似的那样令人神思而梦游。这都是她赐给我的，惟其是说不出，写不出的情境，才是人生的甜蜜，艺术的精深呢！

我们天天见面，然而我们都不说什么话，只彼此默默地望一望。尝试了这种神秘隐约的力的驱使，我可以告诉你，似在月下轻弹琵琶的少女般那样幽静，似深夜含枚急驱的战士般那样渺茫，似月下踏着红叶，轻叩寺门的老僧那样神远而深沉。但是除了我自己，绝莫有人相信我这毁情绝义的人，会为了她使我像星星火焰，烧遍了原野似的不可扑灭。

有一天下午，她轻轻推开门站在我的身后，低了头编织她手中的线绳，一点都没有惊动我；我正在低头写我的日记，恰巧我正写着她的名字。她轻轻地叫了一声，我抬起头来从镜子里看见她，那时我的脸红了！半晌才说了一句不干紧要的话敷衍下去；坦白天真的她，何曾知道我这样局促可怜。

我只好保留着心中的神秘，不问它银涛雪浪怎样淹没我，相信那里准有个心在——那里准有个海在。

写到这里我上课去了。吃完饭娜君送来你的信，我钦佩你那超越世界系缚的孤渺心怀，更现出你是如何的高洁伟大，我是如何的沉恋渺小呵！最后你因为朋友病了，战争阻了你的归途，你万分诅恨和惆怅！诚然，因为人类才踏坏了晶洁神秘的原始大地，留下这疏散的鸿爪；因为人类才废墟变成宫殿，宫殿又变成丘陵；因为人类才竭血枯骨，攫去大部分的生命，装璜一部分的光荣。

我们只爱着这世界，并不愿把整个世界供我支配与践踏。我们也愿意戴上银盔，骑上骏马，驰骋于高爽的秋郊，马前有献花的村女，四周有致敬的农夫；但是何忍白玉杯里酌满了鲜血，旗麾下支满了枯骨呢？自然，我们永远是柔弱的女孩，不是勇武的英雄。

这几夜月儿皎莹，心情也异常平静。心幕上掩映着的是秋月，沙场，凝血，尸骸；要不然就是明灯绿帏下一个琴台上沉思的倩影。玉薇！前者何悲壮，后者何清怨？

# 露　沙

昨夜我不知为了什么，绕着回廊走来走去的踱着，云幕遮蔽了月儿的皎靥，就连小星的微笑也看不见，寂静中我只渺茫的瞻望着黑暗的远道，毫无意志地痴想着。

算命的鼓儿，声声颤荡着，敲破了深巷的沉静。我靠着栏杆想到往事，想到一个充满诗香的黄昏，悲歌慷慨的我们。

记得，古苍的虬松，垂着长须，在晚风中：对对暮鸦从我们头上飞过，急箭般隐入了深林。在平坦的道上，你慢慢地走着，忽然停步握紧了我手说：

“波微！只有这层土上，这些落叶里，这个时候，一切是属于我们的。”

我没有说什么，检了一片鲜红的枫叶，低头夹在书里。当我们默然穿过了深秋的松林时，我慢走了几步，留在后面，望着你双耸的瘦肩，急促的步履，似乎告诉我你肩上所负心里隐存的那些重压。

走到水榭荷花池畔，坐在一块青石上，抬头望着蔚蓝的天空；水榭红柱映在池中，蜿蜒着像几条飞舞的游龙。云雀在枝上叫着，将睡了的秋蝉，也引得啾啾起来。白鹅把血红的嘴，黑漆的眼珠，都曲颈藏在雪绒的翅底；鸳鸯激荡着水花，昂首游泳着。那翠绿色的木栏，是聪明的人类巧设下的藩篱。

这时我已有点醺醉，看你时，目注着石上的苍苔，眼里转动着一种神秘的讪笑，猜不透是诅咒，还是赞美！你慢慢由石上站起，我也跟着你毫无目的地走去。到了空旷的社稷坛，你比较有点勇气了，提着裙子昂然踏上那白玉台阶时，脸上轻浮着女王似的骄傲尊贵，晚风似侍女天鹅的羽扇，拂着温馨的和风，袅袅的圈绕着你。望西方荫深的森林，烟云冉冉，树叶交织间，露出一角静悄悄重锁的宫殿。

我们依偎着，天边的晚霞，似纱帷中掩映着少女的桃腮，又像爱人手里抱着的一束玫瑰。渐渐的淡了，渐渐的淡了，只现出几道青紫的卧虹，这一片模糊暮云中，有诗情也有画景。

远远的军乐，奏着郁回悲壮之曲，你轻踏着蛮靴，高唱起“古从军”曲来，我虽然想笑你的狂态浪漫，但一经沉思，顿觉一股冰天的寒风，吹散了我心头的余热。无聊中我绕着坛边，默数上边刊着的青石，你忽然转头向我说：

“人生聚散无常，转眼漂泊南北，回想到现在，真是千载难遇的良会，我们努力快乐现在吧！”

当时我凄楚的说不出什么；就是现在我也是同样的说不出什么，我想将来重翻起很厚的历史，大概也是说不出什么。

往事只堪追忆，一切固然是消失地逃逸了。但我们在这深夜想到时，过去总不是概归空寂的，你假如能想到今夜天涯沦落的波微，你就能想到往日浪漫的遗迹。但是有时我不敢想，不愿想，月月的花儿开满了我的园里，夜夜的银辉，照着我的窗帏，她们是那样万古不变。我呢！时时在上帝的机轮下回旋，令我留恋的不能驻停片刻，令我恐惧的又重重实现。露沙！从前我想着盼着的，现在都使我感到失望了！

自你走后，白屋的空气沉寂的像淡月凄风下的荒冢，我似暗谷深林里往来飘忽的幽灵；这时才感到从前认为凄绝冷落的谈话，放浪狂妄的举动，现在都化作了幸福的安慰，愉快的兴奋。在这长期的沉寂中，屡次我想去信问候你的近况，但慵懒的我，搁笔直到如今。上次在京汉路中读完《前尘》，想到你向我索感的信，就想写信，这次确是能在你盼望中递到你手里了。

读了最近写的信，知你柔情万缕中，依稀仍珍藏着一点不甘雌伏的雄心，果能如此，我觉十分欣喜！原知宇宙网罗，有时在无意中无端的受了系缚；云中翱翔的小鸟，猎人要射击时，谁能预防，谁能逃脱呢！爱情的陷入也是这样。

你我无端邂逅，无端结交，上帝的安排，有时原觉多事，我于是常奢望着你，在锦帷绣帏中，较量柴米油盐之外，要承继着从前的希望，努力作未竟的事业；因之，不惮烦嚣在香梦朦胧时，我常督促你的警醒。不过，一个人由青山碧水到了崎岖荆棘的路上，由崎岖荆棘又进了柳暗花明的村庄，已感到人世的疲倦，在这期内，彻悟了的自然又是一种人生。

在学校时，我见你激昂慷慨的态度，我曾和婉说你是“女儿英雄”，有时我逢见你和宗莹在公园茅亭里大嚼时，我曾和婉说你是“名士风流”，想到扶桑余影，当你握着利如宝剑的笔锋，铺着云露天样的素纸，立在万丈峰头，俯望着千仞飞瀑的华严泷，凝思神往的时候，原也曾独立苍茫，对着眼底河山，吹弹出雄壮的悲歌；曾几何时，栉风沐雨的苍松，化作了醉醺阳光的蔷薇。

但一想到中国妇女界的消沉，我们懦弱的肩上，不得不负一种先觉觉人的精神，指导奋斗的责任，那末，露沙呵！我愿你为了大多数的同胞努力创造未来的光荣，不要为了私情而抛弃一切。

我自然还是那样屏绝外缘，自谋清静，虽竭力规避尘世，但也不见得不坠落人间；将来我计划着有两条路走，现暂不告你，你猜想一下如何？

从前我常笑你那句“我一生游戏人间，想不到人间反游戏了我”。如今才领略了这种含满了血泪的诉述。我正在解脱着一种系缚，结果虽不可预知，但情景之悲惨，已揭露了大半，暗示了我悠远的恐惧。不过，露沙！我已经在心田上生根的信念，是此身虽朽，而此志不变的；我的血脉莫有停止，我和情感的决斗没有了结，自知误己误人，但愚顽的我，已对我灵魂宣誓过这样去做。

十三，九，二十。

# 小　萍

五月九号的夜里，我由晕迷的病中醒来，翻身向窗低低地叫你；那时我辨不清是些谁们，总有三四个人围拢来，用惊喜的目光看着我。当时，并未感到你不在，只觉着我的呼声发出后，回应只渺茫地归于沉寂。

十号清晨，夜梦归来，红霞映着朝日的光辉，穿透碧纱窗帏射到我的脸上，感到温暖的舒适；芷给我煎了药拿进来时，我问她："小萍呢?"她踟蹰了半天，才由抽屉里拿出一封信给我。拆开看完，才知道你已经在七号的夜里，离开北京——离开我走了。

当时我并未感到什么，只抬起头望着芷笑了笑。吃完药，她给我掩好绒单，向我耳畔低低说："你好好静养，下课后我来伴你，晚上新月社演戏，我不愿意去了。你睡罢，醒来时我就坐在你床边了。"她轻拿上书，披上围巾，向我笑了笑，掩上门出去了。

她走后不到十分钟，这小屋沉寂地像深夜墟墓般阴森，耳畔手表的声音，因为静默了，仿佛如塔尖银钟那样清悠，雪白的帐子，被微风飘拂着似乎在动，这时感到宇宙的空寂，感到四周的凄静，一种冷涩的威严，逼得我蜷伏在病榻上低低地哭了！没有母亲的抚爱，也无朋友的慰藉，无聊中我想到小时候，怀中抱着的猫奴，和足底跳跃的小狗，但现在我也无权求它们来解慰我。

水波上无意中飘游的浮萍，逢到零落的花瓣，刹那间聚了，刹那间散了，本不必感离情的凄惘；况且我们在这空虚无一物可取的人间，曾于最短时间内，展开了心幕，当春残花落，星烂月明的时候，我们手相携，头相依，在天涯一角，同声低诉着自己的命运而凄楚呢！只有我们听懂孤雁的哀鸣，只有我们听懂夜莺的悲歌，也只有你了解我，我知道你。

自从你由学校辞职，来到我这里后，才能在夜深联床，低语往事中，了解了你在世界上的可怜和空虚。原来你纵有明媚的故乡，不能归去，虽有完满的家庭，也不能驻栖；此后萍踪浪迹，漂泊何处，小萍！我为你感到了地球之冷酷。

你窈窕的倩影，虽像晚霞一样，渐渐模糊地隐退了，但是使我想着的，依然不能忘掉；使我感着永久隐痛的，更是因你走后，才感到深沉。记得你来我处那天，搬进你那简单的行装，随后你同我惨惨地一笑！说："波微！此后我向哪里去呢？"就是那天夜里，我由梦中醒来，依稀听到你在啜泣，我问你时，你硬赖我是做梦。

一个黄昏，我已经病在床上两天了，不住的呻吟着，你低着头在地下转来转去地踱着，自然，不幸的你更加心情杂乱，神思不定为了我的病。当时我寻不出一句相当的话来解慰你，解慰自己，只觉着一颗心，渐渐感到寒颤，感到冷寂。萍！我不敢想下去了，我感到的，自然你更觉得深刻些。所以，我病了后，我常顾虑着，心头的凄酸，眉峰的郁结，怕憔悴瘦削的你肩载不起。

但真未想到你未到天津，就病在路上了！

你现在究竟要到哪里去？

从前我相信地球上只有母亲的爱是真爱，是纯洁而不求代价的爱，爱自己的儿女，同时也爱别人的儿女。如今，我才发现了人类的偏狭，忌恨，惨杀毒害了别人的儿女，始可为自己的儿女们谋到福利，表示笃爱。可怜的萍！因之，你带着由继母臂下逃逸的小弟弟，向着无穷遥远，陌生无亲的世界中，挣扎着去危机四伏的人海中漂流去了。上帝呵！你保佑他们，一对孤苦无人怜的姊弟们到哪里去？

有时我在病榻上跃起来大呼着，"不如意的世界要我们自己的力量去粉碎！"自然生命一日不停止，我们的奋斗不能休息。但有时，我又懦弱的想到死，为远避这些烦恼痛苦，渴望着有一个如意的解决。不过，你为了扶植弱小的弟弟，尚且不忍以死卸责，我有年高的双亲，自然不能在他们的抚爱下自求解脱。为了别人牺牲自己，也是上帝的聪明，令人们一个一个系恋着不能自由的好处。

你相信人是不可加以爱怜的，你在无意中施舍了的，常使别人在灵魂中永远浸没着不忘。我自你走了之后，梦中常萦绕着你那幽静的丰神，不管黄昏或深宵，你憔悴的倩影，总是飘浮在眼底。有时由恐怖之梦中醒来，我常喊着你的名字，希望你答应我，或即刻递给我一杯茶水，但遭了无声息的拒绝后，才知道你已抛弃下我走了。这种变态的情形，不愿说我是爱你，我是正在病床上僵卧着想你罢！不知夜深人静，你在漂泊的船上，也依稀忆到恍如梦境般，有个曾被你抛弃的朋友。

我的病现已见好，她们说再有两礼拜可以出门了。我也乐得在此密织神秘的病神网底，如疲倦的旅客，倚伏在绿荫下求暂时的憩息。昨天我已能扶着床走几步了，等她们走了不监视我时，我还偷偷给母亲写了几个字，我骗她说我忙得很，所以这许久未写信给她；但到如今我还担心着，因为母亲看见我倾斜颠倒的字迹，或者要疑心呢！

前一礼拜，天辛来看我，他说不久要离开北京，为了一个心的平静，那个心应当悄悄地走了。今天清晨我接到他由天津寄给我的一张画，是一片森林夹着一道清溪，树上地上都铺着一层雪，森林后是一抹红霞，照着雪地，照着森林。后面写着：

I have cast the world
And think means nothing
Yet I feel cold on snow-falling day
And happy on flower day

我常盼我的隐恨，能如水晶屏一样，令人清白了然；或者像一枝红烛，摇曳在晦暗的帏底，使人感到光亮，这种自己不幸，同时又令别人不幸的事，使我愤怨诅咒上帝之不仁至永久，至无穷。

病以后，我大概可以变了性情，你也不必念着我，相信我是始终至死，不毁灭我的信仰，将来命运的悲怆，已是难免的灾患，好吧！我已经静静地等候着有那么一天，我闭着眼听一个玛瑙杯碎在岩石上的声音。

今天是星期一，她们都很忙，所以我能写这样长信，从上午九点，写到下午三点，分了几次写，自然是前后杂乱，颠倒无章，你当然只要知道我在天之涯，尚健全地能挥毫如意地写信给你，已感到欣慰了吧！

这次看到西湖时，还忆得仙霞岭捡红叶的人吗？

十三年五月十九日病榻畔

# 梅　隐

五年前冬天的一个黄昏，我和你联步徘徊于暮云苍茫的北河沿，拂着败柳，踏着枯叶，寻觅梅园。那时群英宴间，曾和你共沐着光明的余辉，静听些大英雄好男儿的伟论。昨天我由医院出来，绕道去孔德学校看朋友，北河沿败柳依然，梅园主人固然颠沛在东南当革命健儿，但是我们当时那些大英雄好男儿却有多半是流离漂泊，志气颓丧，事业无成呢！

谁也想不到五年后，我由烦杂的心境中，检寻出这样一段回忆，时间一天一天地飞掠，童年的兴趣，都在朝霞暮云中慢慢地消失，只剩有青年皎月是照了过去，又照现在，照着海外的你，也照着祖国的我。

今晨睡眼朦胧中，你廿六号的信递到我病榻上来了。拆开时，粉色的纸包掉下来，展开温香扑鼻，淡绿的水仙瓣上，传来了你一缕缕远道的爱意。梅隐！我欣喜中，含泪微笑轻轻吻着她，闭目凝思五年未见，海外漂泊的你。

你真的决定明春归来吗？我应用什么表示我的欢迎呢？别时同流的酸泪，归来化作了冷漠的微笑；别时清碧的心泉，归来变成了枯竭的沙滩；别时鲜艳的花蕾，归来是落花般迎风撕碎！何处重撷童年红花，何时重摄青春皎颜？挥泪向那太虚，嘘气望着碧空，朋友！什么都逝去了，只有生之轮默默地转着衰老，转着死亡而已。

前几天皇姊由 Sumatra 来信，她对我上次劝她归国的意见有点容纳了，你明春可以绕道去接她回来，省的叫许多朋友都念着她的孤单。她说：

在我决志漂泊的长途，现在确乎感到疲倦，在一切异样的习惯情状下，我常想着中华；但是破碎河山，糜烂故乡，归来后又何忍重来凭吊，重来抚慰呢？我漂泊的途程中，有青山也有绿水，有明月也有晚霞，波妹！我不留恋这刹那寄驻的漂泊之异乡，也不留恋我童年嬉游的故国；何处也是漂泊，何时也是漂泊，管什么故国异地呢？除了死，那里都不是我灵魂的故乡。

有时我看见你壮游的豪兴，也想远航重洋，将这一腔烦闷，投向海心，浮在天心，只是母亲系缚着我，她时时怕我由她怀抱中逸去，又在我心头打了个紧结；因此，我不能离开她比现在还远一点。许多朋友，看不过我这颓丧，常写信来勉策我的前途，但是我总默默地不敢答复他们，因为他们厚望于我的，确是完全失望了。

近来更不幸了，病神常常用她的玉臂怀抱着我；为了病更使我对于宇宙的不满和怀疑坚信些。朋友！何曾仅仅是你，仅仅是我，谁也不是生命之网的漏鱼，病精神的或者不感受身体的痛苦，病身体的或者不感受精神的斧柯；我呢！精神上受了无形的腐蚀，身体上又受着迟缓而不能致命的痛苦。

你一定要问我到底为了什么？但是我怎样告诉你呢，我是没有为了什么的。

病中有一次见案头一盆红梅，零落得可怜，还有许多娇红的花瓣在枝上，我不忍再看她萎落尘土，遂乘她开时采下来，封了许多包，分寄给我的朋友，你也有一包，在这信前许接到了。玉薇在前天寄给我一首诗，谢我赠她的梅花，诗是：

话到飘零感苦辛，月明何处问前身？
甘将疏影酬知己，好把离魂吊故人；
玉碎香消春有恨，风流云散梦无尘，
多情且为留鸿爪，他日芸窗证旧因。

同时又接到天辛寄我的两张画片：一张是一片垂柳碧桃交萦的

树林下，立着个绯衣女郎，她的左臂绊攀着杨柳枝，低着头望着满地的落花凝思。一张是个很黯淡苍灰的背景，上边有几点疏散的小星，一个黑衣女郎伏在一个大理石的墓碑旁跪着，仰着头望着星光祈祷——你想她是谁？

梅隐！不知道那个是象征着我将来的命运？

你给我寄的书怎么还不寄来呢？揆哥给你有信吗？我们整整一年的隔绝了，想不到在圣诞节的前一天，他寄来一张卡片，上边写着：

> 愿圣诞节的仁风，吹散了人间的隔膜，
> 愿伯利恒的光亮，烛破了疑虑的悲哀。

其实，我和他何尝有悲哀，何尝有隔膜，所谓悲哀隔膜，都是环境众人造成的，在我们天真洁白的心版上，有什么值得起隔膜和悲哀的事。现在环境既建筑了隔膜的幕壁，何必求仁风吹散，环境既造成了悲哀，又何必硬求烛破？

只要年年圣诞节，有这个机会纪念着想到我们童年的友谊，那我们的友谊已是和天地永存了。揆哥总以为我不原谅他，其实我已替他想得极周到，而且深深了解他的；在这“隔膜”“悲哀”之中，他才可寻觅着现在人间的幸福；而赐给人间幸福的固然是上帝；但帮助他寻求的，确是他以为不谅解他的波微。

我一生只是为了别人而生存，只要别人幸福，我是牺牲了自己也乐于去帮助旁人得到幸福的；过去是这样，现在也是这样，不过我也只是这样希望着，有时不但人们认为这是一种罪恶，而且是一种罪恶的玩弄呢！虽然我不辩，我又何须辩，水枯了鱼儿的死，自然都要陈列在眼前，现在何必望着深渊徘徊而疑虑呢！梅隐！我过去你是比较知道的，和揆哥隔绝是为了他的幸福，和梅影隔绝也是为了他的幸福……因为我这样命运不幸的人，对朋友最终的披肝沥胆，表明心迹的，大概只有含泪忍痛的隔绝吧？

母亲很念你，每次来信都问我你的近况。假如你有余暇时你可否寄一封信到山城，安慰安慰我的母亲，也可算是梅隐的母亲。我的病，医生说是肺管炎，要紧大概是不要紧，不过长此拖延，精神上觉着苦痛；这一星期又添上失眠，每夜银彩照着紫蓝绒毡时，我常觉腐尸般活着无味；但一经我抬起头望着母亲的像片时，神秘的系恋，又令我含泪无语。梅隐！我应该怎样，对于我的生，我的死？

# 漱　玉

永不能忘记那一夜。

黄昏时候，我们由嚣扰的城市，走进了公园，过白玉牌坊时，似乎听见你由心灵深处发出的叹息，你抬头望着青天闲云，低吟着："望云惭高鸟，临水愧游鱼……"

你挽着我的手靠在一棵盘蜷虬曲的松根上，夕阳的余辉，照临在脸上，觉着疲倦极了，我的心忽然搏跳起来！沉默了几分钟，你深呼了一口气说，"波微！流水年华，春光又在含媚的微笑了，但是我只有新泪落在旧泪的帕上，新愁埋在旧愁的坟里。"我笑了笑，抬头忽见你淡红的眼圈内，流转着晶莹的清泪。我惊疑想要追问时，你已跑过松林，同一位梳着双髻的少女说话去了。

从此像微风吹绉了一池春水，似深涧潜伏的蛟龙蠕动，那纤细的网，又紧缚住我。不知何时我们已坐在红泥炉畔，我伏在桌上，想静静我的心。你忽然狂笑摇着我的肩说："你又要自找苦恼了！今夜的月色如斯凄清，这园内又如斯寂静，那能让眼底的风景逝去不来享受呢？振起精神来，我们狂饮个醺醉，我不能骑长鲸，也想跨白云，由白云坠在人寰时，我想这活尸也可跌她个粉碎！"你又哈哈的笑起来了！

葡萄酒一口一口地啜着，冷月由交织的树纹里，偷觑着我们，暮鸦栖在树阴深处，闭上眼静听这凄楚的酸语。想来这静寂的园里，只有我们是明灯绿帏玛瑙杯映着葡萄酒，晶莹的泪映着桃红的腮。

沉寂中你忽然提高了玉琴般的声音，似乎要哭，但莫有哭；轻微的咽着悲酸说："朋友！我有八年埋葬在心头的隐恨！"经你明白的叙述之后，我怎能不哭，怎能不哭？我欣慰由深邃死静的古塔下，掘出了遍觅天涯找不到的同情！我这几滴滴在你手上的热泪，今夜才找到承受的玉盂。真未料到红泥炉畔，这不灿烂，不热烈的微光，能照透了你严密的心幕，揭露了这八年未示人的隐痛！上帝呵！你知道吗？虚渺高清的天空里，飘放着两颗永无归宿的小心。

在那夜以前，莫有想到地球上还有同我一样的一颗心，同我共溺的一个海，爱慰抚藉我的你！去年我在古庙的厢房卧病时，你坐在我病榻前讲了许多幼小时的过去，提到母亲死时，你也告过我关乎醒的故事。但是我那能想到，悲惨的命运，系着我同时又系着你呢？

漱玉！我在你面前流过不能在别人面前流的泪，叙述过不能在别人面前泄漏的事，因此，你成了比母亲有时还要亲切的朋友。母亲何曾知道她的女儿心头埋着紫兰的荒冢，母亲何曾知道她的女儿，怀抱着深沉在死湖的素心——惟有你是地球上握着我库门金钥的使者！我生时你知道我为了什么生，我死时你知道我是为了什么死；假如我一朝悄悄地曳着羽纱，踏着银浪在月光下舞蹈的时候，漱玉！惟有你了解，波微是只有海可以收容她的心。

那夜我们狂饮着醇醴，共流着酸泪，小小杯里盛着不知是酒，是泪？咽到心里去的，更不知是泪，是酒？

红泥炉中的火也熄了，杯中的酒也空了。月影娟娟地移到窗上；我推开门向外边看看，深暗的松林里，闪耀着星光似的小灯；我们紧紧依偎着，心里低唤着自己的名字，高一步，低一步地走到社稷坛上，一进了那圆形的宫门，顿觉心神清爽，明月吻着我焦炙的双腮，凉风吹乱了我额上的散发，我们都沉默地领略这刹那留在眼上的美景。

那时我想不管她是梦回，酒醒，总之：一个人来到世界的，还是一个人离开世界；在这来去的中间，我们都是陷溺在酿中沉醉着，奔波在梦境中的游历者。明知世界无可爱恋，但是我们不能不在这月明星灿的林下痛哭！这时偌大的园儿，大约只剩我俩人；谁能同情我们呢？我们何必向冷酷的人间招揽同情，只愿你的泪流到我的心里，我的泪流到你的心里。

那夜是悱恻哀婉的一首诗，那夜是幽静孤凄的一幅画，是写不出的诗，是画不出的画；只有心可以印着她，念着她！归途上月儿由树纹内，微笑的送我们；那时踏着春神唤醒的小草，死静卧在地上的斑驳花纹，冉冉地飘浮着一双瘦影，一片模糊中，辨不出什么是树影，什么是人影？

可怜我们都是在静寂的深夜，追逐着不能捉摸的黑影，而驰骋于荒冢古墓间的人！

> 宛如风波统治了的心海，忽然因一点外物的诱惑，转换成几于死寂的沉静；又猛然为了不经意的遭逢，又变成汹涌山立的波涛，簸动了整个的心神。我们不了解，海涛为什么忽起忽灭；但我们可以这样想，只是因那里有个心，只是因那里有个海吧！

我是卷入这样波涛中的人，未曾想到你也悄悄地沉溺了！因为有心，而且心中有罗曼舞踏着，这心就难以了解了吗？因为有海，而且海中有巨涛起伏着，这海就难以深测了吗？明知道我们是错误了，但我们的心情，何曾受了理智的警告而节制呢！既无力自由处置自己的命运，更何力逃避系缠如毒蟒般的烦闷？它是用一双冷冰的手腕，紧握住生命的火焰。

纵然有天辛飞溅着血泪，由病榻上跃起，想拯救我沉溺的心魂；那知我潜伏着的旧影，常常没有现在，忆到过去的苦痛着！不过这个心的汹涌，她不久是要平静；你是知道的，自我去年一月十八日坚决地藏裹起一切之后，我的愿望既如虹桥的消失，因之灵感也似乎麻木，现在的急掠如燕影般的烦闷，是最容易令她更归死寂的。

我现在恨我自己，为什么去年不死，如今苦了自己，又陷溺了别人，使我更在隐恨之上建了隐痛；坐看着忠诚的朋友，反遭了我的摧残，使他幸福的鲜花，植在枯寂的沙漠，时时受着狂风飞沙的撼击！

漱玉！今天我看见你时，我不敢抬起头来；你双眉的郁结，面目的黄瘦，似乎告诉我你正在苦闷着呢！我应该用什么心情安慰你，我应该用什么言语劝慰你？

什么是痛苦和幸福呢？都是一个心的趋避，但是地球上谁又能了解我们？我常说："在可能范围内赐给我们的，我们同情地承受着；在不可能而不可希望的，我们不必违犯心志去破坏他。"现在我很平静，正为了枯骨的生命鼓舞愉乐！同时又觉着可以骄傲！

这几天我的生活很孤清，去了学校时，更感着淡漠的凄楚：今天接到 Celia 的信，说她这次病，几次很危险的要被死神接引了去，现在躺在床上，尚不敢转动；割的时候误伤了血管，所以时时头晕发烧。她写的信很长，在这草草的字迹里，我抖颤地感到过去的恐怖！我这不幸的人，她肯用爱的柔荑，检起这荒草野冢间遗失的碎心，盛入她温馨美丽的花篮内休养着，我该如何地感谢她呢？上帝！祝福她健康！祝福她健康如往日一样！

这几夜月光真爱人，昨夜我很早就睡了，窗上的花影树影，混成一片；静极了，虽然在这雕梁画栋的朱门里，但是景致宛如在三号一样；只缺少那古苍的茅亭，和盘蜷的老松树。我看着月光由窗上移到案上，案上移到地上，地上移到床上，洒满在我的身上。那时我静静地想到故乡锁闭的栖云阁，门前环抱的桃花潭，和高冈上姐姐的孤坟。母亲上了栖云阁，望见桃花潭后姐姐的坟墓，一定要想到漂泊异乡的女儿。

这时月儿是照了我，照了母亲，照着一切异地而怀念的人。

十三，二，十三，

# 小 玲

“又是今宵，孤檠作伴，病嫌裘重，睡也无聊。能禁几度魂消，尽肠断紫箫，春浅愁深，夜长梦短，人近情遥。”

今天慧由图书馆回来时，我刚睡着。醒来时枕畔放着一张红笺，上边抄着这首词，我知道是慧写的，但她还笑着不承应，硬说是梦婆婆送给我的。她天真烂漫得有趣极了，一见我不喜欢，她总要说几句滑稽话逗我笑，在这古荒的庙里，想不到得着这样的佳邻。

放心吧，爱的小玲！我已经好了；我决志做母亲的女儿，不管将来如何苦痛不幸，我总挨延着在地球上陪母亲。因我病已渐好，所以芷溪在上星期就回学校了，现在依然剩了我一个人。昨夜睡觉的时候，我揭起碧纱窗纬，望了望那闪烁的繁星，辽阔的天宇；静悄悄的院里，树影卧在地下，明月挂在天上，一盏半明半暗的灯光，照着压了重病，载了深秋的我；窗外一阵阵风大起来，卷了尘土，扑在窗纸上沙沙作响。这时隔屋的慧大概已进了梦乡，只有我蜷伏在床上，抚着抖颤欲碎的心，低唤着数千里外的母亲。这便是生命的象征，汹涌怒涛的海里，撑着这叶似的船儿和狂飙挣搏；谁知道哪一层浪花淹没我？谁知道哪一阵狂飙卷埋我？

朦胧中我梦见吟梅，穿着浅蓝的衣服，头上罩着一块白的羽纱，她的脸色很好看，不是病时那样憔悴；她不说什么话只默默望了我微笑！我这时并没有想到她已经死了，我走上去握住她的手要想说话，但喉咙里压着声浪，一点音也发不出来；我正焦急的时候，她说了句：“波微！我回去了，再见吧！”转瞬间黑漆一片渺茫的道路，她活泼的倩影，不知向何处去了？醒来时枕上很湿，我点起洋烛一看，原来斑斑驳驳不知何时掉下的眼泪。这时，窗上月色很模糊，风也小了；树影映在窗帏上，被风摇荡着，像一个魂灵的头在那里嘹望；静沉沉不听见什么声息，枕畔手表仍铮铮地很协和的摆动！

觉着眼里很模糊，忽然一阵风沙，吹着窗幕瑟瑟地响；似乎有人在窗下走着！不由得我打了几个寒噤，虽然不恐怖，但也毫无勇气坐着，遂拧灭了灯仍旧睡下。心潮像怒马一样的奔驰，过去的痕迹，像电影一样，一幕一幕迅速地揭着；我这时怀疑人生，怀疑生命，不知人生是梦？梦是人生？

“吟梅呵！我要问万能的上帝，你现在向何处去了？桃花潭畔的双影，何时映上碧波？阳春楼头的玉箫，何时吹入云霄？你无语默默，悄悄披着羽纱走了，是仙境，是海滨，在这人间何处找你纤细的玉影？”唉！小玲！我这次病的近因，就是为了吟梅的死；我难受极了！记得我未病以前，父亲来信说：

“我听见一个朋友说吟梅病得很重，星期那天我去她家看，她已经不能说话了，看见我时，只对我呆呆地望着，瘦得像骷髅一样，深陷的眼眶里似乎还有几滴未尽的泪；我看，过不了两三天吧？”

真的，没有过三天，她姐姐道容来信说她四月十九的早晨死了！这封信我抄给你一看：

波微；吟梅在一个花香鸟语的清晨，她由命运的铁链下逃逸了；我不知你对她是悲庆，还是哀悼？在我们家里起了无限的变态，父亲和母亲镇日家哭泣，在梦寐中，饭食时，都默默然笼罩着一层悲愁的灰幕。我一方面要解慰父母的愁怀，同时我又感到手足的摧残；现在我宛如失群的孤雁在天边徘徊，这虚寂渺茫的地球上，永找不着失去的雁侣。

这消息母亲嘱咐我不要告你，不过我觉妹妹死时的情形，她的一腔心情，是极缱绻依恋的，我怎忍不告你？

四月十九日的早晨五点钟，她的面色特别光彩，一年消失的红霞，也蓦然间飞上她的双腮；她让我在墙上把你的玉照取下来，她凝眸地望着纸上的你，起头她还微笑着，后来面目渐渐变了，她不断地一声声喊着你的名字；这房里只有母亲和我，还有表哥。——她死时父亲不在这里，父亲在姨太太那里打牌。——这种情形，真令人心酸泪落不忍听！后来母亲将你的像片拿去，但她的呼声仍是不断；甚至她自己叫自己的名字，自己答应着；我问她谁叫你呢？她说是波微！数千里外的你，不能安慰她，与谋一面，至死她还低低叫着你，手里拿着你的像片！唉！真是生离易，死别难。

这次惨剧，现在已经结束了，这时正是她前三天咽气的时候，我伏在她的灵帏前，写这封信给你；波微！谁能信天真活泼如吟梅，她只活了十八岁就死了呢？幸而你早参透人生，愿你珍重，不要为她太伤感。

死者已矣，只盼你仍继续着吟梅生时的情谊，不要从此就和她一样埋葬了这十几年的友谊！母亲很盼望你暑假回来，来这里多盘桓几天，或者到父亲母亲看你时能安慰些。……

小玲！真未想到像我这样漂泊的人，能得到一个少女的真心；我觉着我真对不住她，没有回去看她一次。自从接了这信，我病到现在。前几天我想了几句话吊她，现在写给你看看：

因为这是梦，
　　才轻渺渺没些儿踪迹；
飘飘的白衣，
　　我疑惑是你的衣襟？
辉辉的小星，
　　我疑惑是你的双睛？

黑暗笼罩了你的皎容，

苦痛燃烧着你的朱唇，
　十八年惊醒了这虚幻的梦，
　才知道你来也空空，去也空空！

死神用花篮盛了你的悲痛，
用轻纱裹了你的腐骨；
一束鲜花，
一杯清泪，
　　我望着故乡默祝你！
才知道你生也聪明，
　　　　死也聪明。

她的病纯粹是黑暗的家庭，万恶的社会造成的；这是我们痛恨的事，有多少压死在制度环境下的青年！她病有一年之久，但始终我不希望她好，我只默祷着上帝，祝告着死神，早早解脱了她羁系的痛苦，和那坚固的铁链；使她可以振着自由的翅儿，向云烟中啸傲。

虽然我终不免于要回忆那烟一般轻渺的过去。

因为我们没有勇气毅力，做一个社会上摒弃的罪人，所以委曲求全，压伏着万丈的火焰，在这机械般最冷酷的人生之轨上蠕动。这是多么可怜呢！自己摧残了青春的花，自己熄灭了生命之光！我真不敢想到！小玲！人生的道上远得很呢，崎岖危险你自己去领略吧！

这时夜静了，隔壁有月琴声断断续续地送来，我想闭着眼休息休息，听听这沙漠中的哀歌。

十三年三月五号古庙东厢

# 素　心

我从来不曾一个人走过远路，但是在几月前我就想尝试一下这踽踽独行的滋味；黑暗中消失了你们，开始这旅途后，我已经有点害怕了！我搏跃不宁的心，常问我“为什么硬要孤身回去呢？”因之，我蜷伏在车厢里，眼睛都不敢睁，睁开时似乎有许多恐怖的目光注视着我，不知他们是否想攫住我？是否想加害我？有时为避免他们的注视，我抬头向窗外望望，更冷森地可怕，平原里一堆一堆的黑影，明知道是垒垒荒冢，但是我总怕是埋伏着的劫车贼呢。这时候我真后悔，为甚要孤零零一个女子，在黑夜里同陌生的旅客们，走向不可知的地方去呢？因为我想着前途或者不是故乡不是母亲的乐园？

天亮时忽然上来一个老婆婆，我让点座位给她，她似乎嘴里喃喃了几声，我未辨清是什么话；你是知道我的，我不高兴和生人谈话，所以我们只默默地坐着。

我一点都不恐怖了，连他们惊讶的目光，都变成温和的注视，我才明白他们是绝无攫住加害于我的意思；所以注视我的，自然因为我是女子，是旅途独行无侣的女子。但是我为什么要这样呢？因为我身旁有了护卫——不认识的老婆婆；明知道她也是独行的妇女，在她心里，在别人眼里，不见得是负了护卫我的使命，不过我确是有了勇气而且放心了。

靠着窗子睡了三点钟，醒来时老婆婆早不在了；我身旁又换了一个小姑娘，手里提着一个篮子，似乎很沉重，但是她不知道把它放在车板上。后来我忍不住了说：“小姑娘！你提着不重吗？为什么不放在车板上?”可笑她被我提醒后，她红着脸把它搁在我的脚底。

七月二号的正午，我换了正太车，踏入了我渴望着的故乡界域，车头像一条蜿蜒的游龙，有时飞腾在崇峻的高峰，有时潜伏在深邃的山洞。由晶莹小圆石堆集成的悬崖里，静听着水涧碎玉般的音乐；你知道吗？娘子关的裂帛溅珠，真有“苍崖中裂银河飞，空里万斛倾珠玑”的美观。

火车箭似的穿过夹道的绿林，牧童村女，都微笑点头，似乎望着缭绕来去的白烟欢呼着说：“归来呵！漂泊的朋友!”想不到往返十几次的轨道旁，这次才感到故乡的可爱和布置雄壮的河山。旧日秃秃的太行山，而今都披上柔绿；细雨里行云过岫，宛似少女头上的小鬟，因为落雨多，瀑布是更壮观而清脆，经过时我不禁想到Undine。

下午三点钟，我站在桃花潭前的家门口了。一只我最爱的小狗，在门口卧着，看见我陌生的归客，它摆动着尾巴，挣直了耳朵，向我汪汪地狂叫。那时我家的老园丁，挑着一担水回来，看见我时他放下水担，颤巍巍向我深深地打了一躬，喊了声：“小姐回来了!”

我急忙走进了大门，一直向后院去，喊着母亲。这时候我高兴之中夹着酸楚，看见母亲时，双膝跪在她面前，扑到她怀里，低了头抱着她的腿哭了!

母亲老了，我数不清她髫上的银丝又添几许？现在我确是一枝阳光下的蔷薇，在这温柔的母怀里又醉又懒。素心！你不要伤心你的漂泊，当我说到见了母亲的时候，你相信这刹那的快慰，已经是不可捉摸而消失的梦；有了团聚又衬出漂泊的可怜，但想到终不免要漂泊的时候，这团聚暂时的欢乐，岂不更增将来的怅惘？因之，我在笑语中低叹，沉默里饮泣。为什么呢？我怕将来的离别，我怕将来的漂泊。

只有母亲，她能知道我不敢告诉她的事！一天我早晨梳头，掉了好些头发，母亲忽然想起什么似的，问我这样一句说："你在外边莫有生病吗？为什么你脸色黄瘦而且又掉头发呢？"素心！母亲是照见我的肺腑了，我不敢回答她，装着叫嫂嫂梳头，跑在她房里去流泪。

这几天一到正午就下雨，鱼缸里的莲花特别鲜艳，碧绿的荷叶上，银珠一粒粒的乱滚；小侄女说那是些"大珠小珠落玉盘"。家庭自有家庭的乐趣，每到下午六七点钟，灿烂的夕阳，美丽的晚霞，挂照在罩着烟云的山峰时，我陪着父亲上楼了望这起伏高低的山城，在一片清翠的树林里掩映着天宁寺的双塔，阳春楼上的钟声，断断续续布满了全城；可惜我不是诗人，不是画家，在这处处都是自然，处处都寓天机的环境里，我惭愧了！

你问到我天辛的消息时，我心里似乎埋伏着将来不可深恻的隐痛，这是一个恶运，常觉着我宛如一个狰狞的鬼灵，掏了一个人的心，偷偷地走了。素心！我那里能有勇气再说我们可怜的遭逢呵！十二日那晚上我接到天辛由上海寄我的信，长极了，整整的写了二十张白纸，他是双挂号寄来的。这封信里说他回了家的胜利，和已经粉碎了他的桎梏的好消息；他自然很欣慰地告诉我，但是我看到时，觉着他可怜得更厉害，从此后他真的孤身只影流落天涯，连这个礼教上应该敬爱的人都莫有了。他终久是空虚，他终久是失望，那富艳如春花的梦，只是心上的一刹那，素心！我眼睁睁看着他要朦胧中走入死湖，我怎不伤心？为了我忠诚的朋友。但是我绝无法挽救，在灿烂的繁星中，只有一颗星是他的生命，但是这颗星确是永久照耀着这沉寂的死湖。因此我朝夕绞思，虽在这温暖的母怀里有时感到世界的凄冷。自接了他这封长信后，更觉着这个恶运是绝不能幸免的；而深重的隐恨压伏在我心上一天比一天悲惨！但是素心呵！我绝无勇气揭破这轻翳的幕，使他知道他寻觅的世界是这样凄惨，淡粉的翼纱下，笼罩的不是美丽的蔷薇，确是一个早已腐枯了的少女尸骸！

有一夜母亲他们都睡了，我悄悄踱到前院的葡萄架下，那时天空辽阔清净像无波的海面，一轮明月晶莹地照着；我在这幸福的园里，幻想着一切未来的恶梦。后来我伏在一棵杨柳树上，觉着花影动了，轻轻地有脚步声走来，吓了我一跳。细看原来是嫂嫂，她伏着我的肩说："妹妹你不睡，在这里干吗？近来我觉着你似乎常在沉思，你到底为了什么呢？亲爱的妹妹！你告诉我？"禁不住的悲哀，像水龙一样喷发出来，索性抱着她哭起来；那夜我们莫有睡，两个人默默坐到天明。

家里的幸福有时也真有趣！告诉你一个笑话：家中有一个粗使的女仆，她五十多岁了！每当我们沉默或笑谈时，她总穿插其间，因之，嫂嫂送她绰号叫刘老老，昨天晚上母亲送她一件紫色芙蓉纱的褂子，是二十年前的古董货了。她马上穿上在院子里手舞足蹈的跳起来。我们都笑了，小侄女昆林，她抱住了我笑得流出泪来，母亲在房里也被我们笑出来了，后来父亲回来，她才跳到房里，但是父亲也禁不住笑了！

在这样浓厚的欣慰中，有时我是可以忘掉一切的烦闷。

大概八月十号以前可以回京，我见你们时，我又要离开母亲了，素心！在这醺醉中的我，真不敢想到今天以后的事情！母亲今天去了外祖母家，清寂里我写这封长信给你，并祝福你！

十三年七月二十二号山城栖云阁

# 给庐隐

《灵海潮汐致梅姊》和《寄燕北诸故人》我都读过了[①]，读过后感觉到你就是我自己，多少难以描画笔述的心境你都替我说了，我不能再说什么了。一个人感到别人是自己的时候，这是多么不易得的而值得欣慰的事，然而，庐隐，我已经得到了。假使我们的世界能这样常此空寂，冷寂中我们又这样彼此透彻的看见了自己，人世虽冷酷无情，我只愿恋这一点灵海深处的认识，不再希冀追求什么了。

在你这几封信中，我才得到了人间所谓的同情，这同情是极其圣洁纯真，并不是有所希冀有所猎获才施与的同情。廿余年来在人间受尽了畸零，忍痛含泪扎挣着，虽弄得遍体鳞伤，鲜血淋淋，仍紧嚼着牙齿作勉强的微笑！我希望在颠沛流离中求一星星同情和安慰以鼓舞我在这人世界战斗的勇气；然而得到的只是些冷讽热笑，每次都跌落在人心的冷森阴险中而饮泣！此后我禁受不住这无情的箭镞，才想逃避远离开这冷酷的世界和人类；因之我脱离了学校生活，踏入了世界的黑洞后，我往昔天真烂漫的童心，都改换成冷枯孤傲的性情。一年一年送去可爱的青春，一步一步陷落在满是荆棘的深洞，嘲笑讪讽包围了我，同情安慰远离着我，我才诅咒世界，厌恶人类，怨我的希望欺骗了自己。想不到遥远的海滨，扰攘的人群中，你寄来这深厚的安慰和同情，我是如何的欣喜呵！惊颤地揭起了心幕收容她，收容她在我心的深处；我怕她也许不久会消失或

---

① 这里提及的两篇文章均为庐隐致石评梅信，见本丛书《庐隐散文》。

者飞去！这并不是我神经过敏，朋友！我也曾几度发现过这样的同情，结果不是赝鼎便是雪杯，不久便认识了真伪而消灭。这种同情便是我上边所说有所希冀猎获而施与的，自然我不能与人以希冀猎获时，同情安慰也是终于要遗弃我的。朋友！写到这里我不能再写下去了，你百战的勇士，也许曾经有过这样的创伤！

自从得到了你充满热诚和同情的信后，我每每在静寂的冷月寒林下徘徊，虽然我只看见是枯干的枝丫，但是也能看见她含苞的嫩芽，和春来时碧意迷漫的天地。我知所忏悔了，朋友！以后我不再因自己的失意而诅咒世界的得意，因为自己未曾得到而怨恨人间未曾有了；如今漠漠干枯的寒林，安知不是将来如云如盖的绿荫呢！人生是时时在追求扎挣中，虽明知是幻象虚影，然终于不能不前去追求，明知是深涧悬崖，然终于不能不勉强扎挣；你我是这样，许多众生也是这样，然而谁也不能逃此网罗以自救拔。大概也是因此吧！才有许多伟大反抗的志士英雄，在展转颠沛中，演出些惊人心魂的悲剧，在一套陈古的历史上，滴着鲜明的血痕和泪迹。朋友！追求扎挣着向前去吧！我们生命之痕用我们的血泪画写在历史之一页上，我们弱小的灵魂，所滴沥下的血泪何尝不能惊人心魂，这惊人心魂的血泪之痕又何尝不能得到人类伟大的同情。命运是我们手中的泥，一切生命的铸塑也如手中的泥，朋友！我们怎样把我们自己铸塑呢？只在乎我们自己。

说得太乐观了，你要笑我吧？怕我们才是命运手中的泥呢！我也觉这许多年中只是命运铸塑了我，我何尝敢铸塑命运。真是梦呓，你也许要讥我是放荡不羁的天马了。其实我真愿做个奔逸如狂飙似的骏马，把我的生命都载在小小鞍上，去践踏翻这世界的地轴，去飞扬起这宇宙的尘沙，使整个世界在我的足下动摇，整个宇宙在我铁蹄下毁灭！然而朋友！我终于是不能真的做天马，大概也是因为我终于不是天马，每当我束装备鞍，驰驱赴敌时，总有人间的牵系束缚我，令我毁装长叹！至如今依然蜷伏槽下咀嚼这食厌了的草芥，依然镇天回旋在这死城而不能走出一步；不知是环境制止我，还是自己的不长进，我终于是四年如一日的过去。朋友！你也许为我的抑郁而太息，我不仅不能做一件痛快点不管毁灭不管建设的事业，怕连个直捷了当极迅速极痛快的死也不能，唉！谁使我这样抑郁而生抑郁而死呢！是社会，还是我自己？我不能解答，怕你也不能解答吧！因之，我有许多事要告诉你，结果却只是默无一语，“多少事欲说还休，”所以我望着“征鸿过尽，万千心事难寄！”

我默无一语的，总是背着行囊，整天整夜的向前走，也不知何处是我的归处？是我走到的地方？只是每天从日升直到日落，走着，走着，无论怎样风雨疾病，艰险困难，未曾停息过；自然，也不允许我停息，假使我未走到我要去地方，那永远停息之处。我每天每夜足迹踏过的地方，虽然都让尘沙掩埋，或者被别人的足踪踏乱已找不到痕迹，然而心中恍惚的追忆是和生命永存的，而我的生命之痕便是这些足迹。朋友！谁也是这样，想不到我们来到世界只是为了踏几个足印，我们留给世界的也是几个模糊零碎不可辨的足印。

我们如今是走着走着，同时还留心足底下践踏下的痕迹，欣慰因此，悲愁因此；假使我们如庸愚人们的走路，一直走去，遇见歧路不彷徨，逢见艰险不惊悸，过去了不回顾，踏下去不踟蹰；那我们一样也是浑浑噩噩从生到死，绝没有像我们这样容易动感，践了一只蚂蚁也会流泪的。朋友！太脆弱了，太聪明了，太顾忌了，太徘徊了，才使我们有今日，这也欣慰也悲凄的今日。

庐隐！我满贮着一腔有情的热血，我是愿意把冷酷无情的世界，浸在我热血中；知道终于无力时，才抱着这怆痛之心归来，经过几次后，不仅不能温暖了世界，连自己都冷凝了。我今年日记里有这样一段记述：

> 我只是在空寂中生活着，我一腔热血，四周环以泥泽的冰块，使我的心感到凄寒，感到无情。我的心哀哀地哭了！我为了寒冷之气候也病了。
>
> 这几天离开了纷扰的环境，独自睡在这静寂的斗室中，默

望着窗外的积雪，忽然想到人生的究竟，我真不能解答，除了死。火炉中熊熊发光的火花，我看着它烧成一堆灰烬，它曾给与我的温热是和灰烬一样逝去；朝阳照上窗纱，我看着西沉到夜幕下，它曾给与我的光明是和落日一样逝去。人们呢，劳动着，奔忙着，从起来一直睡下，由梦中醒来又入了梦中，由少年到老年，由生到死……人生的究竟不知是什么？我病了，病中觉的什么都令人起了怀疑。

青年人的养料惟一是爱，然而我第一便怀疑爱，我更讪笑人们口头笔尖那些诱人昏醉的麻剂。我都见过了，甜蜜，失恋，海誓山盟，生死同命；怀疑的结果，我觉得这一套都是骗，自然不仅骗别人连自己的灵魂也在内。宇宙一大骗局。或者也许是为了骗吧，人间才有一时的幸福和刹那的欣欢，而不是永久悲苦和悲惨！

我的心应该信仰什么呢？宇宙没有一件永久不变的东西。我只好求之于空寂。因为空寂是永久不变的，永久可以在幻望中安慰你自己的。

我是在空寂中生活着，我的心付给了空寂。庐隐！怔视在悲风惨日的新坟之旁，含泪仰视着碧澄的天空，即人人有此境，而人人未必有此心；然而朋友呵！我不是为了倚坟而空寂，我是为了空寂而倚坟；知此，即我心自可喻于不言中。我更相信只有空寂能给与我安慰和同情，和人生战斗的勇气！黄昏时候，新月初升，我常向残阳落处而挥泪！“望断斜阳人不见，满袖啼红。”这时凄怆悲绪，怕天涯只有君知！

北京落了三尺深的大雪，我喜欢极了，不论日晚地在雪里跑，雪里玩，连灵魂都涤洗得像雪一样清冷洁白了。朋友！假使你要在北京，不知将怎样的欣慰呢！当一座灰城化成了白玉宫殿水晶楼台的时候，一切都遮掩涤洗尽了的时候。到如今雪尚未消，真是冰天雪地，北地苦寒；尖利的朔风彻骨刺心一般吹到脸上时，我咽着泪在扎挣抖战。这几夜月色和雪光辉映着，美丽凄凉中我似乎可以得不少的安慰，似乎可以听见你的心音的哀唱。

间接的听人说你快来京了。我有点愁呢，不知去车站接你好呢，还是躲起来不见你好，我真的听见你来了我反而怕见你，怕见了你我那不堪描画的心境要向你面前粉碎！你呢，一天一天，一步一步走近了这灰城时，你心抖颤吗？哀泣吗？我不敢想下去了。好吧！我静等着见你。

十六年一月二十三日北京

# 寄山中的玉薇

夜已深了，我展着书坐在窗前案旁。月儿把我的影映在墙上，那想到你在深山明月之夜，会记起漂泊在尘沙之梦中的我，远远由电话铃中传来你关怀的问讯时，我该怎样感谢呢，对于你这一番抚慰念注的深情。

你已惊破了我的沉寂，我不能令这心海归于死静；而且当这种骤获宠幸的欣喜中，也难于令我漠然冷然的不起感应；因之，我挂了电话后又想给你写信。

你现在是在松下望月沉思着你凄凉的倦旅之梦吗？是伫立在溪水前，端详那冷静空幻的月影？也许是正站在万峰之颠了望灯火莹莹的北京城，在许多黑影下想找我渺小的灵魂？也许你睡在床上静听着松涛水声，回想着故乡往日繁盛的家庭，和如今被冷寂凄凉包围着的母亲？

玉薇！自从那一夜你掬诚告我你的身世后，我才知道世界上有不少这样苦痛可怜而又要扎挣奋斗的我们。更有许多无力扎挣，无力奋斗，屈伏在铁蹄下受践踏受凌辱，受人间万般苦痛，而不敢反抗，不敢诅咒的母亲。

我们终于无力不能拯救母亲脱离痛苦，也无力超拔自己免于痛苦，然而我们不能不去扎挣奋斗而思愿望之实现，和一种比较进步的效果之获得。不仅你我吧！在相识的朋友中，处这种环境的似乎很多。母人都系恋着一个孤苦可怜的母亲，她们慈祥温和的微笑中，蕴藏着人间最深最深的忧愁，她们枯老皱纹的面靥上，刻划着人间最苦最苦的残痕。然而她们含辛茹苦柔顺忍耐的精神，绝不是我们这般浅薄颓唐，善于呻吟，善于诅咒，不能吃一点苦，不能受一点屈的女孩儿们所能有。所以我常想：我们固然应该反抗毁灭母亲们所居处的那种恶劣的环境，然而却应师法母亲那种忍耐坚苦的精神，不然，我们的痛苦是愈沦愈深的！

你问我现时在做什么？你问我能不能拟想到你在山中此夜的情况？你问我在这种夜色苍茫，月光皎洁，繁星闪烁的时候我感到什么？最后你是希望得到我的长信，你愿意在我的信中看见人生真实的眼泪。我已猜到了，玉薇！你现时心情一定很纷乱很汹涌，也许是很冷静很凄凉！你想到了我，而且这样的关怀我，我知道你是想在空寂的深山外，得点人间同情的安慰和消息呢！

这时窗角上有一弯明月，几点疏星，人们都转侧在疲倦的梦中去了；只有你醒着，也只有我醒着，虽然你在空寂的深山，我在繁华的城市。这一刹那我并不觉寂寞，虽然我们距离是这样远。

我的心情矛盾极了。有时平静得像古佛旁打坐的老僧，有时奔腾涌动如驰骋沙场的战马，有时是一道流泉，有时是一池冰湖；所以我有时虽然在深山也会感到一种类似城市的嚣杂，在城市又会如在深山一般寂寞呢！我总觉人间物质的环境，同我幻想精神的世界，是两道深固的堑壁。

为了你如今在山里，令我想起西山的夜景。

去年暑假我在卧佛寺住了三天，真是浪漫的生活，不论日夜的在碧峦翠峰之中，看明月看繁星，听松涛，听泉声，镇日夜沉醉在自然环境的摇篮里。

同我去的是梅隐、揆哥，住在那里招待我的是几个最好的朋友，其中一个是和我命运仿佛，似乎也被一种幻想牵系而感到失望的惆怅，但又要隐藏这种惆怅在心底去咀嚼失恋的云弟。

第一夜我和他去玉皇顶，我们睡在柔嫩的草地上等待月亮。远远黑压压一片松林，我们足底山峰下便是一道清泉，因为岩石的冲击，所以泉水激荡出碎玉般的声音。那真是令人忘忧沉醉的调子。我和他静静地等候着月亮，不说一句话，心里都在想着各人的旧梦，其初我们的泪都避讳不让它流下来。过一会半弯的明月，姗姗地由淡青的幕中出来，照的一切都现着冷淡凄凉。夜深了，风涛声，流水声，回应在山谷里发出巨大的声音；这时候我和云弟都忍不住了，伏在草里偷偷地咽着泪！我们是被幸福快乐的世界摒弃了的青年，当人们在浓梦中沉睡时候，我们是被抛弃到一个山峰的草地上痛哭！谁知道呢？除了天上的明月和星星。涧下的泉声，和山谷中卷来的风声。

一个黑影摇晃晃的来了，我们以为是惊动了山灵，吓的伏在草里不敢再哭。走近了，喊着我的名字才知道是揆哥，他笑着说："让我把山都找遍了，我以为狼衔了你们去。"

他真像个大人，一只手牵了一个下山来，云弟回了百姓村，我和揆哥回到龙王庙，梅隐见我这样，她叹了口气说："让你出来玩，你也要伤心!"那夜我未曾睡，想了许多许多的往事。

第二夜在香山顶上"看日出"的亭上看月亮，因为有许多人，心情调剂的不能哭了，只觉着热血中有些儿凉意。上了夹道绿荫的长坡，夜中看去除了斑驳的树影外，从树叶中透露下一丝一丝的银光；左右顾盼时，又感到苍黑的深林里，有极深极静的神秘隐藏着。我走的最慢，留在后面看他们向前走的姿势，像追逐捕获什么似的，我笑了！云弟回过头来问我："你为什么笑呢？又走这样慢。""我没有什么追求，所以走慢点。"我有意逗他的这样说。

我们走到了亭前，晚风由四面山谷中吹来，舒畅极了！不仅把我的炎热吹去，连我心底的忧愁，也似乎都变成蝴蝶飞向远处去了。可以看见灯光闪烁的北京，可以看见碧云寺尖塔上中山灵前的红旗，更能看见你现在栖息的静宜园。

第三夜我去碧云寺看一个病的朋友。我在寺院中月光下看见了那棵柿树，叶子尚未全红，我在这里徘徊了许久，想无知的柿树不知我留恋凭吊什么吧？这棵树在不同的时间里，不同的人心中，结下相同的因缘。留下一样的足痕和手泽。这真不能不令我赞叹命运安排得奇巧了。

有这三天三夜的浪游，我一想到西山便觉着可爱恋。玉薇！你呢？也许你虽然住在山中，不能像我这样尽兴的游玩吧？山中古庙钟音，松林残月，涧石泉声，处处都令人神思飞越而超脱，轻飘飘灵魂感到了自由；不像城市生活处处是虚伪，处处是桎梏，灵魂跼伏于黑暗的囚狱不能解脱。

夜已深了，我神思倦极，搁笔了吧！我要求有一个如意的梦。

十五年秋末

# 婧君

四年前我在学校时，你的影子已深深入了我的心衣。我爱你姗姗清雅的姿态，我爱你温柔多情的性格。记得一个游艺会中，请你去弹古琴，那时你曾在嘈杂的人声里，弹出高山流水的清音。你穿着一件黑绒的夹衣，襟头绣着小小的一朵白玫瑰，素雅高洁中，令满座的来宾都静悄悄征服在你的玉腕下，凄凄切切的哀音，许多人都听得泣然泪落！那时我心里觉到你将来不免是悲剧的人物，而且你的冷淡高洁的灵魂中似乎已潜伏下悲哀的种子。

你毕业后，我有一次在图书展览会看到你的作品，淡雅宜人，更令我敬慕你的艺术天才；我想你假如不是你那富贵安乐的环境羁系你，将来的成就，自然不是我所敢限量。遇合有缘，四年后我又能和你在一校，相聚教读，而且我们成了很熟的朋友，在这淡淡的友谊中，我更认识了你的个性，你是一个富有东方柔弱性的女孩儿，所以你多情多艺多愁多病，镇天都是诗卷彩笔药炉明镜伴着你寂寞的深闺。

三月来我窥见你心深处的忧愁，然而我不愿冒昧的问讯你，我只隐隐约约的安慰你，劝解你；想不到今天的茜纱窗下听你告我你心中的郁结，令我一旦明白了你忧愁的对象。可怜你陷于苦恼困于矛盾中的心情，又横被旧礼教旧道德的利箭穿凿粉碎！令你辗转在旧制度下呻吟哀泣，而不能求得心情之寄栖。听完时我哭了。怕你病中增加哀毁，所以我偷偷咽下去，换上笑靥来安慰你。

婧君！我哭你同时也是哭我自己，我伤感你同时也是伤感我自己。世界上惟有同在一种苦痛下的呻吟能应和，同在一种烦闷下的心情能相怜，因之，我今天听了你那披肝沥胆的心腹之谈，真令我惨然泫然，不知涕零之何从？

我如今已是情场逃囚，经历多少苦痛才超拔得出的沉溺者，想当年，我也是像你一样骄傲着自己的青春和爱情，而不愿轻易施予和抛掷的。哪料到爱情偏是盲目的小儿，我们又是在这种新旧嬗替时代，可怜我们便作了制度下的牺牲者。心上插着利剑，剑头上一面是情，一面是理，一直任它深刺在心底鲜血流到身边时，我们辗转哀泣在血泊中而不能逃逸。婧君！我六载京华，梦醒后只添了无限惆怅！徒令死者抱恨，生者含悲，一缕天真纯洁的爱丝，纠结成一团不可纷解的愁云；在这阴暗惨淡的愁云下，青春和爱情逝去了永无踪影。幸如今我已艰险备尝，人世经历既多，情感亦戕残无余，觉往事虽属恨憾，然宇宙为缺陷的宇宙，我又何力能补填此茫茫无涯之缺陷？

不过我总希望一切制度环境能由我们的力量改换，人生的兴趣，只为了满足希望和欲求而努力，所以我有时候是不赞成你这种不勇斗的态度，而退让给你的敌人来袭击你至于死的。一方面我怨恨自己不幸便成了这恶势力下的俘虏，一方面我愤慨这种痛苦，不仅害了我，还正在害着许多人，而你便是被这铁锤击伤的一个同病者。我是和你一样，我的爱情是坚贞不移的，我的理智是清明独断的，所以发生了极端的矛盾。为了完成爱情，则理智陷于绝境，我不愿作旧制度下之叛徒；为了成全理智，则爱情陷于绝境，我又不愿作负义的薄幸人。这样矛盾未解决前，我已铸成了不可追悔的大错，令爱我的 K 君陷于死境，以解决此不能解决之纠结。

然而这并不是我们所希望，幸福的爱情之果。

今天你告诉我你只有死，为了他已结过婚，你不能不顾忌一切去另辟你们的园地；同时你很爱他，不完成你的爱时你又不能弃置他去另求寄栖。我不知道该怎么帮助你解决此难题，我不知该怎样鼓励你去完成你的美满人生？我想你还是在生之途去奋斗，不要去死之途求躲避。只要你信任你们中间的爱情，只要你愿意完成你们的爱情，那么，你尽可不顾一切，不管家族亲朋社会上给予你多少的鄙视和非难，去创造你光明的幸福的前途，实现你美满的人生去吧！婧君！在你未死前我愿你奋斗而去创造新生命，并摒弃你一切的病痛；不要令自己悒郁而终，抱恨千古。一样是博不得旧社会的同情，你又何必令旧礼教笑你这不勇的叛徒呢！我愿你求生作一个反抗一切的新女子，我不愿你求死作一个屈伏名教中之罪人。时乎，时乎不再来，刹那间稍纵即逝的青春和爱情，你要用你的力量捉住她，系住她，不要让她悄悄地过去了，徒自追悔。

从前我是信仰命运天定说的，现在我觉那都是懒惰懦弱人口中的护符，相信我们的力，我们的力是能一日夜换过一千个宇宙的。我们的力是能毁灭一切，而重新铸建的；我们的力是能挽死回生的。婧君！你相信你的力，相信你的力量之伟大！

结婚以爱情为主，道德不道德，亦视爱情之纯洁与否，至于一切旧制度之名分自然不值识者一笑！我们为了爱情而生，为了生命求美满而生，我们自然不是迎合旧社会旧制度而生，果然，又何尝要有革命！

假如这都是我忏悔的话时，你一定不惊奇我的大胆了。自从你得病以来，我已知你源于多愁，然而素昧生平的我，终于不愿向你探询，只暗暗祷祝你有一天病魔去了，围着你的阴霾也逃了。那天你问到我烦闷的前尘，如烟雾般已经消散了的往事，更令我对你有了同感，而深知自己前尘之错误，愿警告你万勿再以生命作最后之抛掷，而遗悔终生。

我真怕你那深陷的眼里，涌出的泪泉，我真怕你黄瘦憔悴的双颊，满载了愁烦的双肩。当你告诉我你的姊姊由天津写长信责你时，我感到了骨肉之无情，和你自己遭际之不幸。假如没有当初姊姊一番热心的介绍，你何机能造此一段孽缘呢？也许她现在想排解你们中间的忧愁，解铃还是系铃人，她想离间你们抹去以前旧痕的。婧君！你苦我已尽知。但我仍请你宽怀自解！留得此身在可作永久之奋斗，万勿意冷心灰而祈求速死以自戕！

今天我归来心情异常恶劣，逼于你的病躯危殆，我又不能不书此一慰，并求另有所努力。然而这些矛盾话你也许要笑我自圆其说吧！

最后我祝你去欢迎你的新生命，进行免除痛苦的工作，我这里备好满满的一杯酒预祝你的胜利！

这封信是婧君病中我写给她的，记得是十五年六月十一日。暑假前我临归山城时，得到了她病重的消息，因她已迁入德国医院我不愿去看她。暑假后我回京知她已迁居，有一天下午我去看她，她家中因她病重拒绝我，未曾令我见着她。但是那夜我接到W君的电话，是她知我去看她，怕我因未见她而怅惘，特令W君来电话告我她的病况而安慰我的。

中秋前二日，深夜中她的好友A君来找我，得知了她已脱离尘世的烦恼撒手而去了，我心中感到了莫名的凄怆，虽然她的死已在我意中。

她死时很清醒，令她的家人打电话把W君请来，临终她虽然默无一语，但她心中正不知纠结着多少离愁和别恨呢！死后的那一夜，W君伴着她的尸体坐了一夜，婧君有灵也许她感到满足，她死在她爱人的面前；而暴露这一付骸骨给旧社会，这是她最后的战略！

再见她时已是一棺横陈，她家人正在举哀痛苦！灵前挂着许多挽联，似乎都是赞扬她的，哀悼她的，惋惜她的。然而这些人也正是她生前揶揄她的，嘲笑她的，毁谤她的！

# 寄海滨故人

## 一

这时候我的心流沸腾的像红炉里的红焰，一支一支怒射着，我仿佛要烧毁了这宇宙似的；推门站在寒风里吹了一会，抬头看见冷月畔的孤星，我忽然想到给你写这封信。

露沙！你听见我这样喊你时，不知你是惊奇还是抖颤！假如你在我面前，听了我这样喊你的声音，你一定要扑到我怀中痛哭的。世界上爱你的母亲和涵都死了，知道你同情你可怜你，看你由畸零而走到幸福，由幸福又走到畸零的却是我。露沙！我是盼望着我们最近能见面，我握住你的手，由你饱经忧患的面容上，细认你逝去的生命和啼痕呢！

半年来，我们音信的沉寂，是我有意的隔绝，在这狂风恶浪中扎挣的你，在这痛哭哀泣中展转的你，我是希望这时你不要想到我，我也勉强要忘记你的。我愿你掩着泪痕望着你这一段生命火焰，由残余而化为灰烬，再从凭吊悼亡这灰烬的哀思里，埋伏另一火种，爆发你将来生命的火焰。这工作不是我能帮助你，也不是一切人所能帮助你，是要你自己在深更闭门暗自呜咽时去沉思，是要你自己在人情炎凉世事幻变中去觉醒，是要你自己披刈荆棘跋涉山川时去寻觅。如今，谢谢上帝，你已经有了新的信念，你已经有了新的生命的火焰，你已经有了新的发现；我除了为你庆慰外，便是一种自私的欣喜，我总觉如今的你可以和我携手了，我们偕行着去走完这生的路程，希望在沿途把我们心胸中的热血烈火尽量的挥洒，尽量的燃烧，“焚毁世界一切不幸者的手铐足镣，扫尽人间一切愁惨的阴霾；”假使不能如意，也愿让热血烈火淹沉烧枯了我们自己。这才不辜负我们认识一场，和这几年我所鼓励你希望你的心，两年前我寄给你信里曾这样说过：

> 你我无端邂逅，无端缔交，上帝的安排，有时原觉多事；我于是常奢望你在锦帷绣幕之中，较量柴米油盐之外，要承继着你从前的希望，努力去作未竟的事业，因之不惮烦厌，在你香梦正酣时，我常督促你的惊醒。不过相信一个人，由青山碧水，到了崎岖荆棘的山路，由崎岖荆棘中又到了柳暗花明的村庄，已感到人世的疲倦，在这期内彻悟了的自然又是一种人生。
>
> 在学校时我看见你激昂慷慨的态度，我曾和婉说你是女儿英雄，有时我逢见你和莹坐在公园茅亭中大嚼时，我曾和婉说你是名士风流。想到《扶桑余影》，当你握着利如宝剑的笔锋，铺着云霞天样的素纸，立在万崖峰头，俯望着千仞飞瀑的华严泷，凝视神往时，原也曾独立苍茫，对着眼底的河山，吹弹出雄壮的悲歌；曾几何时，栉风沐雨的苍松，化作了醺醉阳光的蔷薇。

原谅我，露沙！那时我真不满意你，所以我常要劝你不要消沉，湮灭了你文学的天才和神妙的灵思。不过，你那时不甘雌伏的雄志，已被柔情万缕来纠结，我也常叹息你实有不得已的苦衷。涵的噩耗传来时，我自然为了你可怜的遭遇而痛心，对你此后畸零漂泊的身世更同情，想你经此重创一定能造成一个不可限量的女作家，只要你自己肯努力；但是这仅仅是远方故人对你在心头未灰的一星火烬，奢望你能由悲痛颓丧中自拔超脱，以你自己所受的创痛，所体验的人生，替多少有苦说不出来的朋友们泄泄怨恨，也是我们自己借此忏悔借此寄托的一件善事。万想不到露沙，你已经驰驱赴敌，荷枪实弹地立在阵前了。我真喜欢，你说：

> 朋友！我现在已另找到途径了，我要收纳宇宙间所有的悲哀之泪泉，使注入我的灵海，方能兴风作浪；并且以我灵海中深渊不尽的百流填满这宇宙无底的缺陷。吾友！我所望的太奢吗？但是我绝不以此灰心，只要我能作的时候，总要这样作，就是我的躯壳成灰，倘我的一灵不泯，必不停止的继续我的工作。

我不知你现在心情到底怎样？不过，我相信你心是冷寂宁静的，况且上帝又特赐你那样幽雅辽阔的境地，正宜于一个饱经征战的勇士，退休隐息。你仔细去追忆那似真似梦的人生吧，你沉思也好，你低泣也好，你对着睡了的萱儿微笑也好，我想这样美妙的缺陷，未尝不是宇宙间一种艺术。露沙！原谅我这话说得过分的残忍冷酷吧！

暑假前我和俊因、文菊常常念着你，为了减少你的悲绪，我们都盼望你能北来；不过露沙！那时候的北京和现在一样，是一座伟大的死城，里边乌烟瘴气，呼吸紧促，一点生气都没有，街市上只看见些活骷髅和迷人眉目的沙尘。教育界更穷苦，更无耻，说起来都令人掩鼻。在现在我们无力建设合理的新社会新环境之前，只好退一步求暂时的维持，你既觉在沪尚好，那你不来这死城里呼吸自然是我最庆欣的事。

这两年来，我在北京看见不少惊心动魄的事，我才知道世界原来是罪恶之薮，置身此中，常常恍非人间，咽下去的眼泪和愤慨不知有多少了，我自然不能具体的告诉你：不过你也许可以体会到吧，这人为刀俎，我为鱼肉的生活。

## 二

如今，说到我自己了。

说到我自己时，真觉羞愧，也觉悲凄；除了日浸于愁城恨海之外，我依然故我，毫无寸进可述。对家庭对社会，我都是个流浪漂泊的闲人。读了《蔷薇》中《涛语》，你已经知道了。值得令你释念的，便是我已经由积沙岩石的旋涡中，流入了坦平的海道，我只是这样寂然无语的从生之泉流到了死之海；我已不是先前那样呜咽哀号，颓丧沉沦，我如今是沉默深刻，容忍含蓄人间一切的哀痛，努力去寻求真实生命的战士。对于一切的过去，我仍不愿抛弃，不能忘记，我仍想在波涛落处，沙痕灭处，我独自踟蹰徘徊凭吊那逝去的生命，像一个受伤的战士，在月下醒来，望着零乱烬余，人马倒毙的战场而沉思一样。

玉薇说她常愿读到我的信，因为我信中有“人生真实的眼泪”，其实，我是一个不幸的使者，我是一个死的石像，一手执着红滟的酒杯，一手执着锐利的宝剑，这酒杯沉醉了自己又沉醉了别人，这宝剑刺伤了自己又刺伤了别人。这双锋的剑永远插在我心上，鲜血也永远是流在我身边的；不过，露沙！有时我卧在血泊中抚着插在心上的剑柄会微笑的，因为我似乎觉得骄傲！

露沙！让我再说说我们过去的梦吧！

入你心海最深的大概是梅窠吧，那时是柴门半掩，茅草满屋顶的一间荒斋。那里有我们不少浪漫的遗痕，狂笑，高歌，长啸低泣，酒杯伴着诗集。想起来真不像个女孩儿家的行径。你呢，还可加个名士文人自来放浪不羁的头衔；我呢，本来就没有那种豪爽的气魄，但是我随着你亦步亦趋的也学着喝酒吟诗。有一次秋天，我们在白屋中约好去梅窠吃菊花面，你和晶清两个人，吃了我四盆白菊花。她的冷香洁质都由你们的樱唇咽到心底，我私自为伴我一月的白菊庆欣，她能不受风霜的欺凌摧残，而以你们温暖的心房，作埋香殡骨之地。露沙！那时距今已有两年余，不知你心深处的冷香洁质是否还依然存在？

自从搬出梅窠后，我连那条胡同都未敢进去过，听人说已不是往年残颓凄凉的荒斋，如今是朱漆门金扣环的高楼大厦了。从前我们的遗痕豪兴都被压埋在土底，像一个古旧无人知的僵尸或骨殖一样。只有我们在天涯一样漂泊，一样畸零的三个女孩儿，偶然间还可忆起那幅残颓凄凉的旧景，而惊叹已经葬送了的幻梦之无凭。

前几天飞雪中，我在公园社稷台上想起海滨故人中，你们有一次在月光下跳舞的记述。你想我想到什么呢？我忽然想到由美国归来，在中途卧病，沉尸在大海中的瑜，她不是也曾在海滨故人中当过一角吗？这消息传到北京许久了，你大概早已在一星那里知道这件惨剧了。她是多么聪慧伶俐可爱的女郎，然而上帝不愿她在这污浊的人间久滞留，把她由苍碧的海中接引了去。露沙！我不知你如今有没有勇气再读海滨故人？真怅惘，那里边多是些不堪回首的往事。

有时我很盼能忘记了这些系人心魂的往事，不过我为了生活，还不能抛弃了我每天驻息的白屋，不能抛弃，自然便有许多触目伤心的事来袭击我，尤其是你那瘦肩双耸，愁眉深锁的印影，常常在我凝神沉思时涌现到我的眼底。自从得到涵的噩耗后，每次我在深夜醒来，便想到抱着萱儿偷偷流泪的你，也许你的泪都流到萱儿可爱的玫瑰小脸上。可怜她，她不知道在母亲怀里睡眠时，母亲是如何的悲苦凄伤，在她柔嫩的桃腮上便沾染了母亲心碎的泪痕！露沙！我常常这样想到你，也想到如今惟一能寄托你母爱的薇萱。

如今，多少朋友都沉尸海底，埋骨荒丘！他们遗留在人间的不知是什么？他们由人间带走的也不知是什么？只要我们尚有灵思，还能忆起梅窠旧梦；你能远道寄来海滨的消息，安慰我这“踞石崖而参禅”的老僧，我该如何的感谢呢！

## 三

《寄天涯一孤鸿》我已读过了[①]。你是成功了，“读后竟为之流泪，而至于痛哭！”那天是很黯淡的阴天，我在灰尘的十字街头逢

---

① 《寄天涯一孤鸿》：庐隐写给石评梅的信。

见女师大的仪君，她告我《小说月报》最近期有你寄给我的一封信，我问什么题目，她告诉我后我已知道内容了。我心海深处忽然汹涌起惊涛骇浪，令我整个的心身受其播动而晕绝！那时已近黄昏，雇了车在一种恍惚迷惘中到了商务印书馆。一只手我按着搏跳的心，一只手抖颤着接过那本书，我翻见了寄天涯一孤鸿六字后，才抱着怆痛的心走出来。这时天幕上罩了黑的影，一重一重的迫近像一个黑色的巨兽；我不能在车上读，只好把你这纸上的心情，握在我抖颤的手中温存着。车过顺治门桥梁时，我看着护城河两堤的枯柳，一口一口把我的凄哀咽下去。到了家在灯光下含着泪看完，我又欣慰又伤感，欣慰的是我在这冷酷的人间居然能找到这样热烈的同情，伤感的是我不幸我何幸也能劳你濡泪滴血的笔锋，来替我宣泄积闷。

那一夜我是又回复到去年此日的心境。我在灯光下把你寄我的信反复再读，我真不知泪从何来，把你那四页纸都染遍了湿痕，露沙！露沙！你一个字一个字上边都有我碎心落泪的遗迹。你该胜利的一笑吧！为了你这封在别人视为平淡在我视为箭镞的信，我一年来勉强扎挣起来的心灵身躯，都被你一字一字打倒，我又躺在床上掩被痛哭！一直哭到窗外风停云霁，朝霞照临，我才换上笑靥走出这冷森的小屋，又混入那可怕的人间。露沙！从那天直到如今，我心里总是深画着怆痛，我愿把这凄痛寄在这封信里，愿你接受了去，伴你孤清时的怀忆。

许久未痛哭了，今年暑假由山城离开母亲重登漂泊之途时，我在石家庄正太饭店曾睡在梅隐的怀里痛哭了一场。因为我不能而且不忍把我的悲哀露了，重伤我年高双亲的心；所以我不能把眼泪流在他们面前，我走到中途停息时才能尽量的大哭。梅隐她也是漂泊归来又去漂泊的人，自然也尝了不少的人世滋味，那夜我俩相伴着哭到天明。不幸到北京时，我就病了。半年来我这是第二次痛哭，读完你寄天涯一孤鸿的信。

我总想这一瞥如梦的人生，能笑时便笑，想哭时便哭；我们在坎坷的人生道上，大概可哭的事比可笑的事多，所以我们的泪泉不会枯干。你来信说自涵死你痛哭后，未曾再哭，我不知怎样有这个奢望，我觉你读了我这封信时你不能全忘情吧!?

这些话可以说都是前尘了，现在我心又回到死寂冷静，对一切不易兴感；很想合着眼摸索一条坦平大道，卜卜我将来的命运呢！你释念吧，露沙！我如今不令过分的凄哀伤及我身体的。

晶清或将在最近期内赴沪，我告她到沪时去看你，你见了她梅窠中相逢的故人，也和见了我一样；而且她的受伤，她的畸零，也同我们一样。请你好好抚慰她那跋涉崎岖惊颤之心，我在京漂泊详状她可告你。这或者是你欢迎的好消息吧!?

这又是一个冬夜，狂风在窗外怒吼，卷着尘沙扑着我的窗纱像一个猛兽的来袭，我惊惧着执了破笔写这沥血滴泪的心痕给你。露沙！你呢？也许是在睁着枯眼遥望银河畔的孤星而咽泪，也许是拥抱着可爱的萱儿在沉睡。这时候呵！露沙！是我写信的时候。

一九二六，十二，二十五，圣诞节夜

（原刊 1927 年 1 月 12 日《晨报副刊》）

# 天　辛

到如今我没有什么话可说，宇宙中本没有留恋的痕迹，我祈求都像惊鸿的疾掠，浮云的转逝；只希望记忆帮助我见了高山想到流水，见了流水想到高山。但这何尝不是一样的吐丝自缚呢！

有时我常向遥远的理智塔下忏悔，不敢抬头；因为瞻望着遥远的生命，总令我寒噤战栗！最令我难忘的就是你那天在河滨将别时，你握着我的手说：

“朋友！过去的确是过去了，我们在疲倦的路上，努力去创造未来吧！”

而今当我想到极无聊时，这句话便隐隐由我灵魂深处溢出，助我不少勇气。但是终日终年战兢兢的转着这生之轮，难免有时又感到生命的空虚，像一只疲于飞翔的孤鸿，对着苍茫的天海，云雾的前途，何处是新径、何处是归路地怀疑着，徘徊着。

我心中常有一个幻想的新的境界，愿我自己单独地离开群众，任着脚步，走进了有虎狼豺豹的深夜森林中，跨攀过削岩峭壁的高冈，渡过了苍茫扁舟的汪洋，穿过荆棘丛生的狭径……任我一个人高呼，任我一个人低唱，即有危险，也只好一个人量力扎挣与抵抗。求救人类，荒林空谷何来佳侣？祈福上帝，上帝是沉默无语。我愿一生便消失在这里，死也埋在这里，虽然孤寂，我也宁愿享兹孤苦的。不过这怕终于是一个意念的幻想，事实上我又如何能这样，除了蔓草黄土堙埋在我身上的时候。

如今，我并不恳求任何人的怜悯和抚慰，自己能安慰娱乐自己时，就便去追求着哄骗自己。相信人类深藏在心底的，大半是罪恶的种子，陈列在眼前的又都是些幻变万象的尸骸；猜疑嫉妒既狂张起翅儿向人间乱飞，手中既无弓箭，又无弹丸的我们，又能奈何他们呢？辛！我们又如何能不受伤负创被人们讥笑。

过去的梦神，她常伸长玉臂要我到她的怀里，因之，一切的凄怆失望像万骑踏过沙场一样蹂躏着我。使我不敢看花，看花想到业已埋葬的青春；不敢临河，怕水中映出我憔悴的瘦影；更不敢到昔日栖息之地，怕过去的陈尸捉住我的惊魂。更何忍压着凄酸的心情，在晚霞鲜明，鸟声清幽时，向沙土上小溪畔重认旧日的足痕！

从前赞美朝阳，红云捧着旭日东升，我欢跃着说："这是我的希望。"从前爱慕晚霞，望着西方绚烂的彩虹，我心告诉我："这是我的归宿。"天辛呵！纵然今天我立在伟大庄严的天坛上，彩凤似的云霞依然飘停在我的头上；但是从前我是沉醉在阳光下的蔷薇花，现在呢，仅不过是古荒凄凉的神龛下，蜷伏着呻吟的病人。

这些话也许又会令你伤心的，然而我不知为什么似乎一些幸福愉快的言语也要躲避我。今天推窗见落叶满阶，从前碧翠的浓幕，让东风撕成了粉碎；因之，我又想到落花，想到春去的悠忽，想到生命的虚幻，想到一切……想到月明星烂的海，灯光辉煌的船，广庭中婀娜的舞女，琴台上悠扬的歌声；外边是沉静的海充满了神秘，船里是充满了醉梦的催眠。汹涌的风波起时，舵工先感恐惧，只恨我的地位在生命海上，不是沉醉娇贵的少女，偏是操持危急的舵工。

说到我们的生命，更渺小了，一波一浪，在海上留下些什么痕迹！

诞日，你寄来的象牙戒指收到了。诚然，我也愿用象牙的洁白和坚实，来纪念我们自己静寂像枯骨似的生命。

# 涛　语

## 一　微醉之后

几次轻掠飘浮过的思绪，都浸在晶莹的泪光中了。何尝不是冷艳的故事，凄哀的悲剧，但是，不幸我是心海中沉沦的溺者，不能有机会看见雪浪和海鸥一瞥中的痕迹。因此心波起伏间，卷埋隐没了的，岂只朋友们认为遗憾；就是自己，永远徘徊寻觅我遗失了的，何尝不感到过去飞逝的云影，宛如彗星一扫的壮丽。

允许我吧！我的命运之神！我愿意捕捉那一波一浪中汹涌浮映出过去的幻梦。固然我不敢奢望有人能领会这断弦哀音，但是我尚有爱怜我的母亲，她自然可以为我滴几点同情之泪吧！朋友们，这是由我破碎心幕底透露出的消息。假使你们还挂念着我。这就是我遗赠你们的礼物。

丁香花开时候，我由远道归来。一个春雨后的黄昏，我去看晶清。推开门时她在碧绸的薄被里蒙着头睡觉，我心猜想她一定是病了。不忍惊醒她，悄悄站在床前；无意中拿起枕畔一本蓝皮书，翻开时从里面落下半幅素笺，上边写着：

> 波微已经走了，她去那里我是知道而且很放心，不过在这样繁华如碎锦似的春之画里，难免她不为了死的天辛而伤心，为了她自己惨淡悲凄的命运而流泪！
>
> 想到她我心就怦怦的跃动，似乎纱窗外啁啾的小鸟都是在报告不幸的消息而来。我因此病了，梦中几次看见她，似乎她

已由悲苦的心海中踏上那雪银的浪花，翩跹着披了一幅白云的轻纱；后来暴风巨浪袭来，她被海波卷没了，只有那一福白云般的轻纱飘浮在海面上，一霎时那白纱也不知流到那里去了。

固然人要笑我痴呆，但是她呢，确乎不如一般聪明人那样理智，从前她是个杀人不眨眼的英雄，如今被天辛的如水柔情，已变成多愁多感的人了。这几天凄风苦雨令我想到她，但音信却偏这般渺茫……

读完后心头觉着凄梗，一种感激的心情，使我终于流泪！但这又何尝不是罪恶，人生在这大海中不过小小的一个泡沫，谁也不值得可怜谁，谁也不值得骄傲谁，天辛走了，不过是时间的早迟，生命上使我多流几点泪痕而已。为什么世间偏有这许多绳子，而且是互相连系着！

她已睁开半开的眼醒来，宛如晨曦照着时梦耶真耶莫辨的情形，瞪视良久，她不说一句话，我抬起头来，握住她手说：

“晶清，我回来了，但你为什么病着？”

她珠泪盈睫，我不忍再看她，把头转过去，望着窗外柳丝上挂着的斜阳而默想。后来我扶她起来，同到栉沐室去梳洗，我要她挣扎起来伴我去喝酒。信步走到游廊，柳丝中露出三年前月夜徘徊的葡萄架，那里有芗蘅的箫声，有云妹的倩影，明显映在心上的，是天辛由欧洲归来初次看我的情形。那时我是碧茵草地上活泼跳跃的白兔，天真骄憨的面靥上，泛映着幸福的微笑！三年之后，我依然徘徊在这里，纵然浓绿花香的图画里，使我感到的比废墟野冢还要凄悲！上帝呵！这时候我确乎认识了我自己。

韵妹由课堂下来，她拉我又回到寝室，晶清已梳洗完正在窗前换衣服，她说：

“波微！你不是要去喝酒吗？萍适才打电话来，他给你已预备下接风宴，去吧！对酒当歌，人生几何，去吧，乘着丁香花开时候。”

风在窗外怒吼着，似乎有万骑踏过沙场，全数冲杀的雄壮；又似乎海边孤舟，随狂飙扎挣呼号的声音，一声声的哀惨。但是我一切都不管，高擎着玉杯，里边满斟着红滟滟的美酒，她正在诱惑我，像一个绯衣美女轻掠过骑上马前的心情一样的诱惑我。我愿永久这样陶醉，不要有醒的时候，把我一切烦恼都装在这小小杯里，让它随着那甘甜的玫瑰露流到我那创伤的心里。

在这盛筵上我想到和天辛的许多聚会畅饮。

晶清挽着袖子，站着给我斟酒；萍呢！他确乎很聪明，常常望着晶清，暗示她不要再给我斟，但是已晚了，饭还未吃我就晕在沙发上了。

我并莫有痛哭，依然晕厥过去有一点多钟之久。醒来时晶清扶着我，我不能再忍了，伏在她手腕上哭了！这时候屋里充满了悲哀，萍和琼都很难受的站在桌边望着我。这是天辛死后我第六次的昏厥，我依然和昔日一样能在梦境中醒来。

灯光辉煌下，每人的脸上都泛映着红霞，眼里莹莹转动的都是泪珠，玉杯里还有半盏残酒，桌上狼藉的杯盘，似乎告诉我这便是盛筵散后的收获。

大家望着我都不知应说什么？我微抬起眼帘，向萍说：

“原谅我，微醉之后。”

## 二　父亲的绳衣

“荣枯事过都成梦，忧喜情忘便是禅。”人生本来一梦，在当时兴致勃勃，未尝不感到香馥温暖，繁华清丽。至于一枕凄凉，万象皆空的时候，什么是值得喜欢的事情，什么是值得流泪的事情？我们是生在世界上的，只好安于这种生活方程，悄悄地让岁月飞逝过去。消磨着这生命的过程，明知是镜花般不过是一瞥的幻梦，但是我们的情感依然随着遭遇而变迁。为了天辛的死，令我觉悟了从前太认真人生的错误，同时忏悔我受了社会万恶的蒙蔽。死了的明显是天辛的躯壳，死了的惨淡潜隐便是我这颗心，他可诅咒我的残忍，但是我呢，也一样是啮残下的牺牲者呵！

我的生活是陷入矛盾的，天辛常想着只要他走了；我的腐蚀的痛苦即刻可以消逝。这是一个错误的观念，事实上矛盾痛苦是永不能免除的。现在我依然沉陷在这心情下，为了这样矛盾的危险，我的态度自然也变了，有时的行为常令人莫明其妙。

这种意思不仅父亲不了解，就连我自己何尝知道我最后一日的事实；就是近来倏起倏灭的心思，自己每感到奇特惊异。

清明那天我去庙里哭天辛，归途上我忽然想到与父亲和母亲结织一件绳衣。我心里想的太可怜了，可以告诉你们的就是我愿意在这样心情下，作点东西留个将来回忆的纪念。母亲他们穿上这件绳衣时，也可想到他们的女儿结织时的忧郁和伤心！这个悲剧闭幕后的空寂，留给人间的固然很多，这便算埋葬我心的坟墓，在那密织的一丝一缕之中，我已将母亲交付给我的那颗心还她了。

我对于自己造成的厄运绝不诅咒，但是母亲，你们也应当体谅我，当我无力扑到你怀里睡去的时候，你们也不要认为是缺憾吧！

当夜张着黑翼飞来的时候，我在这凄清的灯下坐着。案头放着一个银框，里面刊装着天辛的遗像，像的前面放看一个紫玉的花瓶，瓶里插着几枝玉簪，在花香迷漫中，我默默的低了头织衣；疲倦时我抬起头来望望天辛，心里的感想，我难以写出。深夜里风声掠过时，尘沙向窗上瑟瑟的扑来，凄凄切切似乎鬼在啜泣，似乎鸱鸮的翅儿在颤栗！我仍然低了头织着，一直到我伏在案上睡去之后。这样过了七夜，父亲的绳衣成功了。

父亲的信上这样说：

> ……明知道你的心情是如何的恶劣，你的事务又很冗繁，但是你偏在这时候，日夜为我结织这件绳衣，远道寄来，与你父防御春寒。你的意思我自然喜欢，但是想到儿一腔不可宣泄的苦衷时，我焉能不为汝凄然！……

读完这信令我惭愧，纵然我自己命运负我，但是父母并未负我；他们希望于我的，也正是我愿为了他们而努力的。父亲这微笑中的泪珠，真令我良心上受了莫大的责罚，我还有什么奢望呢！我愿暑假快来，我扎挣着这创伤的心神，扑向母亲怀里大哭！我廿年的心头埋没的秘密，在天辛死后，我已整个的跪献在父母座下了。我不忍那可怕的人间隔膜，能阻碍了我们天性的心之交流，使他们永远隐蔽着不知道他们的女儿——不认识他们的女儿。

## 三　醒后的惆怅

深夜梦回的枕上，我常闻到一种飘浮的清香，不是冷艳的梅香，不是清馨的兰香，不是金炉里的檀香，更不是野外雨后的草香。不知它来自何处，去至何方？它们伴着皎月游云而来，随着冷风凄雨而来，无可比拟，凄迷辗转之中，认它为一缕愁丝，认它为几束恋感，是这般悲壮而缠绵。世界既这般空寂，何必追求物象的因果。

> 汝负我命，我还汝债，以是因缘，经百千劫常在生死。汝爱我心，我爱汝色，以是因缘，经百千劫需在缠缚。
>
> ——《楞严经》

寂灭的世界里，无大地山河，无恋爱生死，此身既属臭皮囊，此心又何尝有物，因此我常想毁灭生命，锢禁心灵。至少把过去埋了，埋在那苍茫的海心，埋在那崇峻的山峰；在人间永不波荡，永不飘飞；但是失败了，仅仅这一念之差，铸塑成这般罪恶。

当我在长夜漫漫，转侧呜咽之中，我常幻想着那云烟一般的往事，我感到梗酸，轻轻来吻我的是这腔无处挥洒的血泪。

我不能让生命寂灭，更无力制止她的心波澎湃，想到时总觉对不住母亲，离开她五年把自己摧残到这般枯悴。要写什么呢？生命已消逝的飞掠去了，笔尖逃逸的思绪，何曾是纸上留下的痕迹。母亲！这些话假如你已了解时，我又何必再写呢！只恨这是埋在我心冢里的，在我将要放在玉棺时，把这束心的挥抹请母亲过目。

天辛死以后，我在他尸身前祷告时，一个令我绻恋的梦醒了！我爱梦，我喜欢梦，她是浓雾里阑珊的花枝，她是雪纱轻笼了苹果脸的少女，她如苍海飞溅的浪花，她如归鸿云天里一闪的翅影。因为她既不可捉摸，又不容凝视，那轻渺渺游丝般梦痕，比一切都使人醺醉而迷惘。

诗是可以写在纸上的，画是可以绘在纸上的，而梦呢，永远留在我心里。母亲！假如你正在寂寞时候，我告诉你几个奇异的梦。

## 四　夜航

一九二五年元旦那天，我到医院去看天辛，那时残雪未消，轻踏着积雪去叩弹他的病室，诚然具着别种兴趣，在这连续探病的心情经验中，才产生出现在我这忏悔的惆怅！不过我常觉由崎岖蜿蜒的山径到达到峰头，由翠荫森森的树林到达到峰头；归宿虽然一样，而方式已有复杂简略之分，因之我对于过去及现在，又觉心头轻泛着一种神妙的傲意。

那天下午我去探病，推开门时，他是睡在床上头向着窗瞧书，我放轻了足步进去，他一点都莫有觉的我来了，依然一页一页翻着书。我脱了皮袍，笑着蹲在他床前，手攀着床栏说：

“辛，我特来给你拜年，祝你一年的健康和安怡。”

他似乎吃了一惊，见我蹲着时不禁笑了！我说：

“辛！不准你笑！从今天这时起，你做个永久的祈祷，你须得诚心诚意的祈祷！”

“好！你告诉我祈祷什么？这空寂的世界我还有希冀吗？我既无希望，何必乞怜上帝，祷告他赐我福惠呢？朋友！你原谅我吧！我无力而且不愿作这幻境中自骗的祈求了。”

仅仅这几句话，如冷水一样浇在我热血搏跃的心上时，他奄奄的死寂了，在我满挟着欢意的希望中，现露出这样一个严涩枯冷的阻物。他正在诅咒着这世界，这世界是不预备给他什么，使他虔诚的心变成厌弃了，我还有什么话可以安慰他呢！

这样沉默了有二十分钟，辛摇摇我的肩说：

“你起来，蹲着不累吗？你起来我告诉你个好听的梦。快！快起来！这一瞥飞逝的时间，我能说话时你还是同我谈谈吧！你回去时再沉默不好吗！起来，坐在这椅上，我说昨夜我梦的梦。”

我起来坐在靠着床的椅上，静静地听着他那抑扬如音乐般声音，似夜莺悲啼，燕子私语，一声声打击在我心弦上回旋。他说：

“昨夜十二点钟看护给我打了一针之后，我才可勉强睡着。波微！从此之后我愿永远这样睡着，永远有这美妙的幻境环抱着我。

“我梦见青翠如一幅绿缎横披的流水，微风吹起的雪白浪花，似绿缎上纤织的小花；可惜我身旁没带着剪子，那时我真想裁割半幅给你做一件衣裳。

“似乎是个月夜，清澈如明镜的皎月，高悬在蔚蓝的天宇，照映着这翠玉碧澄的流水；那边一带垂柳，柳丝一条条低吻着水面像个女孩子的头发，轻柔而蔓长。柳林下系着一只小船，船上没有人，风吹着水面时，船独自在摆动。

“这景是沉静，是庄严，宛如一个有病的女郎，在深夜月光下，仰卧在碧茵草毡，静待着最后的接引，怆凄而冷静。又像一个受伤的骑士，倒卧在树林里，听着这渺无人声的野外，有流水呜咽的声音！他望着洒满的银光，想到祖国，想到家乡，想到深闺未眠的妻子。我不能比拟是那么和平，那么神寂，那么幽深。

“我是踟蹰在这柳林里的旅客，不知道这是什么地方？我走到系船的那棵树下，把船解开，正要踏下船板时，忽然听见柳林里有唤我的声音！我怔怔的听了半天，依旧把船系好，转过了柳林，缘着声音去寻。愈走近了，那唤我的声音愈低微愈哀惨，我的心搏跳的更加利害。郁森的浓荫里，露透着几丝月光，照映着真觉冷森惨淡！我停止在一棵树下，那细微的声音几乎要听不见。后来我振作起勇气，又向前走了几步，那声音似乎就在这棵树上。”

他说到这里，面色变的更苍白，声浪也有点颤抖，我把椅子向床移了一下，紧握着他的手说：

"辛！那是什么声音？"

"你猜那唤我的是谁？波微！你一定想不到，那树上发出可怜的声音叫我的，就是你！不知谁把你缚在树上，当我听出是你的声音时，我像个猛兽一般扑过去，由树上把你解下来，你睁着满含泪的眼望着我，我不知为什么忽然觉的难过，我的泪不自禁的滴在你腮上了！

"这时候，我看见你惨白的脸被月儿照着像个雕刻的石像，你伏在我怀里，低低的问我：

"'辛！我们到那里去呢？'

"我莫有说什么，扶着你回到系船的那棵树下，不知怎样，刹那间我们泛着这叶似的船儿，飘游在这万顷茫然的碧波之上，月光照的如白昼。你站在船头仰望着那广漠的天宇，夜风吹送着你的散发，飘到我脸上时我替你轻轻一掠。后来我让你坐在船板上，这只无人把舵的船儿，驾凌着像箭一样在水面上飘过，渐渐看不见那一片柳林，看不见四周的缘岸。远远地似乎有一个塔，走近时原来不是灯塔，那个翠碧如琉璃的宝塔，月光照着发出璀璨的火光，你那时惊呼着指那塔说：

"'辛！你看什么！那是什么？'

"在这时候，我还莫有答应你；忽然狂风卷来，水面上涌来如山立的波涛，浪花涌进船来，一翻身我们已到了船底，波涛卷着我们浮沉在那琉璃宝塔旁去了！

"我醒来时心还跳着，月光正射在我身上，弟弟在他床上似乎正在梦呓。我觉着冷，遂把椅子上一条绒毡加在身上。我想着这个梦，我不能睡了。"

我不能写出我听完这个梦以后的感想，我只觉心头似乎被千斤重闸压着。停了一会我忽然伏在他床上哭了！天辛大概也知道不能劝慰我，他叹了口气重新倒在床上。

## 五 “殉尸”

我怕敲那雪白的病房门，我怕走那很长的草地，在一种潜伏的心情下，常颤动着几缕不能告人的酸意，因之我年假前的两星期没有去看天辛。

记的有一次我去东城赴宴，归来顺路去看他，推开门时他正睡着，他的手放在绒毡外边，他的眉峰紧紧锁着，他的唇枯烧成青紫色，他的脸净白像石像，只有胸前微微的起伏，告诉我他是在睡着。我静静地望着他，站在床前呆立了有廿分钟，我低低唤了他一声，伏在他床上哭了！

我怕惊醒他，含悲忍泪，把我手里握着的一束红梅花，插在他桌上的紫玉瓶里。我在一张皱了的纸上写了几句话：“天辛，当梅香唤醒你的时候，我曾在你梦境中来过。”

从那天起我心里总不敢去看他，连打电话给兰辛的勇气也莫有了。我心似乎被群蛆蚕食着，像蜂巢般都变成好些空虚的洞孔。我虔诚着躲闪那可怕的一幕。

放了年假第二天的夜里，我在灯下替侄女编结着一顶线绳帽。当我停针沉思的时候，小丫头送来一封淡绿色的小信。拆开时是云弟奇给我的，他说：“天辛已好了，他让我告诉你。

还希望你去看看他，在这星期他要搬出医院了。”

这是很令我欣慰的，当我转过那条街时，我已在铁栏的窗间看见他了，他低着头背着手在那枯黄草地上踱着，他的步履还是那样迟缓而沉重。我走进了医院大门，他才看见我，他很喜欢的迎着我说：“朋友！在我们长期隔离间，我已好了，你来时我已可以出来接你了。”

“呵！感谢上帝的福佑，我能看见你由病床上起来……”我底下的话没说完已经有点哽咽，我恨我自己，为什么在他这样欢意中发出这莫名其妙的悲感呢！至现在我都不了解。

别人或者看见他能起来，能走步，是已经健康了，痊愈了吧！我真不敢这样想，他没有舒怡健康的红靥，他没有心灵发出的微笑，他依然是忧丝紧缚的枯骨，依然是空虚不载一物的机械。他的心已由那飞溅冲激的奔流，汇聚成一池死静的湖水，莫有月莫有星，黑沉沉发出呜咽泣声的湖水。

他同我回到病房里，环顾了四周，他说：

“朋友！我总觉我是痛苦中浸淹了的幸福者，虽然我不曾获得什么，但是这小屋里我永远留恋它，这里有我的血，你的泪！仅仅这几幕人间悲剧已够我自豪了，我不应该在这人间还奢望着上帝所不许我的，我从此知所忏悔了！

“我的病还未好，昨天克老头儿警告我要静养六个月，不然怕转肺结核。”

他说时很不高兴，似乎正为他的可怕的病烦闷着。停了一会他忽然问我：

“地球上最远的地方是那里呢？”

“便是我站着的地方。”我很快的回答他。

他不再说什么，惨惨地一笑！相对默默不能说什么。我固然看见他这种坦然的态度而伤心，就是他也正在为了我的躲闪而可怜，为了这些，本来应该高兴的时候，也就这样黯淡的过去了。

这次来探病，他的性情心境已完全变化，他时时刻刻表现他的体贴我原谅我的苦衷，他自己烦闷愈深，他对于我的态度愈觉坦白大方，这是他极度粉饰的伤心，也是他最令我感泣的原因。他在那天曾郑重的向我声明：

“你还有什么不放心，我是飞入你手心的雪花，在你面前我没有自己。你所愿，我愿赴汤蹈火以寻求，你所不愿，我愿赴汤蹈火以避免。朋友，假如连这都不能，我怎能说是敬爱你的朋友呢！这便是你所认为的英雄主义时，我愿虔诚的在你世界里，赠与你永久的骄傲。这便是你所坚持的信念时，我愿替你完成这金坚玉洁的信念。

“我在医院里这几天，悟到的哲理确乎不少，比如你手里的头绳，可以揣在怀里，可以扔在地下，可以编织成许多时新的花样。我想只要有头绳，一切权力自然操在我们手里，我们高兴编织成什么花样，就是什么。我们的世界是不长久的，何必顾虑许多呢！

“我们高兴怎样，就怎样吧，我只诚恳的告诉你‘爱’不是礼赠，假如爱是一样东西，那么赠之者受损失，而受之者亦不见得心安。”

在这缠绵的病床上起来，他所得到的仅是这几句话，唉！他的希望红花，已枯萎死寂在这病榻上辗转呜咽的深夜去了。

我坐到八点钟要走了，他自己穿上大氅要送我到门口，我因他病刚好，夜间风大，不让他送我，他很难受，我也只好依他。他和我在那辉亮的路灯下走过时，我看见他那苍白的脸，颓丧的精神，不觉暗暗伤心！他呢，似乎什么都没有想，只低了头慢慢走着。他送我出了东交民巷，看见东长安街的牌坊，给我雇好车，他才回去。我望着他颀长的人影在黑暗中消失了，我在车上长长地呼了一口气。

就是这天夜里，我做了一个奇怪恐怖的梦。

梦见我在山城桃花潭畔玩耍，似乎我很小，头上梳着两个分开的辫子，又似乎是春天的景致，我穿着一件淡绿衫子。一个人蹲在潭水退去后的沙地上，捡寻着红的绿的好看的圆石，在这许多沙石里边，我捡着一个金戒指，翻过来看时这戒指的正面是椭圆形，里边刊着两个隶字是“殉尸”！

我很吃惊，遂拿了这戒指跑到家里让母亲去看。母亲拿到手里并不惊奇，只淡淡地说：“珠！你为什么捡这样不幸的东西呢！”我似乎很了解母亲的话，心里想着这东西太离奇了，而这两个字更令人心惊！我就向母亲说：

“娘！你让我还扔在那里去吧。”

那时母亲莫有再说话，不过在她面上表现出一种忧怖之色。我由母亲手里拿了这戒指走到门口，正要揭帘出去的时候，忽然一阵狂风把帘子刮起，这时又似乎黑夜的状况，在台阶下暗雾里跪伏着一个水淋淋披头散发的女子！

我大叫一声吓醒了！周身出着冷汗，枕衣都湿了。夜静极了，只有风吹着树影在窗纱上摆动。拧亮了电灯，看看表正是两点钟。我忽然想起前些天在医院曾听天辛说过他五六年前的情史。三角恋爱的结果一个去投了海，天辛因为她的死，便和他爱的那一个也撒手断绝了关系。从此以后他再不愿言爱。也许是我的幻想吧，我希望纵然这些兰因絮果是不能逃脱的，也愿我爱莫能助的天辛，使他有忏悔的自救吧！

我不能睡了，瞻念着黑暗恐怖的将来不禁肉颤心惊！

## 六　一片红叶

这是一个凄风苦雨的深夜。

一切都寂静了，只有雨点落在蕉叶上，淅淅沥沥令人听着心碎。这大概是宇宙的心音吧，它在这人静夜深时候哀哀地泣诉！

窗外缓一阵紧一阵的雨声，听着像战场上金鼓般雄壮，错错落落似鼓桴敲着的迅速，又如风儿吹乱了柳丝般的细雨，只洒湿了几朵含苞未放的黄菊。这时我握着破笔，对着灯光默想，往事的影儿轻轻在我心幕上颤动，我忽然放下破笔，开开抽屉拿出一本红色书皮的日记来，一页一页翻出一片红叶。这是一片鲜艳如玫瑰的红叶，它挟在我这日记本里已经两个月了。往日我为了一种躲避从来不敢看它，因为它是一个灵魂孕育的产儿，同时它又是悲惨命运的纽结。谁能想到薄薄的一片红叶，里面纤织着不可解决的生谜和死谜呢！我已经是泣伏在红叶下的俘虏，但我绝不怨及它，可怜在万千飘落的枫叶里，它衔带了这样不幸的命运。我告诉你们它是怎样来的：

一九二三年十月廿六的夜里，我翻读着一本《莫愁湖志》，有些倦意，遂躺在沙发上假睡；这时白菊正在案头开着，窗纱透进的清风把花香一阵阵吹在我脸上，我微嗅着这花香不知是沉睡，还是微醉！懒松松的似乎有许多回忆的燕儿，飞掠过心海激动着神思的颤动。我正沉恋着逝去的童年之梦，这梦曾产生了金坚玉洁的友情，不可掠夺的铁志；我想到那轻渺渺像云天飞鸿般的前途时，不自禁的微笑了！睁开眼见菊花都低了头，我忽然担心它们的命运，似乎它们已一步一步走近了坟墓，死神已悄悄张着黑翼在那里接引，我的心充满了莫名的悲绪！

大概已是夜里十点钟，小丫头进来递给我一封信，拆开时是一张白纸，拿到手里从里面飘落下一片红叶。“呵！一片红叶！”我不自禁的喊出来。怔愣了半天，用抖颤的手捡起来一看，上边写着两行字：

满山秋色关不住

一片红叶寄相思

天辛采自西山碧云寺十月二十四日

平静的心湖，悄悄被夜风吹皱了，一波一浪汹涌着像狂风统治了的大海。我伏在案上静静地想，马上许多的忧愁集在我的眉峰。我真未料到一个平常的相识，竟对我有这样一番不能抑制的热情。只是我对不住他，我不能受他的红叶。为了我的素志我不能承受它，承受了我怎样安慰他；为了我没有一颗心给他，承受了如何忍欺骗他。我即使不为自己设想，但是我怎能不为他设想。因之我陷入如焚的烦闷里。

在这黑暗阴森的夜幕下，窗下蝙蝠飞掠过的声音，更令我觉着战栗！我揭起窗纱见月华满地，斑驳的树影，死卧在地下不动，特别现出宇宙的清冷和幽静。我遂添了一件夹衣，推开门走到院里，迎面一股清风已将我心胸中一切的烦念吹净。无目的走了几圈后，遂坐在茅亭里看月亮，那凄清皎洁的银辉，令我对世界感到了空寂。坐了一会，我回到房里蘸饱了笔，在红叶的反面写了几个字是：

枯萎的花篮不敢承受这鲜红的叶儿。

仍用原来包着的那张白纸包好，写了个信封寄还他。这一朵初开的花蕾，马上让我用手给揉碎了。为了这事他曾感到极度的伤心，但是他并未因我的拒绝而中止。他死之后，我去兰辛那里整理他箱子内的信件，那封信忽然又发现在我眼前！拆开红叶依然，他和我的墨泽都依然在上边，只是中间裂了一道缝，红叶已枯干了。我看见它心中如刀割，虽然我在他生前拒绝了不承受的，在他死后我觉着这一片红叶，就是他生命的象征。上帝允许我的祈求罢！我生前拒绝了他的我在他死后依然承受他，红叶纵然能去了又来，但是他呢！是永远不能回来了，只剩了这一片志恨千古的红叶，依然无恙的伴着我，当我抖颤的用手捡起它奇给我时的心情，愿永远留在这鲜红的叶里。

## 七　象牙戒指

记得那是一个枫叶如荼，黄花含笑的深秋天气，我约了晶清去雨华春吃螃蟹。晶清喜欢喝几杯酒，其实并不大量，仅不过想效颦一下诗人名士的狂放。雪白的桌布上陈列着黄赭色的螃蟹，玻璃杯里斟满了玫瑰酒。晶清坐在我的对面，一句话也不说，一杯杯喝着，似乎还未曾浇洒了她心中的块垒。我执着杯望着窗外，驰想到桃花潭畔的母亲。正沉思着忽然眼前现出茫洋的大海，海上漂着一只船，船头站着激昂慷慨，愿血染了头颅誓志为主义努力的英雄！

在我神思飞越的时候，晶清已微醉了，她两腮的红采，正照映着天边的晚霞，一双惺忪似初醒时的眼，她注视着我执着酒杯的手，我笑着问她：

“晶清！你真醉了吗？为什么总看着我的酒杯呢！”

“我不醉，我问你什么时候带上那个戒指，是谁给你的？”她很郑重地问我。

本来是件极微小的事吧！但经她这样正式的质问，反而令我不好开口，我低了头望着杯里血红潋滟的美酒，呆呆地不语。晶清似乎看出我的隐衷，她又问我道：

“我知道是辛寄给你的吧！不过为什么他偏要给你这样惨白枯冷的东西？”

我听了她这几句话后，眼前似乎轻掠过一个黑影，顿时觉着桌上的杯盘都旋转起来，眼光里射出无数的银线。我晕了，晕倒在桌子旁边！晶清急忙跑到我身边扶着我。过了几分钟我神经似乎复原，我抬起头又斟了一杯酒喝了，我向晶清说：

“真的醉了！”

“你不要难受，告诉我你心里的烦恼，今天你一来我就看见你带了这个戒指，我就想一定有来由，不然你决不带这些妆饰品的，尤其这样惨白枯冷的东西。波微！你可能允许我脱掉它，我不愿意你带着它。”

“不能，晶清！我已经带了它三天了，我已经决定带着它和我的灵魂同在，原谅我朋友！我不能脱掉它。”

她的脸渐渐变成惨白，失去了那酒后的红采，眼里包含着真诚的同情，令我更感到凄伤！她为谁呢！她确是为了我，为了我一个光华灿烂的命运，轻轻地束在这惨白枯冷的环内。

天已晚了，我遂和晶清回到学校。我把天辛寄来象牙戒指的那封信给她看，信是这样写的：

> ……我虽无力使海上无浪，但是经你正式决定了我们命运之后，我很相信这波涛山立狂风统治了的心海，总有一天风平浪静，不管这是在千百年后，或者就是这握笔的即刻；我们只有候平静来临，死寂来临，假如这是我们所希望的。容易丢去了的，便是兢兢然恋守着的；愿我们的友谊也和双手一样，可以紧紧握着的，也可以轻轻放开。宇宙作如斯观，我们便毫无痛苦，且可与宇宙同在。
>
> 双十节商团袭击，我手曾受微伤。不知是幸呢还是不幸，流弹洞穿了汽车的玻璃，而我能坐在车里不死！这里我还留着

几块碎玻璃，见你时赠你做个纪念。昨天我忽然很早起来跑到店里购了两个象牙戒指；一个大点的我自己带在手上，一个小的我寄给你，愿你承受了它。或许你不忍吧！再令它如红叶一样的命运。愿我们用“白”来纪念这枯骨般死静的生命。……

晶清看完这信以后，她虽未曾再劝我脱掉它，但是她心里很难受，有时很高兴时，她触目我这戒指，会马上令她沉默无语。

这是天辛未来北京前一月的事。

他病在德国医院时，出院那天我曾给他照了一张躺在床上的像，两手抚胸，很明显地便是他右手那个象牙戒指。后来他死在协和医院，尸骸放在冰室里，我走进去看他的时候，第一触目的又是他右手上的象牙戒指。他是带着它一直走进了坟墓。

## 八　最后的一幕

人生骑着灰色马和日月齐驰，在尘落沙飞的时候，除了几点依稀可辨的蹄痕外，遗留下什么？如我这样整天整夜的在车轮上回旋，经过荒野，经过闹市，经过古庙，经过小溪；但那鸿飞一掠的残影又遗留在那里？在这万象变幻的世界，在这表演一切的人间，我听着哭声笑声歌声琴声，看着老的少的俊的丑的，都感到了疲倦。因之我在众人兴高采烈，沉迷醺醉，花香月圆时候，常愿悄悄地退出这妃色幕帏的人间，回到我那凄枯冷寂的另一世界。那里有惟一指导我，呼唤我的朋友，是谁呢？便是我认识了的生命。

朋友们！我愿你们仔细咀嚼一下，那盛筵散后，人影零乱，杯盘狼藉的滋味；绮梦醒来，人去楼空，香渺影远的滋味；禁的住你不深深地呼一口气，禁的住你不流泪吗？我自己常怨恨我愚傻——或是聪明，将世界的现在和未来都分析成只有秋风枯叶，只有荒冢白骨；虽然是花开红紫，叶浮碧翠，人当红颜，景当美丽时候。我是愈想超脱，愈自沉溺，愈要撒手，愈自系恋的人，我的烦恼便绞锁在这不能解脱的矛盾中。

今天一个人在深夜走过街头，每家都悄悄紧闭着双扉，就连狗都蜷伏在墙根或是门口酣睡，一切都停止了活动归入死寂。我驱车经过桥梁，望着护城河两岸垂柳，一条碧水，星月灿然照着，景致非常幽静。我想起去年秋天天辛和我站在这里望月，恍如目前的情形而人天已隔，我不自禁的热泪又流到腮上。

“珠！什么时候你的泪才流完呢?”这是他将死的前两天问我的一句话。这时我仿佛余音犹缭绕耳畔，我知他遗憾的不是他的死，确是我的泪！他的坟头在雨后忽然新生了一株秀丽的草，也许那是他的魂，也许那是我泪的结晶！

我最怕星期三，今天偏巧又是天辛死后第十五周的星期三。星期三是我和辛最后一面，他把人间一切的苦痛烦恼都交付给我的一天。唉！上帝！容我在这明月下忏悔吧！十五周前的星期三，我正伏在我那形消骨立枯瘦如柴的朋友床前流泪！他的病我相信能死，但我想到他死时又觉着不会死。可怜我的泪滴在他炽热的胸膛时，他那深凹的眼中也涌出将尽的残泪，他紧嚼着下唇握着我的手抖颤，半天他才说：

“珠！什么时候你的泪才流完呢！”

我听见这话更加哽咽了，哭的抬不起头来，他掉过头去不忍看我，只深深地将头埋在枕下。后来我扶起他来，喂了点桔汁，他睡下后说了声：“珠！我谢谢你这数月来的看护……”底下的话他再也说不出来，只瞪着两个凹陷的眼望着我。那时我真觉怕他，浑身都出着冷汗。我的良心似乎已轻轻拨开了云翳，我跪在他病榻前最后向他说：

“辛，你假如仅仅是承受我的心时，现在我将我这颗心双手献在你面前，我愿它永久用你的鲜血滋养，用你的热泪灌溉。辛，你真的爱我时，我知道你也能完成我的主义，因之我也愿你为了我牺牲，从此后我为了爱独身的，你也为了爱独身。”

他抬起头来紧握住我手说：

“珠！放心。我原谅你，至死我也能了解你，我不原谅时我不会这样缠绵的爱你了。但是，珠！一颗心的颁赐，不是病和死可以换来的，我也不肯用病和死，换你那颗本不愿给的心。我现在并不希望得你的怜恤同情，我只让你知道世界上有我是最敬爱你的，我自己呢，也曾爱过一个值的我敬爱的你。珠！我就是死后，我也是敬爱你的，你放心！”

他说话时很有勇气，像对着千万人演说时的气概，我自然不能再说什么话，只默默地低着头垂泪！

这时候一个俄国少年进来，很诚恳的半跪着在他枯蜡似的手背上吻了吻，掉头他向我默望了几眼，辛没有说话只向他惨笑了一下，他向我低低说：

“小姐！我祝福他病愈。”说着带上帽子匆匆忙忙的去了。这时他的腹部又绞痛的厉害，在床上滚来滚去的呻吟，脸上苍白的可怕。我非常焦急，去叫他弟弟的差人还未见回来，叫人去打电话请兰辛也不见回话，那时我简直呆了，只静静地握着他焦炽如焚的手垂泪！过一会弟弟来了，他也莫有和他多说话只告他腹疼的利害。我坐在椅子上面开开抽屉无聊的乱翻，看见上星期五的他那封家书，我又从头看了一遍。他忽掉头向我说：

“珠！真的我忘记告你了，你把它们拿去好了，省的你再来一次检收。”

我听他话真难受，但怎样也想不到星期五果然去检收他的遗书。他也真忍心在他决定要死的时候，亲口和我说这些诀别的话！那时我总想他在几次大病的心情下，不免要这样想，但未料到这就是最后的一幕了。我告诉静弟送他进院的手续，因为学校下午开校务会我须出席，因之我站在他床前说了声“辛！你不用焦急，我已告诉静弟马上送你到协和去，学校开会我须去一趟，有空我就去看你。”那时我真忍心，也莫有再回头看看他就走了，假如我回头看他时，我一定能看见他对我末次目送的惨景……

呵！这时候由天上轻轻垂下这最后的一幕！

他进院之后兰辛打电话给我，说是急性盲肠炎已开肚了。开肚最后的决定，兰辛还有点踌躇，他笑着拿过笔自己签了字，还说："开肚怕什么？你也这样脑筋旧。"兰辛怕我见了他再哭，令他又难过；因之，他说过一二天再来看他。那知就在兰辛打电话给我的那晚上就死了。

死时候莫有一个人在他面前，可想他死时候的悲惨！他虽然莫有什么不放心在这世界上，莫有什么留恋在这世界上；但是假如我在他面前或者兰辛在他面前时，他总可瞑目而终，不至于让他睁着眼等着我们。

# 缄情寄向黄泉

我如今是更冷静，更沉默的挟着过去的遗什去走向未来的。我四周有狂风，然而我是掀不起波澜的深潭；我前边有巨涛，然而我是激不出声响的顽石。

颠沛搏斗中我是生命的战士，是极勇敢，极郑重，极严肃的向未来的城垒进攻的战士。我是不断地有新境遇，不断的有新生命的；我是为了真实而奋斗，不是追逐幻象而疲奔的。

知道了我的走向人生的目标。辛，一年来我虽然有不少的哀号和悲忆，你也不须为生的我再抱遗恨和不安。如今我是一道舒畅平静向大海去的奔流；纵然缘途在山峡巨谷中或许发出凄痛的呜咽！那只是积沙岩石旋涡冲击的原因，相信它是会得到平静的，会得到创造真实生命的愉快的，它是一直奔到大海去的。

辛！你的生命虽不幸早被腐蚀而夭逝，不过我也不过分的再悼感你在宇宙间曾存留的幻体。我相信只要我自己生命闪耀存在于宇宙一天，你是和我同在的。辛！你要求于人间的，你希望于我自己的，或许便是这些吧！

深刻的情感是受过长久的理智的熏陶的。是由深谷底潜流中一滴一滴渗透出来的。我是投自己于悲剧中而体验人生的。所以我便牺牲人间一切的虚荣和幸福，在这冷墟上，你的坟墓上，培植我用血泪浇洒的这束野花来装饰点缀我们自己创造下的生命。辛！除了这些我不愿再告你什么，我想你果真有灵，也许赞助我一样的努力。

一年之后，世变几迁，然而我的心是依然这样平静冷寂的，抱持着我理想上的真实而努力。有时我是低泣，有时我是痛哭；低泣，你给与我的死寂；痛哭，你给与我的深爱。然而有时我也很快乐，我也很骄傲。我是睥视世人微微含笑，我们的圣洁的高傲的孤清的生命是巍然峙立于皑皑的云端。

生命的圆满，生命的圆满，有几个懂得生命的圆满？那一般庸愚人的圆满，正是我最避忌恐怖的缺陷。我们的生命是肉体和骨头吗？假如我们的生命是可以毁灭的幻体，那么，辛！我的这颗迂回潜隐的心，也早应随你的幻体而消逝。我如今认识了一个完成的圆满生命是不能消灭，不能丢弃，不能忘记；换句话说，就是永远存在。多少人都希望我毁灭，丢弃，忘记，把我已完成的圆满生命抛去。我终于不能。才知道我们的生命并未死，仍然活着，向前走着，在无限的高处创造建设着。

我相信你的灵魂，你的永远不死的心，你的在我心里永存的生命；是能鼓励我，指示我，安慰我，这孤寂凄清的旅途。我如今是愿挑上这付担子走向遥远的黑暗的，荆棘的生到死的道上。一头我挑着已有的收获，一头我挑着未来的耕耘，这样一步一步走向无穷的。

自你死后，我便认识了自己，更深的了解自己。同时朋友中是贤最知道我，他似乎这样说过：

“她生来是一道大江，你只应疏凿沙石让她舒畅的流入大海，断不可堵塞江口，把水引去点缀帝王之家的宫殿楼台。”

辛！你应该感谢他！他自从由法华寺归路上我晕厥后救护起，一直到我找到了真实生命；他都是启示我，指导我，帮助我，鼓励我。由积沙岩石的旋涡波涌中，把我引上了坦平的海道。如今，我能不怨愤，不悲哀，没有沉重的苦痛永远缠绕的，都是因为我已有了奔流的河床。只要我平静的舒畅的流呵，流呵，流到一个归宿的地方去，绝无一种决堤泛滥之灾来阻挠我。

辛！你应感谢他！你所要在死后希望我要求我努力的前途，都是你忠诚的朋友，他一点一滴的汇聚下伟大的河床，帮助我移我的泉水在上边去奔流，无阻碍奔向大海去的。像我目下这样夜静时的心情，能这样平淡的写这封信给你，你也会奇怪我吧！我已不是从前呜咽哀号，颓丧消沉的我；我是沉默深刻，容忍涵蓄一切人间的哀痛，而努力去寻求生命的真确的战士。

我不承认这是自骗的话。因为我的路是这样自然，这样平坦的走去的。放心！你别我一年多，而我能这般去辟一个理想的乐园，也许是你惊奇的吧！

你一定愿意知道一点，关于弟弟的消息，前三天我忽然接到他一封信，他现在是被你们那古旧的家庭囚闭着，所以他已失学一年多了。这种情形，自然你会伤感的，假如你要活着，他绝对不能受这样的苦痛，因为你是能帮助他脱却一切桎梏而创造新生命的。如今他极愤激，和你当日同你家庭暗斗的情形一样。而我也很相信静弟是能觅到他的光明的前途的，或者你所企望的一切事业志愿，他都能给你有圆满的完成。他的信是这样说的：

> 自别京地回家之后，实望享受几天家庭的乐趣，以慰我一年来感受了的苦痛。谁知我得到的，是无限量的烦恼！
>
> 我回来的时候，家中已决定令我废学，及我归后，复屡次向我表示斯旨，我虽竭词解释，亦无济于事。
>
> 读姊来信，说那片荒凉的境地，也被践踏蹂躏而不得安静，我更替我黄泉下的哥哥愤激！不料一年来的变迁，竟有如斯其悲惨！
>
> 一切境遇，一切遭逢，皆足以使人伤心掉泪！
>
> 我希望于家庭的，是要借得他来援助完成我的志愿，我的事业；但家庭则不然。他使我远近游学的一点心迹，是希望我猎得一些禄位金钱来光荣祖墓家风。这些事我们青年人看起来，就是头衔金银冠里满身，那也算不了什么希奇的光荣！我每想到环境的压迫，恒愿一死为快。但是到了死的关头，好像又有许多不忍的观念来挚肘似的。我不愿死，我死固不足惜；但我死而一切该死的人不能竟行死去。我将以此不死的躯骸，

向着该死的城垒进攻！

我现在的希望已绝，但我仍流连不忍即离去者，实欲冀家庭之能有一时觉悟，如我心愿亦未可定！如或不然，我将决于明年为行期，毅然决然的要离开他，远避他，和他行最后决裂的敬礼。

愿你勿为了一切黑暗的，荆棘的环境愁烦！我们从生到死的途径上，就像日的初升；纵然有时被浮云遮蔽，仍然是要继续发光的。

我们走向前去吧！我们走向前去吧！环境的阻挠在我们生命的途中，终于是等若浮云。

辛！是残月深更，在一个冷漠枯寂的初冬之夜，我接读静弟这封依稀是你字迹，依稀是你语句的信。久不流的酸泪又到了眶边，我深深的向你遗像叹息！记得静弟未离京时，他曾告过贤以他将来前途的黯淡，他那时便决心要和家庭破裂。是我和贤婉劝他，能用善良的态度去感化而有效时，千万不要和家庭破裂。因为思想的冲突，是环境时代不同的差别之争。应该原谅老年人们的陈腐思想，是一时代中的产物；并不是他对于子女有意对垒似的向你宣战。因之，能展转委婉去和家庭解释。令他能觉悟到什么是现代青年人应做的工作，自我的警策。令他知道我们青年人，绝对再不能为古旧的家庭或社会作涂饰油彩的机械傀儡。父母年老，假如一旦你的消息泄漏，静弟再远走愤去。那你们家庭的惨淡，黑暗，悲痛，定连目下都不如，这也不是你的愿意和静弟的希望吧！所以我一直都系念着静弟，那最后决裂的敬礼。

认识我们，和我们要好的朋友，现在大半都云散四方，去创造追求各个的生命希望去了。只有你的贤哥，和我的晶妹，还在这块你埋骨的地方，伴着你。朋友们都离京后，时局也日在幻变，陷入死境，要找寻前二年的那种环境和兴趣已不可得。所以连你坟头都那样凄寂。去年那些小弟弟们，知道你未曾见过你的朋友们，他们都是常常在你的墓畔喝酒野餐，痛哭高歌的。帮助我建碑种树修墓的都是他们。如今，连这个梦也闭幕了。你墓头不再有那样欢欣，那样热闹的聚会了。他们都走向远方去了。

自从那块地方驻兵后，连我都不敢常去。任你墓头变成了牧场，牛马践踏蹂躏了你的墓砖，吃光了环绕你墓的松林，那块白石的墓碑上有了剥蚀的污秽的伤痕。我们不幸在现代作人受欺凌不能安静，连你作鬼的坟茔都要受意外的灾劫；说起来真令人愤激万分。辛！这世界，这世界，四处都是荆棘，四处都是刀兵，四处都是喘息着生和死的呻吟，四处都洒滴着血和泪的遗痕。我是撑着这弱小的身躯，投入在这腥风血雨中搏战着走向前去的战士，直到我倒毙在旅途上为止。

我并不感伤一切既往，我是深谢着你是我生命的盾牌；你是我灵魂的主宰。从此就是自在的流，平静的流，流到大海的一道清泉。辛！一年之后，我在辗转哀吟，流连痛苦之中，我能告诉你的，大概只有这些话。你永久的沉默死寂的灵魂呵！我致献这一篇哀词于你吐血的周年这天。

十五年十一月十八日

# 狂风暴雨之夜

该记得吧！太戈尔到北京在城南公园雩坛见我们的那一天，那一天是十三年四月二十八号的下午，就是那夜我接到父亲的信，寥寥数语中，告诉我说道周死了！当时我无甚悲伤，只是半惊半疑的沉思着。第二天我才觉到难过，令我什么事都不能做。她那活泼的倩影，总是在我眼底心头缭绕着。第三天便从学校扶病回来，头疼吐血，遍体发现许多红斑，据医生说是腥红热。

我那时住在寄宿舍里院的一间破书斋，房门口有株大槐树，还有一个长满茅草荒废倾斜的古亭。有月亮的时候，这里别有一种描画不出的幽景。不幸扎挣在旅途上的我，便倒卧在这荒斋中，一直病了四十多天。在这冷酷，黯淡，凄伤，荒凉的环境中，我在异乡漂泊的病榻上，默咽着人间一杯一杯的苦酒。那时我很愿因此病而撒手，去追踪我爱的道周。在病危时，连最后寄给家里，寄给朋友的遗书，都预备好放在枕边。病中有时晕迷，有时清醒，清醒时便想到许多人间的纠结；已记不清楚了，似乎那令我病的原因，并不仅仅是道周的死。

在这里看护我的起初有小苹，她赴沪后，只剩了一个女仆，幸好她对我很忠诚，像母亲一样抚慰我，招呼我。来看我的是晶清和天辛。自然还有许多别的朋友和同乡。病重的那几天，我每天要服三次药；有几次夜深了天辛跑到极远的街上去给我配药。在病中，像我这只身漂零在异乡的人，举目无亲，无人照管；能有这样忠诚的女仆，热心的朋友，真令我感激涕零了！虽然，我对于天辛还是旧日态度，我并不因感激他而增加我们的了解，消除了我们固有的隔膜。

有一天我病的很厉害，晕迷了三个钟头未曾醒，女仆打电话把天辛找来。那时正是黄昏时候，院里屋里都罩着一层淡灰的黑幕，沉寂中更现得凄凉，更现得惨淡。我醒来，睁开眼，天辛跪在我的床前，双手握着我的手，垂他的头在床缘；我只看见他散乱的头发，我只觉他的热泪濡湿了我的手背。女仆手中执着一盏半明半暗的烛，照出她那悲愁恐惧的面庞站在我的床前，这时候，我才认识了真实的同情，不自禁的眼泪流到枕上。我掉转脸来，扶起天辛的头，我向他说："辛！你不要难受，我不会这容易就死去。"自从这一天，我忽然觉得天辛命运的悲惨和可怜，已是由他自己的祭献而交付与上帝，这那能是我弱小的力量所能挽回。因此，我更害怕，我更回避，我是万不能承受他这颗不应给我而偏给我的心。

正这时候，他们这般人，不知怎样惹怒了一位国内的大军阀，下了密令指明的逮捕他们，天辛也是其中之一。因为我病，这事他并未先告我，我二十余天不看报，自然也得不到消息。

有一夜，我扎挣起来在灯下给家里写信，告诉母亲我曾有过点小病如今已好的消息。这时窗外正吹着狂风，振撼得这荒斋像大海汹涌中的小舟。树林里发出极响的啸声，我恐怖极了，想象着一切可怕的景象，觉着院外古亭里有无数的骷髅在狂风中舞蹈。少时，又增了许多点滴的声音，窗纸现出豆大的湿痕。我感到微寒，加了一件衣服，我想把这封信无论如何要写完。

抬头看钟正指到八点半。忽然听见沉重的履声和说话声，我惊奇地喊女仆。她推门进来，后边还跟着一个男子，我生气的责骂她，是谁何不通知就便引进来。她笑着说是"天辛先生"，我站起来细看，真是他，不过他是化装了，简直认不出是谁。我问他为什么装这样子，而且这时候狂风暴雨中跑来。他只苦笑着不理我。

半天他才告我杏坛已捕去了数人，他的住处现尚有游警队在等候着他。今夜是他冒了大险特别化装来告别我，今晚十一时他即乘火车逃逸。我病中骤然听见这消息，自然觉得突兀，而且这样狂风暴雨之夜，又来了这样奇异的来客。当时我心里很战栗恐怖，我的脸变成了苍白！他见我这样，竟强作出镇静的微笑，劝我不要怕，没要紧，他就是被捕去坐牢狱他也是不怕的，假如他怕就不做这项事业。

他要我珍重保养初痊的病体，并把我吃的西药的药单留给我自己去配。他又告我这次想乘机回家看看母亲，并解决他本身的纠葛。他的心很苦，他屡次想说点要令我了解他的话，但他总因我的冷淡而中止。他只是低了头叹气，我只是低了头咽泪，狂风暴雨中我和他是死一样的沉寂。

到了九点半，他站起身要走，我留他多坐坐。他由日记本中写了一个 Bovia 递给我[①]，他说我们以后通信因检查关系，我们彼此都另呼个名字；这个名字我最爱，所以赠给你，愿你永远保存着它。这时我强咽着泪，送他出了屋门，他几次阻拦我病后的身躯要禁风雨，不准我出去；我只送他到了外间。我们都说了一句前途珍重努力的话，我一直望着他的颀影在黑暗的狂风暴雨中消失。

我大概不免受点风寒又病了一星期才起床。后来他来信，说到石家庄便病了，因为那夜他披淋了狂风暴雨。

如今，他是寂然的僵卧在野外荒冢。但每届狂风暴雨之夜，我便想起两年前荒斋中奇异的来客。

十五年十一月廿五日

---

① Bovia：即波微，石评梅后来常用的一个名字。

# 我只合独葬荒丘

昨夜英送我归家的路上，他曾说这样料峭的寒风里带着雪意，夜深时一定会下雪的。那时我正瞻望着黑暗的远道，没有答他的话。今晨由梦中醒来，揭起帐子，由窗纱看见丁香枯枝上的雪花，我才知道果然，雪已在梦中悄悄地来到人间了。

窗外的白雪照着玻璃上美丽的冰纹，映着房中熊熊的红炉，我散着头发立在妆台前沉思，这时我由生的活跃的人间，想到死的冷静的黄泉。

这样天气，坐在红炉畔，饮着酽的清茶，吃着花生瓜子栗子一类的零碎，读着喜欢看的书，或和知心的朋友谈话，或默默无语独自想着旧梦，手里织点东西；自然最舒适了。我太矫情！偏是迎着寒风，扑着雪花，向荒郊野外，乱坟茔中独自去徘徊。

我是怎样希望我的生命，建在美的，冷的，静的基础上。因之我爱冬天，尤爱冬天的雪和梅花。如今，往日的绮梦，往日的欢荣，都如落花流水一样逝去，幸好还有一颗僵硬死寂的心，尚能在寒风凄雪里抖颤哀泣。于是我抱了这颗尚在抖战，尚在哀号的心，无目的迷惘中走向那一片冰天雪地。

到了西单牌楼扰攘的街市上，白的雪已化成人们脚底污湿的黑泥。我抬头望着模糊中的宣武门，渐渐走近了，我看见白雪遮罩着红墙碧瓦的城楼。门洞里正过着一群送葬的人，许多旗牌执事后面，随着大红缎罩下黑漆的棺材；我知道这里面装着最可哀最可怕的“死”！棺材后是五六辆驴车，几个穿孝服的女人正在轻轻地抽噎着哭泣！这刹那间的街市是静穆严肃，除了奔走的车夫，推小车卖蔬菜的人们外，便是引导牵系着这沉重的悲哀，送葬者的音乐，在这凄风寒雪的清晨颤荡着。

凄苦中我被骆驼项下轻灵灵的铃声唤醒！车已走过了门洞到了桥梁上。我望着两行枯柳夹着的冰雪罩了的护城河。这地方只缺少一个月亮，或者一颗落日便是一幅疏林寒雪。

雪还下着，寒风刮的更紧，我独自趋车去陶然亭。

在车上我想到十四年正月初五那天，也是我和天辛在雪后来游陶然亭，是他未死前两个月的事。说起来太伤心，这次是他自己去找墓地。我不忍再言往事，过后他有一封信给我，是这样写的：

珠！昨天是我们去游陶然亭的日子，也是我们历史上值得纪念的日子。我们的历史一半写于荒斋，一半写于医院，我希望将来便完成在这里。珠！你不要忘记了我的嘱托，并将一切经过永远记在心里。

我写在城根雪地上的字，你问我："毁掉吗?"随即提足准备去踏：我笑着但是十分勉强的说："踏去吧！"虽然你并未曾真的将它踏掉，或者永远不会有人去把它踏掉；可是在你问我之后，我觉着我写的那"心珠"好像正开着的鲜花，忽然从枝头落在地上，而且马上便萎化了！我似乎亲眼看见那两个字于一分钟内，由活体立变成僵尸；当时由不得感到自己命运的悲惨，并有了一种送亡的心绪！所以到后来桔瓣落地，我利其一双成对，故用手杖掘了一个小坑埋入地下，笑说："埋葬了我们吧！"我当时实在是祷告埋葬了我那种悼亡的悲绪。我愿我不再那样易感，那种悲绪的确是已像桔瓣一样的埋葬了。

我从来信我是顶不成的，可是昨天发现有时你比我还不成。当我们过了葛母墓地往南走的时候，我发觉你有一种悲哀感触，或者因为我当时那些话说的令人太伤心了！唉！想起了，"我只合独葬荒丘"的话来，我不由的低着头叹了一口气。你似乎注意全移到我身上来笑着唤："回来吧！"我转眼看你，适才的悲绪已完全消失了。就是这些不知不觉的转移，好像天幕之一角，偶然为急风吹起，使我得以窥见我的宇宙的隐秘，我的心意显着有些醉了。后来吃饭时候，我不过轻微的咳嗽了两下，你就那么着急起来；珠！你知道这些成就得一个世界是怎样伟大么？你知道这些更使一个心贴伏在爱之渊底吗？

在南下洼我持着线球，你织着绳衣，我们一边走一边说话，太阳加倍放些温热送回我们；我们都感谢那样好的天气，是特为我们出游布置的。吃饭前有一个时候，你低下头织衣，我斜枕着手静静地望着你，那时候我脑际萦绕着一种绮思，我想和你说；但后来你抬起头来看了看我，我没有说什么，只拉着你的手腕紧紧握了一下。这些情形和苏伊士梦境归来一样，我永永远远不忘它们。

命运是我们手中的泥，我们将它团成什么样子，它就得成什么样子；别人不会给我们命运，更不要相信空牌位子前竹签洞中瞎碰出来的黄纸条儿。

我病现已算好那能会死呢！你不要常那样想。

两个月后我的恐怖悲哀实现了他由活体变成僵尸！四个月后他的心愿达到了，我真的把他送到陶然亭畔，葛母墓旁那块他自己指给我的草地上埋葬。

我们一切都像预言，自己布下凄凉的景，自己去投入排演。如今天辛算完了这一生，只剩我这漂泊的生命，尚在扎挣颠沛之中，将来的结束，自然是连天辛都不如的悲惨。

车过了三门阁，便有一幅最冷静最幽美的图画展在面前，那坚冰寒雪的来侵令我的心更冷更僵连抖战都不能。下了车，在这白茫茫一片无人践踏，无人经过的雪地上伫立不前。假如我要走前一步，白云里便要留下污黑的足痕；并且要揭露许多已经遮掩了的缺陷和恶迹。

我低头沉思了半响，才鼓着勇气踏雪过了小桥，望见挂着银花的芦苇，望见隐约一角红墙的陶然亭，望见高峰突起的黑窑台，望见天辛坟前的白玉碑。我回顾零乱的足印，我深深地忏悔，我是和一切残忍冷酷的人类一样。

我真不能描画这个世界的冷静，幽美，我更不能形容我踏入这个世界是如何的冷静，如何的幽美？这是一幅不能画的画，这是一首不能写的诗，我这样想。一切轻笼着白纱，浅浅的雪遮着一堆一堆凸起的孤坟，遮着多少当年红颜皎美的少女，和英姿豪爽的英雄，遮着往日富丽的欢荣，遮着千秋遗迹的情爱，遮着苍松白杨，遮着古庙芦塘，遮着断碣残碑，遮着人们悼亡时遗留在这里的悲哀。

洁白凄冷围绕着我，白坟，白碑，白树、白地，低头看我白围巾上却透露出黑的影来。寂静得真不像人间，我这样毫无知觉的走到天辛墓前。我抱着墓碑，低低唤着他的名字，热的泪融化了我身畔的雪，一滴一滴落在雪地，和着我的心音哀泣！天辛！你那能想到一年之后，你真的埋葬在这里，我真能在这寒风凛冽，雪花飞舞中，来到你坟头上吊你！天辛！我愿你无知，你应该怎样难受呢！怕这迷漫无际的白雪，都要化成潋滟生波的泪湖。

我睁眼四望，要寻觅我们一年前来到这里的遗痕，我真不知，现在是梦，还是过去是梦？天辛！自从你的生命如彗星一闪般陨坠之后，这片黄土便成了你的殡宫，从此后呵！永永远远再看不见你的颀影，再听不见你音乐般的语声！

雪下得更紧了，一片一片落到我的襟肩，一直融化到我心里；我愿雪把我深深地掩埋，深深地掩埋在这若干生命归宿的坟里。寒风吹着，雪花飞着，我像一座石膏人形一样矗立在这荒郊孤冢之前，我昂首向苍白的天宇默祷；这时候我真觉空无所有，亦无所恋，生命的灵焰已渐渐地模糊，忘了母亲，忘了一切爱我怜我同情我的朋友们。

正是我心神宁静的如死去一样的时候，芦塘里忽然飞出一对白鸽，落到一棵松树上；我用哀怜的声音告诉它，告诉它不要轻易泄漏了我这悲哀，给我的母亲，和一切爱我怜我同情我的朋友们。

我遍体感到寒冷僵硬，有点抖战了！那边道上走过了一个银须飘拂，道貌巍然的老和尚，一手执着伞，一手执着念珠，慢慢地到这边来。我心里忽然一酸，因为这和尚有几分像我故乡七十岁的老父。他已惊破我的沉寂，我知此地不可再久留，我用手指在雪罩了的石桌上写了“我来了”三个字，我向墓再凝视一度，遂决然地离开这里。

归途上，我来时的足痕已被雪遮住。我空虚的心里，忽然想起天辛在病榻上念《茵梦湖》：

“死时候呵！死时候，我只合独葬荒丘！”

十五年十二月六日

# 肠断心碎泪成冰

如今已是午夜人静，望望窗外，天上只有孤清一弯新月，地上白茫茫满铺的都是雪，炉中残火已熄只剩了灰烬，屋里又冷静又阴森；这世界呵！是我肠断心碎的世界；这时候呵！是我低泣哀号的时候。禁不住的我想到天辛，我又想把它移到了纸上。墨冻了我用热泪融化，笔干了我用热泪温润，然而天呵！我的热泪为什么不能救活冢中的枯骨，不能唤回逝去的英魂呢？这懦弱无情的泪有什么用处？我真痛恨我自己，我真诅咒我自己。

这是两年前的事了。

出了德国医院的天辛，忽然又病了，这次不是吐血，是急性盲肠炎。病状很利害，三天工夫他瘦得成了一把枯骨，只是眼珠转动，嘴唇开合，表明他还是一架有灵魂的躯壳。我不忍再见他，我见了他我只有落泪，他也不愿再见我，他见了我他也是只有咽泪；命运既已这样安排了，我们还能再说什么，只静待这黑的幕垂到地上时，他把灵魂交给了我，把躯壳交给了死！

星期三下午我去东交民巷看了他，便走了。那天下午兰辛和静弟送他到协和医院，院中人说要用手术割治，不然一两天一定会死！那时静弟也不在，他自己签了字要医院给他开刀，兰辛当时曾阻止他，恐怕他这久病的身躯禁受不住，但是他还笑兰辛胆小，决定后，他便被抬到解剖室去开肚。开刀后据兰辛告我，他精神很好，兰辛问他："要不要波微来看你？"他笑了笑说："她愿意来，来看看也好，不来也好，省得她又要难过！"兰辛当天打电话告我，起始他愿我去看他，后来他又说："你暂时不去也好，这时候他太疲倦虚弱了，禁不住再受刺激，过一两天等天辛好些再去吧！省得见了面都难过，于病人不大好。”我自然知道他现在见了我是要难过的，我遂决定不去了。但是我心里总不平静，像遗失了什么东西一样，从家里又跑到红楼去找晶清，她也伴着我在自修室里转，我们谁都未曾想到他是已经快死了，应该再在他未死前去看看他。到七点钟我回了家，心更慌了，连晚饭都没有吃便睡了。睡也睡不着，这时候我忽然热烈的想去看他，见了他我告诉他我知道忏悔了，只要他能不死，我什么都可以牺牲。心焦烦得像一个狂马，我似乎无力控羁它了。朦胧中我看见天辛穿着一套玄色西装，系着大红领结，右手拿着一枝梅花，含笑立在我面前，我叫了一声他的名字便醒了，原来是一梦。这时候夜已深了，揭开帐帷，看见月亮正照射在壁上一张祈祷的图上，现得阴森可怕极了，拧亮了电灯看看表正是两点钟，我不能睡了，我真想跑到医院去看看他到底怎么样？但是这三更半夜，在人们都睡熟的时候，我黑夜里怎能去看他呢！勉强想平静下自己汹涌的心情，然而不可能，在屋里走来走去，也不知想什么？最后跪在床边哭了，我把两臂向床里伸开，头埋在床上，我哽咽着低低地唤着母亲！

我一点都未想到这时候，是天辛的灵魂最后来向我告别的时候，也是他二十九年的生命之火最后闪烁的时候，也是他四五年中刻骨的相思最后完结的时候，也是他一生苦痛烦恼最后撒手的时候。我们这四五年来被玩弄，被宰割，被蹂躏的命运醒来原来是一梦，只是这拈花微笑的一梦呵！

自从这一夜后，我另辟了一个天地，这个天地中是充满了极美丽，极悲凄，极幽静，极哀惋的空虚。

翌晨八时，到学校给兰辛打电话未通，我在白屋的静寂中焦急着，似乎等着一个消息的来临。

十二点半钟，白屋的门碰的一声开了！进来的是谁呢？是从未曾来过我学校的晶清。她惨白的脸色，紧嚼着下唇，抖颤的声音都令我惊奇！半天才说出一句话是：“菊姐有要事，请你去她那里。”

我问她什么事，她又不痛快的告诉我，她只说："你去好了，去了自然知道。"午饭已开到桌上，我让她吃饭，她恨极了，催促我马上就走；那时我也奇怪为什么那样从容？昏乱中上了车，心跳得利害，头似乎要炸裂！到了西河沿我回过头来问晶清："你告我实话，是不是天辛死了！"我是如何的希望她对我这话加以校正，那知我一点回应都未得到，再看她时，她弱小的身躯蜷伏在车上，头埋在围巾里。一阵一阵风沙吹到我脸上，我晕了！到了骑河楼，晶清扶我下了车，走到菊姐门前，菊姐已迎出来，菊姐后面是云弟，菊姐见了我马上跑过来抱住我叫了一声"珠妹！"这时我已经证明天辛真的是死了，我扑到菊姐怀里叫了声"姊姊"便晕厥过去了。经她们再三的喊叫和救治，才慢慢醒来，睁开眼看见屋里的人和东西时，我想起来天辛是真死了！这时我才放声大哭。他们自然也是一样咽着泪，流着泪！窗外的风虎虎地吹着，我们都肠断心碎的哀泣着。

这时候又来了几位天辛的朋友，他们说五点钟入殓，黄昏时须要把棺材送到庙里去；时候已快到，要去医院要早点去。我到了协和医院，一进接待室，便看见静弟，他看见我进来时，他跑到我身边站着哽咽的哭了！我不知说什么好，也不知该怎么样哭？号啕呢还是低泣，我只侧身望着豫王府富丽的建筑而发呆！坐在这里很久，他们总不让我进去看；后来云弟来告我，说医院想留天辛的尸体解剖，他们已回绝了，过一会便可进去看。

在这时候，我便请晶清同我到天辛住的地方，收拾我们的信件。踏进他的房子，我急跑了几步倒在他床上，回顾一周什物依然。三天前我来时他还睡在床上，谁能想到三天后我来这里收检他的遗物。记得那天黄昏我在床前喂他桔汁，他还能微笑的说声："谢谢你！"如今一切依然，微笑尚似恍如目前，然而他们都说他已经是死了，我只盼他也许是睡吧！我真不能睁眼，这房里处处都似乎现着他的影子，我在零乱的什物中，一片一片撕碎这颗心！

晶清再三催我，我从床上扎挣起来，开了他的抽屉，里面已经清理好了，一束一束都是我寄给他的信，另外有一封是他得病那晚写给我的，内容口吻都是遗书的语调，这封信的力量，才造成了我的这一生，这永久在忏悔哀痛中的一生。这封信我看完后，除了悲痛外，我更下了一个毁灭过去的决心，从此我才能将碎心捧献给忧伤而死的天辛。还有一封是寄给兰辛菊姐云弟的，寥寥数语，大意是说他又病了，怕这几日不能再见他们的话。读完后，我遍体如浸入冰湖，从指尖一直冷到心里：扶着桌子抚弄着这些信件而流泪！晶清在旁边再三让我镇静，要我勉强按压着悲哀，还要扎挣着去看他的尸体。

临走，晶清扶着我，走出了房门，我回头又仔细望望，我愿我的泪落在这门前留一个很深的痕迹。这块地是他碎心埋情的地方。这里深深陷进去的，便是这宇宙中，天长地久永深的缺陷。

回到豫王府，殓衣已预备好，他们领我到冰室去看他。转了几个弯便到了，一推门一股冷气迎面扑来，我打了一个寒战！一块白色的木板上，放着他已僵冷的尸体，遍身都用白布裹着，鼻耳口都塞着棉花。我急走了几步到他的尸前，菊姐在后面拉住我，还是云弟说："不要紧，你让她看好了。"他面目无大变，只是如腊一样惨白，右眼闭了，左眼还微睁着看我。我抚着他的尸体默祷，求他瞑目而终，世界上我知道他再没有什么要求和愿望了。我仔细的看他的尸体，看他惨白的嘴唇，看他无光而开展的左眼最后我又注视他左手食指上的象牙戒指；这时候，我的心似乎和沙乐美得到了先知约翰的头颅一样。我一直极庄严神肃的站着，其他的人也是都静悄悄的低头站在后面，宇宙这时是极寂静，极美丽，极惨淡，极悲哀！

# 梦回寂寂残灯后

我真愿在天辛尸前多逗留一会，细细的默志他最后的容颜。我看看他，我又低头想想，想在他憔悴苍白的脸上，寻觅他二十余年在人间刻划下的残痕。谁也不知他深夜怎样展转哀号的死去，死时是清醒，还是昏迷？谁也不知他最后怎样咽下那不忍不愿停息的呼吸？谁也不知他临死还有什么嘱托和言语？他悄悄地死在这冷森黯淡的病室中，只有浅绿的灯光，苍白的粉壁，听见他最后的呻吟，看见他和死神最后战斗的扎挣。

当我凝视他时，我想起前一星期在夜的深林中，他抖颤的说："我是生于孤零，死于孤零。"如今他的尸骸周围虽然围了不少哀悼涕泣的人，但是他何尝需要这些呢！即是我这颗心的祭献，在此时只是我自己忏悔的表示，对于魂去渺茫的他又有何补益？记得一九二四年九月二十二日他由沪去广州的船上，有一封信说到我的矛盾，是：

> 你中秋前一日的信，我于上船前一日接到。此信你说可以做我惟一知己的朋友。前于此的一信又说我们可以作以事业度过这一生的同志。你只会答复人家不需要的答复，你只会与人家订不需要的约束。
>
> 你明白的告诉我之后，我并不感到这消息的突兀，我只觉心中万分凄怆！我一边难过的是：世上只有吮血的人们是反对我们的，何以我惟一敬爱的人也不能同情于我们？我一边又替我自己难过，我已将一个心整个交给伊，何以事业上又不能使

伊顺意？我是有两个世界的：一个世界一切都是属于你的，我是连灵魂都永禁的俘虏；在另一个世界里，我是不属于你，更不属于我自己，我只是历史使命的走卒。假使我要为自己打算，我可以去做禄蠹了，你不是也不希望我这样做吗？你不满意于我的事业，但却万分恳切的劝勉我努力此种事业；让我再不忆起你让步于吮血世界的结论，只悠久的钦佩你牺牲自己而鼓舞别人的义侠精神！

我何尝不知道：我是南北漂零，生活日在风波之中，我何忍使你同入此不安之状态；所以我决定：你的所愿，我将赴汤蹈火以求之，你的所不愿，我将赴汤蹈火以阻之。不能这样，我怎能说是爱你！从此我决心为我的事业奋斗，就这样飘零孤独度此一生，人生数十寒暑，死期忽忽即至，奚必坚执情感以为是。你不要以为对不起我，更不要为我伤心。

这些你都不要奇怪，我们是希望海上没有浪的，它应当平静如镜；可是我们又怎能使海上无浪？从此我已是傀儡生命了，为了你死，亦可以为了你生，你不能为了这样可傲慢一切的情形而愉快吗？我希望你从此愉快，但凡你能愉快，这世上是没有什么可使我悲哀了！

写到这里，我望望海水，海水是那样平静。好吧，我们互相遵守这些，去建筑一个富丽辉煌的生命，不管他生也好，死也好。

这虽然是六个月前的信，但是他的环境和他的意念是不允许他自由的，结果他在六个月后走上他最后的路，他真的在一个深夜悄悄地死去了。

唉！辛！到如今我才认识你这颗迂回宛转的心，然而你为什么不扎挣着去殉你的事业，做一个轰轰烈烈的英雄，你却柔情千缕，吐丝自缚，遗我以余憾长恨在这漠漠荒沙的人间呢？这岂是你所愿？这岂是我所愿吗？当我伫立在你的面前千唤不应时候，你不懊悔吗？在这一刹那，我感到宇宙的空寂，这空寂永远包裹了我的生命；也许这在我以后的生命中，是一种平静空虚的愉快。辛！你是为了完成我这种愉快才毅然的离开我，离开这人间吗？我细细默记他的遗容，我想解答这些疑问，因之，我反而不怎样悲痛了。

终于我要离开他，一步一回首我望着陈列的尸体，咽下许多不能叙说的忧愁。装殓好后，我本想再到棺前看看他，不知谁不赞成的阻止了，我也莫有十分固执的去。

我们从医院前门绕到后门，看见门口停着一付白木棺，旁边站满了北京那些穿团花绿衫的杠夫；我这时的难过真不能形容了，这几步远的一付棺材内，装着的是人天隔绝的我的朋友，从此后连那可以细认的尸体都不能再见了；只有从记忆中心衣底浮出梦里拈花含笑的他，醒后尸体横陈的他。

许多朋友亲戚都立在他棺前，我和菊姐远远的倚着墙，一直望着他白木棺材上，罩了一块红花绿底的绣幕，八个穿团花绿衫的杠夫抬起来，我才和菊姐雇好车送他到法华寺。这已是黄昏时候，他的棺材一步一步经过了许多闹市，出了哈德门向法华寺去。几天前这条道上，我曾伴着他在夕阳时候来此散步，谁也想不到几天后，我伴着他的棺材，又走这一条路。我望着那抬着的棺材，我一点也不相信这里面装着的便是我心中最畏避而终不能逃脱的“死”！

到了法华寺，云弟伴我们走进了佛堂，稍待又让我们到了一间黯淡的僧房里休息。菊姐和晶清两个人扶着我，我在这间幽暗的僧房里低低的啜泣，听见外面杠夫安置棺材的动作和声音时，我心一片一片碎了！辛！从此后你孤魂寂寞，飘游在这古庙深林，也还记得繁华的人间和一切系念你的人吗？

一阵阵风从纸窗缝里吹进，把佛龛前的神灯吹得摇幌不定，我的只影蜷伏在黑暗的墙角，战栗的身体包裹着战栗的心。晶清紧紧握着我冰冷的手，她悄悄地咽着泪。夕阳正照着淡黄的神幌。有十五分钟光景，静弟进来请我出去，我和晶清菊姐走到院里时，迎面看见天辛的两个朋友，他们都用哀怜的目光投射着我。走到一间小屋子的门口，他的棺材停放在里面，前面放着一张方桌，挂着一幅白布蓝花的桌裙，燃着两枝红烛，一个铜炉中缭绕着香烟。我是走到他灵前了，我该怎样呢！我听见静弟哭着唤“哥哥”时，我也不自禁的随着他号啕痛哭！唉！这一座古庙里布满了愁云惨雾。

黑暗的幕渐渐低垂，菊姐向晶清说：“天晚了我们该回去了。”我听见时更觉伤心，日落了，你的生命和我的生命都随着沉落在一个永久不醒的梦里；今夜月儿照临到这世界时，辛！你只剩了一棺横陈，今夜月儿照临在我身上时，我只觉十年前尘恍如一梦。

静弟送我们到门前，他含泪哽咽着向我们致谢！这时晶清和菊姐都低着头擦泪！我猛抬头看见门外一片松林，晚霞照的鲜红，松林里现露出几个凸堆的坟头。我呆呆地望着。上帝呵！谁也想不到我能以这一幅凄凉悲壮的境地，作了我此后生命的背景。我指着向晶清说：“你看！”她自然知道我的意思，她抚着我肩说：“现在你可以谢谢上帝！”

我听见她这句话，似乎得了一种暗示的惊觉，我的悲痛不能再忍了，我靠在一棵松树上望着这晚霞松林，放声痛哭！辛！你到这时该忏悔吧！太忍心了，也太残酷了，你最后赐给我这样悲惨的境象，这样悲惨的景象，深印在我柔弱嫩小的心上；数年来冰雪友谊，到如今只博得隐恨千古，抚棺哀哭！辛！你为什么不流血沙场而死，你为什么不瘐毙狱中而死？却偏要含笑陈尸在玫瑰丛中，任刺针透进了你的心，任鲜血淹埋了你的身，站在你尸前哀悼痛哭你的，不是全国的民众，却是一个别有怀抱，负你深爱的人。辛！你不追悔吗？为了一个幻梦的追逐捕获，你遗弃不顾那另一世界的建设毁灭，轻轻地将生命迅速的结束，在你事业尚未成功的时候。到如今，只有诅咒我自己，我是应负重重罪戾对于你的家庭和社会。我抱恨怕我纵有千点泪，也抵不了你一滴血，我用什么才能学识来完成你未竟的事业呢！更何忍再说到我们自己心里的痕迹和环境一切的牵系！

我不解你那时柔情似水，为什么不能温暖了我心如铁？

在日落后暮云苍茫的归途上，我仿佛是上了车，以后一切知觉便昏迷了。思潮和悲情暂时得能休息，恍惚中是想在缥渺的路上去追唤逝去的前尘呢！这时候我魂去了，只留下一付苍白的面靥和未冷的躯壳卧在菊姐的床上，床前站满了我的和辛的朋友还有医生。

这时已午夜三点多钟，冷月正照着纸窗。我醒了，睁开眼看见我是在菊姐床上，一盏残灯黯然的对着我；床四周静悄悄站了许多人，他们见我睁开眼都一齐嚷道："醒了！醒了！"

我终于醒了！我遂在这醒了声中，投入到另一个幽静，冷寞，孤寂，悲哀的世界里。

# 无穷红艳烟尘里

一样在寒冻中欢迎了春来，抱着无限的抖颤惊悸欢迎了春来，然而阵阵风沙里夹着的不是馨香而是血腥。片片如云雾般的群花，也正在哀呼呻吟于狂飙尘沙之下，不是死的惨白，便是血的鲜红。试想想一个疲惫的旅客，她在天涯中奔波着这样惊风骇浪的途程，目睹耳闻着这些愁惨冷酷的形形色色，她怎能不心碎呢！既不能运用宝刀杀死那些扰乱和平的恶魔，又无烈火烧毁了这恐怖的黑暗和荆棘，她怎能不垂涕而愤恨呢！

已是暮春天气，却为何这般秋风秋雨？假如我们记忆着这个春天，这个春天是埋葬过一切的光荣的。他像深夜中森林里的野火，是那样寂寂无言的燃烧着！他像英雄胸中刺出的鲜血，直喷洒在枯萎的花瓣上，是那样默默的射放着醉人心魂的娇艳。春快去了，和着一切的光荣逝去了，但是我们心头愿意永埋这个春天，把她那永远吹拂人类生意而殉身的精神记忆着。

在现在真不知怎样安放这颗百创的心，而我们自己的头颅何时从颈上飞去呢！这只有交付给渺茫的上帝了。春天我是百感交集的日子，但是今年我无感了。除了睁视默默外，既不会笑也不会哭，我更觉着生的不幸和绝望；愿天爽性把这地球捣成碎粉，或者把我这脆弱有病态的心掉换成那些人的心，我也一手一只手枪飞骑驰骋于人海之中，看着倒践在我铁蹄下的血尸，微笑快意！然而我终于都不能如愿，世界不归我统治，人类不听我支配，只好叹息着颤悸着，看他们无穷的肉搏和冲杀罢！

有时我是会忘记的。当我在一群天真烂漫的小姑娘中间，悄悄地看她们的舞态，听她们的笑声，对我像一个不知道人情世故的人，更不知道世界上还有许多不幸和罪恶。当我在杨柳岸，伫立着听足下的泉声，残月孤星照着我的眉目，晚风吹拂着我的衣裙，把一颗平静的心，放在水面月光上时，我也许可以忘掉我的愁苦，和这世界的愁苦。

常想钻在象牙塔里，不要伸出头来，安稳甘甜的做那痴迷恍惚的梦；但是有时象牙塔也会爆裂的，终于负了满身创伤掷我于十字街头，令我目睹着一切而惊心落魄！这时花也许开的正鲜艳，草也许生的很青翠，潮水碧油油的，山色绿葱葱的；但是灰尘烟火中，埋葬着无穷娇艳青春的生命。我疲惫的旅客呵！不忍睁眼再看那密布的墨云，风雨欲来时的光景了。

我祷告着，愿意我是个又聋又瞎的哑小孩。

十六年国耻日

（原刊 1927 年 5 月 17 日《世界日报·蔷薇周刊》第 25 期）

# 梦　回

这已是午夜人静，我被隔房一阵痛楚的呻吟惊醒！睁开眼时，一盏罩着绿绸的电灯，低低的垂到我床前，闪映着白漆的几椅和镜台。绿绒的窗帏长长的拖到地上；窗台上摆着美人蕉。摆着梅花，摆着水仙，投进我鼻端的也辨不出是那一种花香？墙壁的颜色我写不出，不是深绿，不是浅碧，像春水又像青天，表现出极深的沉静与幽暗。我环顾一周后，不禁哀哀的长叹一声！谁能想到呢！我今夜来到这陌生的室中，睡在这许多僵尸停息过的床上做这惊心的碎梦？谁能想到呢！除了在暗中捉弄我的命运，和能执掌着生机之轮的神。

这时候门轻轻地推开了。进来一个黑衣罩着白坎肩戴着白高冠的女郎，在绿的灯光下照映出她娇嫩的面靥，尤其可爱的是一双黑而且深的眼；她轻盈婀娜的走到我床前。微笑着说："你醒了！"声音也和她的美丽一样好听！走近了，细看似乎像一个认识的朋友，后来才想到原来像去秋死了的婧姊。不知为什么我很喜欢她；当她把测验口温的表放在我嘴里时，我凝视着她，我是愿意在她依稀仿佛的面容上，认识我不能再见的婧姊呢！

"你还须静养不能多费思想的，今夜要好好的睡一夜：明天也许会好的，你不要焦急！"她的纤纤玉手按着我的右腕，斜着头说这几句话。我不知该怎样回答她，我只微笑的点点头。她将温度写在我床头的一个表上后，她把我的被又向上拉了拉，把汽炉上的水壶拿过来。她和来时一样又那么轻盈婀娜的去了。电灯依然低低的垂到我床前，窗帏依然长长的拖到地上，室中依然充满了沉静和幽暗。

她是谁呢？她不是我的母亲，不是我的姊妹，也不是我的亲戚和朋友，她是陌生的不相识的一个女人；然而她能温慰我服侍我一样她不相识的一个病人。当她走后我似乎惊醒的回忆时，我不知为何又感到一种过后的惆怅，我不幸做了她的伤羊。我合掌谢谢她的来临，我像个小白羊，离群倒卧在黄沙凄迷的荒场，她像月光下的牧羊女郎，抚慰着我的惊魂，吻照着我的创伤，使我由她洁白仁爱的光里，看见了我一切亲爱的人，忘记了我一切的创痛。

我那能睡，我那能睡，心海像狂飙吹拂一样的汹涌不宁；往事前尘，历历在我脑海中映演，我又跌落在过去的梦里沉思。心像焰焰迸射的火山，头上的冰囊也消融了。我按电铃，对面小床上的漱玉醒了，她下床来看我，我悄悄地拉她坐在我床边，我说："漱妹：你不要睡了，再有两夜你就离开我去了，好不好今夜我俩联床谈心？"漱玉半天也不说话，只不停的按电铃，我默默望着她娇小的背影咽泪！女仆给我换了冰囊后，漱玉又转到我床前去看我刚才的温度；在电灯下呆立了半响，她才说："你病未脱险期，要好好静养，不能多费心思多说话，你忘记了刚才看护吩咐你的话吗？"她说话的声音已有点抖颤，而且她的头低低的垂下，我不能再求了。好吧！任我们同在这一室中，为了病把我们分隔的咫尺天涯；临别了，还不能和她联床共话消此长夜，人间真有许多想不到梦不到的缺憾。我们预想要在今夜给漱玉饯最后的别宴，也许这时候正在辉煌的电灯下各抱一壶酒，和泪痛饮，在这凄楚悲壮的别宴上，沉痛着未来而醺醉。那知这一切终于是幻梦，幻梦非实，终于是变，变异非常；谁料到凄哀的别宴，到时候又变出惊人的惨剧！

这间病房中两张铁床上，卧着一个负伤的我，卧着一个临行的她，我们彼此心里都怀有异样的沉思，和悲哀：她是山穷水尽无路可通，还要扎挣着去投奔远道，在这冰天雪地，寒风凄紧时候；要践踏出一条道路，她不管上帝付给的是什么命运？我呢，原只想在尘海奔波中消磨我的岁月和青春，那料到如今又做了十字街头，电车轮下，幸逃残生的负伤者！生和死一刹那间，我真愿晕厥后，再不醒来，因为我是不计较到何种程度才值的死，希望得什么泰山鸿毛一类的虚衔。假如死一定要和我握手，我虽不愿也不能拒绝，我们终日在十字街头往来奔波，活着出门的人，也许死了才抬着回来。这类意外的惨变，我们且不愿它来临，然而也毫无力量可以拒绝它来临。

我今天去学校时，自然料不到今夜睡在医院，而且负了这样沉重的伤。漱玉本是明晨便要离京赴津的，她那能想到在她临行时候，我又遭遇了这样惊人心魂的惨劫？因之我卧在病床上深深地又感到了人生多变，多变之中固然悲惨凄哀，不过有时也能找到一种意想不及的收获。我似乎不怎样关怀我负伤的事，我只回想着自己烟云消散后的旧梦，沉恋着这惊魂乍定，恍非身历的新梦。

漱玉喂我喝了点牛奶后，她无语的又走到她床前去，我望着沉重的双肩长叹！她似乎觉着了。回头向我苦笑着说："为什么？"我也笑了，我说："不知道？"她坐在床上，翻看一本书。我知她零乱的心绪，大概她也是不能睡；然而她知我也是不愿意睡，所以她又假睡在床上希望着我静寂中能睡。她也许不知道我已厌弃睡，因为我已厌弃了梦，我不愿入梦，我是怕梦终于又要惊醒！

有时候我曾羡慕过病院生活，我常想有了病住几天医院，梦想着这一定是一个值的描写而别有兴感的环境；但是今夜听见了病人痛楚的呻吟，看见了白衣翩跹的看护，寂静阴惨的病室，凄哀暗淡的灯光时，我更觉的万分悲怆！深深地回忆到往日病院的遗痕，和我心上的残迹，添了些此后离梦更遥的惆怅！而且愿我永远不再踏进这肠断心碎的地方。

心绪万端时，又想到母亲。母亲今夜的梦中，不知我是怎样的入梦？母亲！我对你只好骗你，我那能忍把这些可怕可惊的消息告诉你。为了她我才感谢上苍，今天能在车轮下逃生，剩得这一付残骸安慰我白发皤皤的双亲。为了母亲我才珍视我的身体，虽然这一付腐蚀的残骸，不值爱怜；但是被母亲的爱润泽着的灵魂，应该随着母亲的灵魂而安息，这似乎是暗中的声音常在诏示着我。然而假使我今天真的血迹模糊模卧在车轨上时，我虽不忍抛弃我的双亲也不能。想到此我眼中流下感谢的泪来！

路既未走完，我也只好背起行囊再往前去，不管前途是荆棘是崎岖，披星戴月的向前去。想到这里我心才平静下，漱玉蜷伏在床上也许已经入了梦，我侧着身子也想睡去，但是脑部总是迸发出火星，令我不能冷静。

夜更静了，绿帏后似乎映着天空中一弯残月。我由病床上起来，轻轻地下了床，走到窗前把绿帏拉开，惨白的月光投射进来，我俯视月光照着的楼下，在一个圆形的小松环围的花圃里中央，立着一座大理石的雕像，似乎是一个俯着合掌的女神正在默祷着！这刹那间我心海由汹涌而归于枯寂，我抬头望着天上残月和疏星，低头我又看在凄寒冷静的月夜里，那一个没有性灵的石像；我痴倚在窗前沉思，想到天明后即撒手南下的漱玉，又想到从死神羽翼下逃回的残躯，我心中觉着辛酸万分，眼泪一滴一滴流到炎热的腮上。

我回到床前，月光正投射到漱玉的身上，窗帏仍开着，睁眼可以看见一弯银月，和闪烁的繁星。

（原刊 1927 年 2 月 8 日《世界日报·蔷薇周刊》第 11 期）

# 归　来

四围山色中，一鞭残照里，我骑着驴儿归来了。

过了南天门的长山坡，远远望见翠绿丛中一带红墙，那就是孔子庙前我的家了，心中说不出是什么滋味，这又是一度浩劫后的重生呢；依稀在草香中我嗅着了血腥：在新冢里看见了战骨。我的家，真能如他们信中所说的那样平安吗？我有点儿不相信。

抬头已到了城门口，在驴背上忽然听见有人唤我的乳名。这声音和树上的蝉鸣夹杂着，我不知是谁？回过头来问跟着我的小童：

"珑珑！听谁叫我呢！你跑到前边看看。"

接着又是一声，这次听清楚了是父亲的声音；不过我还不曾看见他到底是在那里喊我，驴儿过了城洞我望见一个新的炮垒，父亲穿着白的长袍，站在那土丘的高处，银须飘拂向我招手；我慌忙由驴背上下来，跑到父亲面前站定，心中觉着凄梗万分眼泪不知怎么那样快，我怕父亲看见难受，不敢抬起头来，也说不出什么话来。父亲用他的手抚摩着我的短发，心里感到异样的舒适与快愉。也许这是梦吧，上帝能给我们再见的机会。

沉默了一会，我才抬起头来，看父亲比别时老多了，面容还是那样慈祥，不过举动现得迟钝龙钟了。

我扶着他下了土坡，慢慢缘着柳林的大道，谈着路上的情形。我又问问家中长亲们的健康，有的死了，有的还健在，年年归来都是如此沧桑呢。珑珑赶着驴儿向前去了，我和父亲缓步在黄昏山色中。

过了孔庙的红墙，望见我骑的驴儿拴在老槐树上，昆林正在帮着珑珑拿东西呢！她见我来了，把东西扔了就跑过来，喊了一声“梅姑!”似乎有点害羞，马上低了头，我握着她手一端详：这孩子出脱的更好看了，一头如墨云似的头发，衬着她如雪的脸儿，睫毛下一双大眼睛澄碧灵活，更显得她聪慧过人。这年龄，这环境，完全是十年前我的幻影，不知怎样联想起自己的前尘，悄悄在心底叹了一口气。

进了大门，母亲和一个不认识的女人坐在葡萄架下，嫂嫂正在洗手。她们看见我都喜欢的很。母亲介绍我那个人，原来是新娶的八婶。吃完饭，随便谈谈奉军春天攻破娘儿关的恐慌虚惊，母亲就让我上楼去休息。这几间楼房完全是我特备的，回来时母亲就收拾清楚，真是窗明几净，让我这匹跋涉千里疲惫万分的征马，在此卸鞍。走了时就封锁起来，她日夜望着它祷祝我平安归来。

每年走进这楼房时，纵然它是如何的风景依然，我总感到年年归来时的心情异昔。扶着石栏看紫光弥漫中的山城，天宁寺矗立的双塔，依稀望着我流浪的故人微笑！沐浴在这苍然暮色的天幕下时，一切扰攘奔波的梦都霍然醒了，忘掉我还是在这嚣杂的人寰。尤其令我感谢的是故乡能逃出野蛮万恶的奉军蹂躏，今日归来不仅天伦团聚而且家园依旧。

我看见一片翠挺披拂的玉米田，玉米田后是一畦畦的瓜田，瓜田尽头处是望不断的青山，青山的西面是烟火，人家，楼台城廓，背着一带黑森森的树林，树梢头飘游着逍遥的流云。静悄悄不见一点儿嘈杂的声音，只觉一阵阵凉风吹摩着鬓角衣袂，几只小鸟在白云下飞来飞去。

我羡慕流云的逍遥，我忌恨飞鸟的自由，宇宙是森罗万象的，但我的世界却是狭的笼呢！

追逐着，追逐着，我不能如愿满足的希望。来到这里又想那里，在那里又念着回到这里，我痛苦的，就是这不能宁静不能安定的灵魂。

正凝想着，昆林抱着黑猫上来了。这是母亲派来今夜陪我的侣伴。

临睡时，天暮上只有几点半明半暗的小星星。我太疲倦了，这夜不曾失眠，也不曾做梦。

（原刊1927年6月7日《世界日报·蔷薇周刊》第28期）

# 战　壕

我回到家五天了，棠姊不曾来看过我。

有一天晚饭后，父亲说："我领你出去玩玩村景，白云庵去看看你崇拜的老英雄。"我很不好意思的笑了！母亲让珑珑提了灯跟着，昆林因为去了她外祖母家不曾同行。

一路上父亲询问我革命军进北京的盛况，和深夜花神殿傍奉军撤退时的惊恐。这真是一轮红日照窗时，回想起夜半噩梦而絮絮告诉的情况。

我生平认为最幸福的一件事，就是我有思想新颖的父亲，他今年七十二岁了，但他的时代思想革命精神却不减于我们青年人。所以我能得今日这样的生活，都是了解我认识我相信我的父亲之赏赐。假使不是这样，怕我不会逍遥自在的回来享受这天伦团聚的快乐吧！因之我常常和父亲谈话，彼此都是很融洽，毫不龃龉呢！

瓜田过去，是一片荒地；父亲忽然现出不快的颜色，他低着头走过了高垅，回头向我说：

"珠：你棠姊的墓就在这里。"手往前面指着。

"谁？棠姊，棠姊死了吗？"

我随着父亲指处望去，果然见前面有一个新冢，冢前矗着一块不整齐的石碑，上面隐约有字痕。赶快跑几步到跟前看时，是："戊辰殉难刘秋棠女士之墓"。

我愕然回顾父亲和珑珑，他们都默无一语。

西方落日，烘霞正掩映着这碧绿的田地，四处悄无人声，炊烟缕缕，晚风习习，充满了黄昏时静穆的平和。都证明这是人间呵！

不是噩梦，也不是幻境呢！

一树繁华，红杏翠迭，棠姊正是青春当年；谁想到如今是香消玉殒，殡翠埋红呢！这一坯黄土，告诉我的消息为什么这样愤恨呢！它撕碎我的心幕，一片一片如流云散布在碧空绿畦之间。这好像一个蓦然炸裂的炮弹，震惊的我遍体战栗！说不出万种伤心，含泪站在她坟前。

“你不要哭，到东边那块石头上去坐坐，我告诉你详细的情形。唉！不是天保佑，怕你今日回来，我们都变成黄土馒头了。”父亲过来拍着我肩说。

我忍住了泪，和珑珑扶着父亲坐在石头上；他的颜色变得很惨淡，枯干深陷的眼眶也有点含湿了。我在他皱纹的脸上，细揣摹那七十多年人忧患的残痕，风风雨雨剥蚀的成绩，这岂是我所能描写。

父亲慢慢告我棠姊死的惨状，是这样说：

“有一天去镇上看战报，据人说阎总司令已偷偷退回来了，午夜住在保晋公司里调遣人马，情形很紧张了。奉军白色的飞机，天天来山城旋绕，抛掷的炸弹大半都落在土地上，或者在半空中就炸裂！幸喜伤人很少。不过惊慌的扰乱的情形，处处都是这弥漫样，埋东西藏妇女，哭哭啼啼，扶老携幼，那时谁能相信还能再过这太平日子哩！

我摒弃一切等候这厄运的来临，和你母亲商量好，我家一点都不要动，东西也不藏，人也不躲，来了只可任其自然。硬狠着心大着胆子这样撑，结果我们在山城的人是侥幸脱了难。

你姑母听了些婆婆妈妈的话，偏要把你棠姊送到红驼河她未婚夫家躲着去，她以为乡村一定比城里安稳点，哪知奉军抄了后路来一直打过了雪花山，兵扎旧关。那边山势高峻，地形险要，路途太崎岖了，真有一人当关万人莫敌的情形，所以奉军不能过来，便在那一带蹂躏：红驼河全村三百多人家，弄的个鸡犬不留，屋子铲平，仓粮烧尽，妇女奸淫，小孩子赤条条缚在树上饿死。等他们退后，全村简直变成了墟烬尸堆，惨不忍睹！

小棠的婆家人都死了，只剩下两个长工，和跟着小棠去的奶妈。三四天后，才在红驼河桥畔的战壕里，找见小棠的尸身，野狗已把腿衔了去，上体被许多木柴遮着，还能模糊认清。战壕内尚有几十副裸体女尸，其余山坡下篱笆底处处都可看见这残忍的血迹。

你姑母为了她哭得死去活来，能济什么事呢！这也是逃不掉的灾难，假如不到红驼河去避难，何至于那样惨死呢！后悔也来不及了。

唉！珠！我老了，我希望见些快活的事情，但结果偏是这样相反。如今我只愿快点闭上这模糊的老眼，赐我永久静默，离开这恐怖万恶残暴野蛮的人间罢！我的灵魂不能再接受了。”

父亲经过这一次践踏后确有点承受不了，在现在团聚畅叙的时候，他总回想以前的恐怖而惊心，因之抚今追昔更令他万感俱集。这时我不知该如何安慰父亲，我也不知该如何痛哭棠姊，只默默望着那一堆黄土发呆。

擦！一声，回头看是珑珑燃亮了灯。

我望望天已黑了，遂扎挣着按下这说不出的痛恨，扶着父亲由原道回来。那一夜小楼夜雨时，曾梦见棠姊，血迹模糊的站在我眼前，惊醒后一夜不曾入睡。

# 社　戏

临离北平时，许多朋友送了我不少的新书。回来后，这寂寞的山城，除了自然界的风景外，真没有可以消遣玩耍的事情，只有拿上几本爱读的书，到葡萄架下，老槐树底，小河堤上，茅阉门前，或是花荫蝉声，楼窗晚风里去寻求好梦。书又何曾看了多少，只凝望着晚霞和流云而沉思默想；想倦了，书扔在地上，我的身体就躺在落英绿茵中了。怎样醒来呢？快吃饭了，昆林抱着黄狸猫，用它的绒蹄来抚摸我的脸，惊醒后，我牵了昆林，黄狸猫跟在我们后边，一块儿走到母亲房里。桌上已放置了许多园中新鲜菜蔬烹调的佳肴，昆林坐在小椅子上，黄狸猫蹲在她旁边。那时一切的环境，都是温柔的和母亲的手一样。

读倦了书，母亲已派人送冰浸的鲜艳的瓜果给我吃。亲戚家也都把他们园地中的收获，大篮小筐的馈赠我，我真成了山城中幸福的娇客。黄昏后，晚风凉爽时，我披着罗衣陪了父亲到山腰水涧去散步。

想起来，这真是短短地一个美满的神仙的梦呢！

有一天姑母来接我去看社戏。这正是一个清新的早晨。微雨初晴旭日像一团火轮，我骑着小驴儿，得得得得走过了几个小村堡到了姑母家。姑母家，充满了欣喜的空气欢迎我。

早餐后，来了许多格子布，条儿布的村姑娘来看我，都梳着辫子，扎着鲜艳的头绳，粉白脸儿拢着玫瑰腮，更现的十分俏丽。姑母介绍时，我最喜欢梳双髻的兰篮；她既天真又活泼，而且很大方，不像别的女孩子那样怕生害羞。

今天村里的妇女们，衣饰都收拾的很新洁。一方面偷空和姑姑姨姨们畅叙衷怀，一方面还要张罗着招待客人看戏。比较城市中，那些辉煌华丽的舞台剧场中的阔老富翁们，拥伴侍候着那些红粉骷髅，金钱美人，要幸福多了。这种可爱的纯真和朴素，使的她们灵魂是健康而且畅快呵！不过人生的欲望无穷，达不到的都是美满，获得的都是缺限，彼此羡慕也彼此妒忌，这就是宛转复杂的苦痛人生罢！

戏台在一块旷野地。前面那红墙高宇的就是关帝庙。这台戏，有的人说是谢神的，因为神的力量能保佑地面不曾受奉军的蹂躏。有的人说是庆祝北伐成功的，特意来慰劳前敌归来的将士们。台前悬挂着两个煤气灯，交叉着国旗党旗，两旁还挂着"革命尚未成功，同志仍须努力"的对联。我和兰篮她们坐在姑家的席棚里，很清楚的看见这简陋剧场的周围，是青山碧水，瓜田菜畦，连绵不断翠色重重的高粱地。

集聚的观众，成个月牙形。小贩呼卖声，儿童哭闹声，妇女们的笑语声，刺耳的锣鼓声，种种嘈杂的声音喊成一片；望去呢，是闹烘烘一团人影，缓缓移动像云拥浪堆。

二点钟时候，戏开演了。咿咿呀呀，唔唔呵呵，红的进去，黑的出来，我简直莫明其妙是做什么？回头问女伴，她们一样摇头不知。我遂将视线移在台下，觉得舞台下的活动影戏，比台上的傀儡还许有趣呢！

正凝视沉思时，东北角上忽然人影散动，观众们都转头向那方看去，隐隐听见哭喊求饶的声音。这时几声尖锐的啸笛吹起。人群中又拥出许多着灰色军服的武装同志，奔向那边去了。妇女们胆小的都呼儿携女的逃遁了，大胆些的站在板凳上伸头了望；蓦然间起了极大的纷扰。

一会儿姑母家派人来接我们。我向来人打听的结果，才知道这纷乱的原因。此地驻扎的武装同志来看戏时，无意中乡下一个农民践踏了他一足泥，这本来小得和芝麻一样大的事，但是我们的同志愤怒之余就拿出打倒的精神来了。这时看台上正坐着个七十多岁的老太婆，她听见儿子哭喊求救的声音，不顾一切由椅子上连跌带跑奔向人群，和那着灰色军装的兵，加入战团。一声啸笛后又来了许多凶恶的军士助威，不一会那母子已打的血迹淋漓，气息奄奄，这时还不知性命怎样呢！据说这类事情，一天大小总发生几项，在这里并不觉的奇怪。不过我是恍惚身临旧境一样的愤慨罢了！

挤出来时，逢见一个军官气冲冲的走过去。后面随着几个着中山服的青年，认识一位姓唐的，他是县党部的委员。

在山坡上，回头还能看见戏台上临风招展的青天白日满地红。我轻轻舒放了一口气，才觉得我是生活在这样幸福的环境里。

# 恐　怖

父亲的生命是秋深了。如一片黄叶系在树梢。十年，五年，三年以后，明天或许就在今晚都说不定。因之，无论大家怎样欢欣团聚的时候，一种可怕的暗影，或悄悄飞到我们眼前。就是父亲在喜欢时，也会忽然的感叹起来！尤其是我，脆弱的神经，有时想的很久远很恐怖。父亲在我家里是和平之神。假如他有一天离开人间，那我和母亲就沉沦在更深的苦痛中了。维持我今日家庭的绳索是父亲，绳索断了，那自然是一个莫测高深的陨坠了。

逆料多少年大家庭中压伏的积怨，总会爆发的。这爆发后毁灭一切的火星落下时，怕懦弱的母亲是不能逃免！我爱护她，自然受同样的创缚，处同样的命运是无庸疑议了。那时人们一切的矫饰虚伪，都会褪落的；心底的刺也许就变成弦上的箭了。

多少隐恨说不出在心头。每年归来，深夜人静后，母亲在我枕畔偷偷流泪！我无力挽回她过去铸错的命运，只有精神上同受这无期的刑罚。有时我虽离开母亲，凄冷风雨之夜，灯残梦醒之时，耳中犹仿佛听见枕畔有母亲滴泪的声音。不过我还很欣慰父亲的健在，一切都能给她作防御的盾牌。

谈到父亲，七十多年的岁月，也是和我一样颠沛流离，忧患丛生，痛苦过于幸福。每次和我们谈到他少年事，总是残泪沾襟不忍重提。这是我的罪戾呵！不能用自己柔软的双手，替父亲抚摸去这苦痛的瘢痕。

我自然是萍踪浪迹，不易归来；但有时交通阻碍也从中作梗。这次回来后，父亲很想乘我在面前，预嘱他死后的诸事，不过每次都是泪眼模糊，断续不能尽其辞。有一次提到他墓穴的建修，愿意让我陪他去看看工程，我低头咽着泪答应了。

那天夜里，母亲派人将父亲的轿子预备好，我和曾任监工的族叔蔚文同着去，打算骑了姑母家的驴子。

翌晨十点钟出发：母亲和芬嫂都嘱咐我好好招呼着父亲，怕他见了自己的坟穴难过；我也不知该怎样安慰防备着，只觉心中感到万分惨痛。一路很艰险，经过都是些崎岖山径；同样是青青山色，潺潺流水，但每人心中都抑压着一种凄怆，虽然是旭日如烘，万象鲜明，而我只觉前途是笼罩一层神秘恐怖黑幕，这黑幕便是旅途的终点，父亲是一步一步走近这伟大无涯的黑幕了。

在一个高堑如削的山峰前停住，父亲的轿子落在平地。我慌忙下了驴子向前扶着，觉他身体有点颤抖，步履也很软弱，我让他坐在崖石上休息一会。这真是一个风景幽美的地方，后面是连亘不断的峰峦，前面是青翠一片麦田；山峰下隐约林中有炊烟，有鸡唱犬吠的声音。父亲指着说：

“那一带村庄是红叶沟，我的祖父隐居在这高塔的庙里，那庙叫华严寺，有一股温泉，流汇到这庙后的崖下。土人传说这泉水可以治眼病呢！我小时候随着祖父，在这里读书；已经有三十多年不来了，人事过的真快呵！不觉得我也这样老了。”父亲仰头叹息着。

蔚叔领导着进了那摩云参天的松林，苍绿阴森的荫影下，现出无数冢墓，矗立着倒斜着风雨剥蚀的断碣残碑。地上丛生了许多草花，红的黄的紫的夹杂着十分好看。蔚叔回转进一带白杨，我和父亲慢步徐行，阵阵风吹，声声蝉鸣，都现得惨淡空寂，静默如死。

蔚叔站住了，面前堆满了磨新的青石和沙屑，那旁边就是一个深的洞穴，这就是将来掩埋父亲尸体的坟墓。我小心看着父亲，他神色现得异样惨淡，银须白发中，包掩着无限的伤痛。

一阵风吹起父亲的袍角，银须也缓缓飘拂到左襟；白杨树上叶子磨擦的声音，如幽咽泣诉，令人酸梗，这时他颤巍巍扶着我来到墓穴前站定。

父亲很仔细周详的在墓穴四周看了一遍，觉得很如意。蔚叔又和他筹画墓头的式样，他还能掩饰住悲痛说：

“外面的式样坚固些就成啦；不要太讲究了，靡费金钱。只要里面干燥光滑一点，棺木不受伤就可以了。”

回头又向我说：

“这些事情原不必要我自己做，不过你和璜哥，整年都在外面；我老了，无可讳言是快到坟墓去了。在家也无事，不愁穿，不愁吃，有时就愁到我最后的安置。棺木已扎好了，里子也裱漆完了。衣服呢我不愿意穿前清的遗服或现在的袍褂。我想走的时候穿一身道袍。璜哥已由汉口给我寄来了一套，鞋帽都有，那天请母亲找出来你看看。我一生廉洁寒苦，不愿浪费，只求我心身安适就成了。都预备好后，省临时麻烦；不然你们如果因事忙因道阻不能回来时，不是要焦急吗？我愿能悄悄地走了，不要给你们灵魂上感到悲伤。生如寄，死如归，本不必认真呵！”

我低头不语，怕他难过，偷偷把泪咽下去。等蔚叔扶父亲上了轿后，我才取出手绢揩泪。

临去时我向松林群冢望了一眼，再来时怕已是一个梦醒后。

跪在洞穴前祷告上帝：愿以我青春火焰，燃烧父亲残弱的光辉！千万不要接引我的慈爱父亲来到这里呵！

这是我第二次感到坟墓的残忍可怕，死是这样伟大的无情。

# 寄到狱里去

——给萍弟

这正是伟大的死城里，秋风秋雨之夜。

什么都沉寂，什么都闭幕了，只有雨声和风声绞着，人们正在做恐怖的梦吧！一切都冷静，一切都阴森，只有我这小屋里露着一盏暗淡的灯光，照着我这不知是幽灵还是鬼魂的影子在摇曳着，天上没有月，也没有星。

我不敢想到你，想到你时，我便依稀看见你蓬首垢面，憔悴，枯瘠，被黑暗的罗网，惨苦的囚院，捉攫去你的幸福自由的可怜情形。这时你是在啮着牙关，握着双拳，向黑暗的，坚固的铁栏冲击呢？还是低着头，扶着肩，向铁栏畔滴洒你英雄失意的眼泪？我想你也许在抬起你的光亮双睛，向天涯，天涯，遥望着你遗留在这里的那颗心！也许你已经哭号无力，饥寒交逼，只蜷伏在黑暗污秽的墙角，喘着生之最后的声息！也许你已经到了荒郊高原，也许你已经……我不敢想到你，想到你，我便觉着战栗抖颤，人世如地狱般可怕可叹！然而萍弟呵！我又怎能那样毫不关心的不记念你？

关山阻隔，除了神驰焦急外，懦弱无力的我们，又那能拯救你，安慰你。然而我而望你珍重，盼望你含忍；禁锢封锁了我们的身体的，万不能禁锢封锁我们的灵魂。为了准备将来伟大更坚固更有力的工作，你应该保重，你应该容忍。这是你生命火焰在黑暗中冲击出的星花，囚牢中便是你励志努力潜修默会的书房，这短期内的痛苦，正是造成一个改革精进的青年英雄的机会。望你勿灰心丧志，过分悲愤才好。

萍弟！你是聪明人，你虽然尽忠于你的事业，也应顾及到异乡外系怀你的清。你不是也和天辛一样，有两个生命：一个是革命，一个是爱情；你应该为了他们去努力求成全求圆满。这暂时的厄运，这身体的苦痛，千万不要令你心魂上受很大的创伤，目下先宜平静，冷寂你热血沸腾的心。

说到我们，大概更令你伤心，上帝给与了我们异地同样的命运。假如这信真能入你目，你也许以为我这些话都是梦境。你不要焦急，慢慢地我告诉你清的近况。

你离开这庄严的，古旧的，伟大的，灰尘的北京之后，我曾寄过你三封信。一封是在上海，一封是在广东，一封便是你被捕的地方，不知你曾否收到？清从沪归之翌晨，我返山城。这一月中她是默咽离愁，乍尝别恨；我是返故乡见母亲，镇天在山水间领略自然，和母亲给与我的慈爱。一月之后我重返北京，清已不是我走时的清，她的命运日陷悲愁。更加你消息沉沉，一去无音信；几次都令我们感到了恐怖——这恐怖是心坎里久已料到惟恐实现的。但是我总是劝慰清，默默祷告给平安与萍。

这样一天一天过去了。

等到了夏尽秋来，秋去冬临，清镇日辗转寸心于焦急愁闷怨恨恐惧之中。这时外面又侵袭来多少意外的阴霾包裹了她，她忍受着一切的谣诼，接收着一切的诽谤。怪谁？只因为你们轻别离。只抱憾人心上永远有填不满的深沟，人心上永远有不穿的隔膜。

这样一天一天过去了。你的消息依然是石沉大海。

红楼再劫，我们的希望完全粉碎！研究科取消后，清又被驱逐，不仅无书可读，而且连一枝之栖都无处寻觅。谁也知道她是无父无母，以异乡作故乡的飘零游子；然而她被驱逐后，离开了四年如母亲怀抱，如婴儿摇篮的红楼，终于无处寄栖她弱小的身躯。

她孤零零万里一身，从此后遂彷徨踟蹰于长安道上，渡这飘泊流落的生涯。谁管？只她悄悄地扎挣着，领受着，看着这人情世事的转换幻变；一步一走，她已走到峭壁在前，深涧在后的悬崖上来了。如今，沉下去，沉下去，一直沉到深处去了。

我是她四年来唯一的友伴，又是曾负了萍弟的重托，这时才感到自己的浅薄，懦弱，庸愚无能。虽然我能将整个灵魂替她擘画，全部心思供她驱使，然而我无力阻挡这噩运的频频来临。

我们都是弱者，如今只是在屠夫的利刃下喘息着，陈列在案上的俘虏，还用什么抵抗扎挣的力量。所以我们目前的生活之苦痛，不是悲愁，却是怒愤！我们如今看那些盘据者胜利的面孔，他们用心底的狭隘，封锁了我们欲进的门，并且将清关在大门以外刻不容留的驱逐出。后来才知道取消研究科是因为弥祸于未形，先事绸缪的办法；他们红楼新主，错认我们作意图捣乱的先锋。一切都完了，公园松林里你的预祝，我们约好二年之后再见时，我们自己展览收获，陈列胜利，骄傲光荣；如今都归湮灭无存。

我和清这时正在崎岖的，凄寒的，寂寞的道途中，摸索着践踏我们要走的一条路径。几次我们遇到危险，几次我们受了创伤，我们依然毫不畏缩毫不却步的走向前去，如今，直到如今，我们还是这样进行；我想此后，从此以后，人生的道路也是这样罢！只有辛苦血汗的扎挣着奔波，没有顺适，困散的幸福来锡。深一层看见了社会的真象，才知道建设既不易，毁灭也很难。我们的生命力是无限，他们的阻障力也是无限；世界永久是搏战，是难分胜负的苦战！

接到琼妹传来你被捕的消息时，正是我去红楼替清搬出东西的那天。你想清如何承受这再三的刺激，她未读完，信落在地上，她望天微微的冷笑！这可怕的微笑，至如今犹深印在我脑海中。记得那是个阴森黯淡的黄昏，在北馆凄凉冷寒的客厅下我和清作长时间的沉默！

我真不能再写下去了，为什么四个月的离别，会有这么多的事变丛生。清告诉我，在上海时你们都去看“难为了妹妹”的电影，你特别多去几次，而且每次看过后都很兴奋！这次琼妹来信便是打这谜语，她写着是：“三哥回来了三礼拜，便作‘难为了妹妹’中的何大虎。”我们知道她所指是象征着你的被捕，坐监。萍弟！你知道吗?“难为了妹妹”如今正在北京明星映演，然而我莫有勇气去看，每次在街上电车上看见了广告，都好像特别刺心。真想不到，我能看“难为了妹妹”时，你已不幸罹了何大虎一样的命运。

我们都盼望你归去后的消息，不幸第一个消息便是这惊人的噩耗。前几天接到美弟信知你生命可无虞，不久即可保释出狱。我希望美弟这信不是为了安慰他万里外的姊姊而写的。真能这样才是我们遥远处记念你的朋友们所盼祷。

清现住北馆，我是天天伴着她，竭尽我的可能去安慰她。冷落凄寒的深秋，我们都是咽着悲愁强作欢颜的人。愿萍弟释念。闲谈中，清曾告我萍弟为了谣诼，曾移罪到我，我只一笑置之。将来清白的光彩冲散了阴霾，那时你或者可以知道我是怎样爱护清，同时也不曾辜负了萍弟给我的使命和重托。我希望你用上帝的心相信清，也相信你一切的朋友们!

夜已将尽，远处已闻见鸡鸣!雨停风止，晨曦已快到临，黑暗只留了最后一瞬;萍弟!我们光明的世界已展开在眼前，一切你勿太悲观。

在朝霞未到之前，我把这信封寄远道给你。愿你开缄时，太阳已扫净了阴霾!

一九二六年，十一，十，北京，夜雨中。

# 深夜絮语

## 一　凄怆的归途

一个阴黯惨淡的下午，我抱着一颗微颤的心，去叩正师的门。刚由寒冷的街道上忽然走到了室中，似乎觉的有点温意，但一到那里后这温意仍在寒冷中消逝了。我是去拿稿子的，不知为什么正师把那束稿交给我时，抬头我看见他阴影罩满的忧愁面容，我几乎把那束稿子坠在地上，几次想谈点别的话，但谁也说不出；我俯首看见了和珍两个字时，我头似乎有点晕眩，身上感到一阵比一阵的冷！

寒风中我离开骆驼书屋，一辆破的洋车载着我摇幌在扰攘的街市上，我闭着眼手里紧握着那束稿，这稿内是一个悲惨的追忆，而这追忆也正是往日历历的景象，仅是一年，但这景象已成了悲惨的追忆。不仅这些可追忆，就是去年那些哄动全城的大惨杀了后的大追悼会，在如今何尝不惊叹那时的狂热盛况呢！不知为什么这几天的天气，也似乎要增加人的忧愁，死城里的黯淡阴森，污秽恶浊，怕比追悼和珍还可哭！而风雪又似乎正在尽力的吹扫和遮蔽。

春雪还未消尽，墙根屋顶残雪犹存。我在车上想到去年“三一八”的翌晨去看医院负伤的朋友时，正是漫天漫地的白雪在遮掩鲜血的尸身。想到这里自然杨德群和刘和珍陈列在大礼堂上的尸体，枪弹洞穿的尸体，和那放在玻璃橱中的斑斑血衣，花圈挽联，含笑的遗像，围着尸体的恸哭！都涌现到脑海中，觉着那时兴奋的跃动的哀恸，比现在空寂冷淡的寂静是狂热多了。假如曾参与过去年那种盛典的人，一定也和我一样感到寂寞吧！然而似乎冬眠未醒的朋友们，自己就没有令这生命变成活跃的力量吗？我自己责问自己。

这时候我才看见拉我的车夫，他是个白发苍苍的老头，腿一拐一拐，似乎足上腿上还有点毛病，虽然扎挣着在寒风里向前去，不过那种蹒跚的景象，我觉由他一步一步的足踪里仿佛溢着人世苦痛生活压迫的眼泪！我何忍令这样龙钟蹒跚的老人，拉我这正欲求活跃生命的青年呢？我下了车，加倍的给他车价后，他苦痛的皱纹上泛出一缕惨笑！我望着他的背影龙钟蹒跚的去远了，我才进行我的路。当我在马路上独自徘徊时不知为什么，忽然想到我们中国来，我觉中国的现（实）像这老头子拉车，而多少公子小姐们偏不醒来睁眼看看这车夫能不能走路，只蜷伏在破车上闭着眼做那金迷纸醉的甜梦！

## 二　遗留在人间的哀恸

前些天，娜君由南昌来信说：她曾去看和珍的母亲，景象悲惨极了，她回来和瑛姊哭了一夜！听说和珍的母亲还是在病中，看见她们时只眼泪汪汪的呻吟着叫和珍！关乎这一幕访问，娜君本允许我写一篇东西赶“三一八”前寄来的，但如今还未寄来，因之我很怅惘！不过这也是可以意料到的，一个老年无依靠的寡母哭她惟一可爱而横遭惨杀的女儿；这是多么悲惨的事在这宇宙间。和珍有灵，她在异乡的古庙中，能瞑目吗？怕母亲的哭泣声呼唤声也许能令她尸体抖战呢！

她的未婚夫方君回南昌看了和珍的母亲后，他已投笔从戎去了。此后我想他也许不再惊悸。不过有一天他战罢归来，站在和珍灵前，把那一束滴上仇人之血的鲜花献上时，他也要觉着世界上的静默了！

我不敢想到“三一八”那天烈士们远留在人间的哀恸，所以前一天我已写信给娜君，让她们那天多约上些女孩儿们去伴慰和珍的母亲，直到这时我也是怀念着这桩事。在战场上的方君，或者他在炮火流弹冲锋杀敌声中已忘了这一个悲惨的日子。不过我想他一定会忆起的，他在荒场上，骋驰时，也许暂羁辔头停骑向云霞落处而沉思，也许正在山坡下月光底做着刹那甜蜜的梦呢！

哪能再想到我不知道的烈士们家人的哀恸，这一夜在枕上饮泣含恨的怕迷漫了中国全部都有这种哭声吧！在天津高楼上的段祺瑞还能继续他诗棋逸兴，而不为这种隐约的哭声振颤吗？

诸烈士！假如你们有灵最好给你亲爱的人一个如意的梦，令你们的老母弱弟，孀妻孤儿，在空寂中得到刹那的慰藉！离乡背井，惨死在异乡的孤魂呵！你们缘着那黑夜的松林，让寒风送你们归去吧！

## 三　笔端的惆怅

一堆稿子杂乱的放在桌上，仿佛你们的尸骸一样令我不敢迫视。如今已是午夜三钟了。我笔尖上不知凝结着什么，写下去的也不知是什么？我懦弱怯小的灵魂，在这深夜，执笔写出脑海中那些可怖的旧影时，准觉着毛骨寒栗心情凄怆！窗外一阵阵风过处，仿佛又听见你们的泣诉，和衣裙拂动之声。

和珍！这一年中环境毁灭的可怕，建设的可笑，从前的偕行诸友，如今都星散在东南一带去耕种。她们有一天归来，也许能献给你她们收获的丰富花果。说到你，你是在我们这些朋友中永远存在的灵魂。许多人现在都仿效你生前的美德嘉行，用一种温柔坚忍耐劳吃苦的精神去做她们的事业去了。你应该喜欢吧！你的不灭的精神是存在一切人们的心上。

在这样黯淡压迫的环境下，一切是充满了死静；许多人都从事着耕种的事，正是和风雨搏斗最猛烈的时候，所以今年此日还不能令你的灵魂和我们的精神暂时安息。自然有一日我们这般星散后的朋友又可聚拢到北京来，那时你的棺材可以正式的入葬，我们二万万觉醒解放的女子，都欢呼着追悼你们先导者的精神和热血，把鲜艳的花朵洒满你们的茔圹，把光荣胜利的旗帜插在你们的碑上。

我想那时我的笔端纠结的惆怅，和胸中抑压的忧愁，也许会让惠和的春风吹掉的！

如今我在寒冷枯寂的冷室中，祷告着春风的来临和吹拂！在包裹了一切黑暗的深夜里，静待着晨曦的来临和曛照！

（原刊1927年3月15日《世界日报·蔷薇周刊》第16期）

# 梦　呓

一

我在扰攘的人海中感到寂寞了。

今天在街上遇见一个老乞婆，我走过她身边时，她流泪哀告着她的苦状，我施舍了一点。走前未几步，忽然听见后面有笑声，那笑声刺耳的可怕！回头看，原来是刚才那个哭的很哀痛的老乞婆，和另一个乞婆指点我的背影笑！她是胜利了，也许笑我的愚傻吧！我心颤栗着，比逢见疯狗还怕！

其实我自己也和老乞婆一样呢！

初次见了我的学生，我比见了我的先生怕百倍，因为我要在她们面前装一个理想的先生，宏博的学者，经验丰富的老人……笑一天时，回来到夜里总是哭！因为我心里难受，难受我的笑！

对同事我比对学生又怕百倍。因为她们看是轻藐的看，笑是讥讽的笑；我只有红着脸低了头，咽着泪笑出来！不然将要骂你骄傲自大……。后来慢慢练习成了，应世接物时，自己口袋里有不少的假面具，随时随地可以掉换，结果，有时连自己都不认识自己是谁？

所以少年人热情努力的事，专心致志的工作，在老年人是笑为傻傻的！青年牺牲了生命去和一种相对的人宣战时，胜利了老年人默然！失败了老年人慨着说：“小孩子，血气用事，傻极了。”无论怎样正直不阿的人，他经历和年月增多后，你让和一个小孩子比，他自然是不老实不纯真。

冲突和隔膜在青年和老年人中间，成了永久的鸿沟。

世界自然是聪明人多，非常人几几乎都是精神病者，和天分有点愚傻的。在现在又时髦又愚傻的自然是革命了，但革命这又是如何傻的事呵！不安分的读书，不安分的作事，偏偏牺牲了时间幸福生命富贵去作那种为了别人将来而抛掷自己眼前的傻事，况且也许会捕捉住坐监牢，白送死呢！因为聪明人多，愚傻人少，所以世界充塞满庸众，凡是一个建设毁灭特别事业的人，在未成功前，聪明人一定以为他是醉汉疯子呢？假使他是狂热燃烧着，把一切思索力都消失了的时候，他的力量是可以惊倒多少人的，也许就杀死人，自然也许被人杀。也许这是愚傻的代价吧！历史上值的令人同情敬慕的几几乎都是这类人，而他们的足踪是庸众践踏不着的，这光荣是在血泊中坟墓上建筑着！

唉！我终于和老乞婆一样。我终于是安居在庸众中。我终于是践踏着聪明人的足踪。我笑的很得意，但哭的也哀痛！

## 二

世界上懦弱的人，我算一个。

大概是一种病症，没有检查过，据我自己不用科学来判定，也许是神经布的太周密了，心弦太纤细了的缘故。这是值的卑视哂笑的，假如忠实的说出来。

小时候家里宰鸡，有一天被我看见了，鸡头倒下来把血流在碗里。那只鸡是生前我见惯的，这次我眼泪汪汪哭了一天，哭的母亲心软了，由着我的意思埋了。这笑谈以后长大了，总是个话柄，人要逗我时，我害羞极了！其实这真值的人讪笑呢！

无论大小事只要触着我，常使我全身震憾！人生本是残杀搏斗之场，死了又生，生了再死，值不得兴什么感慨。假如和自己没有关系。电车轧死人，血肉模糊成了三断，其实也和杀只羊一样，战场上堆尸流血的人们，和些蝼蚁也无差别，值不得动念的。围起来看看热闹，战事停止了去凭吊沙场，都是闲散中的消遣；谁会真的挥泪心碎呢！除了有些傻气的人。

国务院门前打死四十余人，除了些年青学生外，大概老年人和聪明人都未动念，不说些“活该”的话已是表示无言的哀痛了。但是我流在和珍和不相识尸骸棺材前的泪真不少，写到这里自然又惹人笑了！傻的可怜吧？

蔡邕哭董卓，这本是自招其殃！但是我的病症之不堪救药，似乎诸医已束手了。我悒郁的心境，惨愁的像一个晒干的桔子，我又为了悸惊的噩耗心碎了！

我愿世界是永远和爱，人和人，物和物都不要相残杀相践踏，众欺寡，强凌弱；但这些话说出来简直是无知识，有点常识的人是能了悟，人生之所进化和维持都是缘乎此。

长江是血水，黄浦江是血水，战云迷漫的中国，人的生命不如蝼蚁，活如寄，死如归，本无什么可兴感的。但是懦弱的我，终于瞻望云天，颤荡着我的心祷告！

我忽然想到世界上，自然也有不少傻和懦弱如我的人，假如果真也有些眼泪是这样流，伤感是这样深时，世界也许会有万分之一的平和之梦的曙光照临吧！

这些话是写给小孩子和少年人的，聪明的老人们自然不必看，因为浅薄的太可笑了。

# 墓畔哀歌

一

我由冬的残梦里惊醒，春正吻着我的睡靥低吟！晨曦照上了窗纱，望见往日令我醺醉的朝霞，我想让丹彩的云流，再认认我当年的颜色。

披上那件绣着蛱蝶的衣裳，姗姗地走到尘网封锁的妆台旁。呵！明镜里照见我憔悴的枯颜，像一朵颤动在风雨中苍白凋零的梨花。

我爱，我原想追回那美丽的皎容，祭献在你碧草如茵的墓旁，谁知道青春的残蕾已和你一同殉葬。

二

假如我的眼泪真凝成一粒一粒珍珠，到如今我已替你缀织成绕你玉颈的围巾。

假如我的相思真化作一颗一颗的红豆，到如今我已替你堆集永久勿忘的爱心。

哀愁深埋在我心头。

我愿燃烧我的肉身化成灰烬，我愿放浪我的热情怒涛汹涌，天呵！这蛇似的蜿蜒，蚕似的缠绵，就这样悄悄地偷去了我生命的青焰。

我爱，我吻遍了你墓头青草在日落黄昏；我祷告，就是空幻的梦吧，也让我再见见你的英魂。

## 三

明知道人生的尽头便是死的故乡，我将来也是一座孤冢，衰草斜阳。有一天呵！我离开繁华的人寰，悄悄入葬，这悲艳的爱情一样是烟消云散，昙花一现，梦醒后飞落在心头的都是些残泪点点。

然而我不能把记忆毁灭，把埋我心墟上的残骸抛却，只求我能永久徘徊在这垒垒荒冢之间，为了看守你的墓茔，祭献那茉莉花环。

我爱，你知否我无言的忧衷，怀想着往日轻盈之梦。梦中我低低唤着你小名，醒来只是深夜长空有孤雁哀鸣！

## 四

黯淡的天幕下，没有明月也无星光这宇宙像数千年的古墓；皑皑白骨上，飞动闪映着惨绿的磷花。我匍匐哀泣于此残锈的铁栏之旁，愿烘我愤怒的心火，烧毁这黑暗丑恶的地狱之网。

命运的魔鬼有意捉弄我弱小的灵魂，罚我在冰雪寒天中，寻觅那雕零了的碎梦。求上帝饶恕我，不要再惨害我这仅有的生命，剩得此残躯在，容我杀死那狞恶的敌人！

我爱，纵然宇宙变成烬余的战场，野烟都腥：在你给我的甜梦里，我心长系驻于虹桥之中，赞美永生！

## 五

我镇天踯躅于垒垒荒冢，看遍了春花秋月不同的风景，抛弃了一切名利虚荣，来到此无人烟的旷野，哀吟缓行。我登了高岭，向云天苍茫的西方招魂，在绚烂的彩霞里，望见了我沉落的希望之陨星。

远处是烟雾冲天的古城，火星似金箭向四方飞游！隐约的听见刀枪搏击之声，那狂热的欢呼令人震惊！在碧草萋萋的墓头，我举起了胜利的金觥，饮吧我爱，我奠祭你静寂无言的孤冢！

星月满天时，我把你遗我的宝剑纤手轻擎，宣誓向长空：愿此生永埋了英雄儿女的热情。

## 六

假如人生只是虚幻的梦影，那我这些可爱的映影，便是你赠与我的全生命。我常觉你在我身后的树林里，骑着马轻轻地走过去。常觉你停息在我的窗前，徘徊着等我的影消灯熄。常觉你随着我唤你的声音悄悄走近了我，又含泪退到了墙角。常觉你站在我低垂的雪帐外，哀哀地对月光而叹息！

在人海尘途中，偶然逢见个像你的人，我停步凝视后，这颗心呵！便如秋风横扫落叶般冷森凄零！我默思我已经得到爱的之心，如今只是荒草夕阳下，一座静寂无语的孤冢。

我的心是深夜梦里，寒光闪灼的残月，我的情是青碧冷静，永不再流的湖水。残月照着你的墓碑，湖水环绕着你的坟，我爱，这是我的梦，也是你的梦，安息吧，敬爱的灵魂！

## 七

我自从混迹到尘世间，便忘却了我自己；在你的灵魂我才知是谁？

记得也是这样夜里。我们在河堤的柳丝中走过来，走过去。我们无语，心海的波浪也只有月儿能领会。你倚在树上望明月沉思，我枕在你胸前听你的呼吸。抬头看见黑翼飞来掩遮住月儿的清光，你抖颤着问我：假如这苍黑的翼是我们的命运时，应该怎样？

我认识了欢乐，也随来了悲哀，接受了你的热情，同时也随来了冷酷的秋风。往日，我怕恶魔的眼睛凶，白牙如利刃；我总是藏伏在你的腋下趑趄不敢进，你一手执宝剑，一手扶着我践踏着荆棘的途径，投奔那如花的前程！

如今，这道上还留着你斑斑血痕，恶魔的眼睛和牙齿再是那样凶狠。但是我爱，你不要怕我孤零，我愿用这一纤细的弱玉腕，建设那如意的梦境。

## 八

春来了，催开桃蕾又飘到柳梢，这般温柔慵懒的天气真使人恼！她似乎躲在我眼底有意缭绕，一阵阵风翼，吹起了我灵海深处的波涛。

这世界已换上了装束，如少女般那样娇娆，她披拖着浅绿的轻纱，蹁跹在她那姹紫嫣红中舞蹈。伫立于白杨下，我心如捣，强睁开模糊的泪眼，细认你墓头，萋萋芳草。

满腔辛酸与谁道？愿此恨吐向青空将天地包。它纠结围绕着我的心，像一堆枯黄的蔓草，我爱，我待你用宝剑来挥扫，我待你用火花来焚烧。

## 九

垒垒荒冢上，火光熊熊，纸灰缭绕，清明到了。这是碧草绿水的春郊。墓畔有白发老翁，有红颜年少，向这一杯黄土致不尽的怀忆和哀悼，云天苍茫处我将魂招；白杨萧条，暮鸦声声，怕孤魂归路迢迢。

逝去了，欢乐的好梦，不能随墓草而复生，明朝此日，谁知天涯何处寄此身？叹漂泊我已如落花浮萍，且高歌，且痛饮，拼一醉烧熄此心头余情。

我爱，这一杯苦酒细细斟，邀残月与孤星和泪共饮，不管黄昏，不论夜深，醉卧在你墓碑傍，任霜露侵凌吧！我再不醒。

十六年清明陶然亭畔

（原刊1927年4月4日、12日、19日、26日《世界日报·蔷薇周刊》第19—22期）

# 偶然草

算是懒，也可美其名曰忙。近来不仅连四年未曾间断的日记不写，便是最珍贵的天辛的遗照，置在案头已经灰尘迷漫，模糊的看不清楚是谁。朋友们的信堆在抽屉里有许多连看都不曾看，至于我的笔成了毛锥，墨盒变成干绵自然是不必说了，屋中零乱的杂琐的状态，更是和我的心情一样，不能收拾，也不能整理。连自己也莫明其妙为什么这样颓废？而我最奇怪的是心灵的失落，常觉和遗弃了什么重要的东西一般，总是神思恍惚，少魂失魄。

不会哭！也不能笑！一切都无感。这样凄风冷月的秋景，这样艰难苦痛的生涯，我应该多愁善感，但是我并不曾为了这些介意。几个知己从远方写多少安慰我同情我的话，我只呆呆的读，读完也不觉什么悲哀，更说不到喜欢了。我很恐惧自己，这样的生活，毁灭了灵感的生活，不是一种太惨忍的酷刑吗？对于一切都漠然的人生，这岂是我所希望的人生。我常想做悲剧中的主人翁，但悲剧中的风云惨变，又那能任我这样平淡冷寂的过去呢！

我想让自己身上燃着火，烧死我。我想自己手里握着剑，杀死人。无论怎样最好痛快一点去生，或者痛快点求死。这样平淡冷寂，漠然一切的生活；令我愤怒，令我颓废。

心情过分冷静的人，也许就是很热烈的人；然而我的力在那里呢？终于在人群灰尘中遗失了。车轨中旋转多少百结不宁的心绪，来来去去，百年如一日的过去了。就这样把我的名字埋没在十字街头的尘土中吗？我常在奔波的途中这样问自己。

多少花蕾似的希望都揉碎了。落叶般的命运只好让秋风任意的飘泊吹散吧！繁华的梦远了，春还不曾来，暂时的殡埋也许就是将来的滋荣。

远方的朋友们！我在这长期沉默中，所能告诉你们的只有这几句话。我不能不为了你们的关怀而感动，我终于是不能漠然一切的人。如今我不希求于人给我什么，所以也不曾得到烦恼和爱怨。不过我蔑视人类的虚伪和扰攘，然而我又不幸日在虚伪扰攘中辗转因人，这就是使我痛恨于无穷的苦恼！

离别和聚合我到是不介意，心灵的交流是任天下什么东西都阻碍不了的；反之，虽日相晤对，咫尺何非天涯。远方的朋友愿我们的手在梦里互握着，虽然寂处古都，触景每多忆念，但你们这一点好意远道缄来时，也了解我万种愁怀呢！

十六年十月二十八日夜深时

# 冰 场 上

连自己都惊奇自己的兴致，在这种心情下的我，会和一般幸福骄子，青春少女们，来到冰场上游戏。但是自从踏进了这个环境后，我便不自主的被诱惑而沉醉了。幸好，这里没有如人间那样的残狠，在不介意不留心时，偷偷混在这般幸福骄子，青春少女群中，同受艳阳的照临，惠风的吹拂，而不怕获什么罪戾！因之我闲暇时离开一切可厌恶的；到这里，求刹那的沉醉和慰藉。

在美丽欢欣的冰场上，回环四顾是那如云烟般披罩着的森林岩峰碧栏红楼；黄昏时候落日绯霞映照在冰凝的场中，雪亮的刀上时，每使我怆然泫然，不忍再抬头望着这风光依稀似去年的眼底景物。我天天奔波在这长安道上，不知追求什么？如今空虚的心幕上，还留着已成烟梦的遗影；几乎处处都有这令我怆然泫然的陈迹现露在我的眼底。这冰场也一样有多少不堪回首的往事，驻足凝眸时心头常觉隐隐梗酸：有时热泪会滴在冻冷的冰上，融化成一个小小的蚀洞。

自然有人诅咒我这类乎沦落的行径，颓唐的心情罢！似乎这年头莫有什么机会或兴趣，来和那些少爷小姐们玩这类的开心运动。诚然，我很惭愧，除了每日应作的事务和自修外，我并不曾效劳什么社会运动，团体工作；不过我也很自安，没有机会去做一件与人类求福利的事，但也未曾做过殃民害众的罪恶。

看起来中国目前似乎都是太积极了，“希望”故意把人都变成了猛兽，随时随地都可以使烈火燃烧起来！鲜血喷洒起来！尸体堆集起来！枪炮烟火中，一切幸福和安宁都被恶魔的旗帜卷去了，这几乎退化到原始的世界，我时时都在恐怖着！暴动残杀，疯狂般的领袖，都是令我们钦佩敬爱的英雄吧！只是他们的旗帜永远那么鲜明正大，而他们的功绩确永远是这样暗淡悲惨呢！不知为什么？

假如后人的幸福欢乐真能建筑在现今牺牲者的枯骨血迹之上，那也是一件值得赞颂的事；不过恐怕这也终于是个幻影，只是在人们心中低低唤你前进的一个声音。

在疲倦的工作后沉思时，我总哀我自己并哀我祖国。屡次失望之后，我对于自己从前热诚敬慕的英雄，和一切曾令我动念的事业都恐怖鄙视起来了。因此在极度伤心悲痛中才逃到冰场上去求刹那的晕醉。

我虽想追求快乐，但快乐却是永不能来安慰我。我的朋友在炮火枪林底，我的故乡在战气迷漫里，我的父母在忧惧焦虑中，我就是漠不关心逃到冰场上来自骗的去追寻快乐，怕快乐也终于是遗弃而不顾我。不过晕醉，暂时的晕醉却能令我的心情麻木一时。

我告诉你们：冰下有无数美丽娟洁的花纹，那细小的雪屑被风吹着如落下的球，我足下的银刀划在冰场的裂痕，如我心膜里的残迹。轻飘飘游龙惊鸿般的姿态，笑吟吟微露醉意的霰颜，如燕子穿梭，蝶翘翩跹似的步履，风旋雪舞，云卷电掣，这都是冰场上青年少女们的艺术。朋友！怎的不令我沉迷于此而暂忘掉一切人间的痛苦呢！是这般美妙的活泼的天真的烂漫的乐园。

不过这依然是梦。

这些幸福骄子；青春少女们也有一日要失去他们的愉乐而换成惆怅！目前的现实变作回忆的梦影。露沙笑我把冷寂的冰场当作密友是痴念，她说：

“你觉得冰冷的心情最好是安放在冰天雪地之中。不过你要知道冷的冰最是靠不住的东西，它若逢见热烈的火气，立刻就消失了原来洁白的冷严的质地，变成柔和的水，氤氲的汽了。结果反不如一直是个氤氲的汽倒免得着迹。”

她这话自然包含了多方面的意思，不过表面上看来，她已警告我将来是一场欢喜，空留惆怅了。什么事不是这样呢！如今冷寂坚冻的冰，本就是往日柔和如意的水，此时欢喜就是他年悲叹，人生假使就是这样时，怎禁得住我们这过分聪敏的忧虑呢！

朋友！不要想以后怎样，只骗如今这样过去罢！

十六年十二月二十四日圣诞节前夜

# 噩梦中的扮演

我流浪在人世间，曾度过几个沉醉的时代，有时我沉醉于恋爱，恋爱死亡之后，我又沉醉于酸泪的回忆，回忆疲倦后，我又沉醉于毒酒，毒酒清醒之后，我又走进了金迷沉醉五光十色的滑稽舞台。近来我整天偷工夫到这里歌舞欢呼，终宵达旦而无倦态。

我用粉红的绸纱，遮住我遍体的创痕，用脂粉涂盖住我苍白面庞，我旋转在狂热的浪漫的舞台上，被各种含有毒汁生有荆棘的花朵包围着。我是尽兴的歌，尽兴的舞！毫无忌慑，各种赞颂我毁谤我的恶魔在台下做各种鬼脸。他们看着我，我也看着他们。

如今，我任一切远方怀念我的朋友暗地里挥泪，我任故乡的老母替我终身伤感。但，我是不再向这人间流半滴泪了，我只玩弄着万物，也让万物玩弄着我这样过去，浑浑噩噩无所知觉的过去。我还说什么呢？我整天混迹在人海中，扰扰攘攘都是些假面具，喧哗嚣杂都是些留声机，说什么，说向谁去？想到这里时，我就披上那件忘忧的舞衣到剧场去了，爽性我自己就来一个虚伪的角色，妃色的氛围中遮掩了我这黑色的尸身，把一切灵感回忆都殡埋于此。这是我的一种新发现，使我暂时晕厥的麻醉剂。上帝！我该向你再祈求什么呢？除此而外？

灯光暗淡，人影散乱时，我独自从魔鬼狂呼声中逃到清冷的街头：那一带寒林，那一弯残月，那巍然插上云霄的剧场，像一个伟大的狮王，蹲着张开那血盆的巨口预备噬人。这刹那间我清醒了！我身体渐渐冷得发抖，我不知那里面暖溶溶是梦，这外面还冷清清是梦？这时我瞪着眼嚼着唇在寒林下飞奔回来，立在那面衣镜前，看见一个披发苍白寒缩战颤的女郎时，我不能认识了；那红绒毡上，灯光照耀着的美丽的高贵的庄严的神采，不知何处去了。

我对镜凝视后，便颓然倒在地上。这时耳畔隐隐有低呼我名字的声音，我便在这种幻想的声音中睡去。半夜里我会抱着桌子腿唤着母亲醒来，有时我梦见我的灵魂之影来了，扑过去会碰在板壁上哽咽着醒来！总之，我是有点不能安定的心灵了。翌晨，我依然又披上舞衣，涂上脂粉，作出种种媚人娇态，发出种种醉人的清音，来扮演种种的活剧，这时我把自己已遗失了，只是一付辗转因人的尸体。

我本是几个朋友拯救起来的一个自甘沦落的女子，那时我从极度伤心中扎挣起来也含有不少的希望：希望我成一个悲剧的主人翁，希望成一个浪漫的诗人，希望成一个小说家，更希望成一个革命先驱，或政治首领。东西南北漂游归来，梦都做过了，都不能满足我，都不能令我离开苦痛；最后才决定做戏子，扮演滑稽剧给滑稽的人们看着寻开心。

有几次我正在清歌妙舞逸兴遄飞时，忽然台下露出几个熟悉的面孔，他们虽不识我本来面目，不过我看见他们却引起我满腔悲愁，结果我没有等闭幕便晕倒在琴台傍了！以后我的含忍力强了，看见了他们也毫不动心，半年后我简直也不识他们了。我恐怖过去的梦影来扰我，我希望我的环境中都是些不相识的，新来的观众！

上帝！愿你有一天能告诉我的母亲和系念我的朋友们说："我已找到我的墓在我愿意殡埋的那个地方了。"

# 毒　蛇

谁也不相信我能这样扮演：在兴高采烈时，我的心忽然颤抖起来，觉着这样游戏人间的态度，一定是冷酷漠然的心鄙视讪讽的。想到这里遍体感觉着凄凉如冰，刚才那种热烈的兴趣都被寒风吹去了。回忆三月来，我沉醉在晶莹的冰场上，有时真能忘掉这世界和自己；目前一切都充满了快乐和幸福。那灯光人影，眼波笑涡，处处含蓄着神妙的美和爱，这真是值得赞颂的一幕扮演呢！

如今完了，一切的梦随着冰消融了。

最后一次来别冰场时，我是咽着泪的；这无情无知的柱竿席棚都令我万分留恋。这时凄绝的心情，伴着悲婉的乐声，我的腿忽然麻木酸痛，无论怎样也振作不起往日的豪兴了。正在沉思时，有人告诉我说："琪如来了，你还不去接她，正在找你呢！"我半喜半怨的说："在家里坐不住，心想还是来和冰场叙叙别好；你若不欢迎，我这就走。"她笑着提了冰鞋进了更衣室。

琪如是我新近在冰场上认识的朋友，她那种活泼天真，玲珑美丽的丰神，真是能令千万人沉醉。当第一次她走进冰场时，我就很注意她，她穿了一件杏黄色的绳衣，法兰绒的米色方格裙子，一套很鲜艳的衣服因为配合得调和，更觉十分的称体。不仅我呵，记得当时许多人都曾经停步凝注着这黄衣女郎呢。这个印象一直到现在还能很清楚的忆念到。

星期二有音乐的一天，我和淩从东华门背着冰鞋走向冰场；途中她才告诉我黄衣女郎是谁，知道后陡然增加了我无限的哀愁。原来这位女郎便是三年前逼凌心投海，子青离婚的那个很厉害的女人，想不到她又来到这里来了。我和浚都很有意的相向一笑！

在更衣室换鞋时，音乐慷慨激昂，幽抑宛转的声音，令我的手抖颤得连鞋带都系不紧了。浚也如此，她回头向我说：

"我心跳呢！这音乐为什么这样动人？"

我转脸正要答她的话，琪如揭帘进来，穿着一件淡碧色的外衣，四周白兔皮，襟头上插着一朵白玫瑰，清雅中的鲜丽，更现得她浓淡总相宜了。我轻轻推了浚一下，她望我笑了笑，我们彼此都会意。第二次音乐奏起时，我和浚已翩翩然踏上冰场了，不知怎样我总是望着更衣室的门帘。不多一会，琪如出来了，像一只白鸽子，浑身都是雪白，更衬得她那苹果般的面庞淡红可爱。这时人正多，那入场的地方又是来往人必经的小路，她一进冰场便被人绊了一交，走了没有几步又摔了一交，我在距离她很近的柱子前，无意义的走过去很自然的扶她起来。她低了头腮上微微涌起两朵红云，一只手拍着她的衣裙，一只手紧握着我手说：

"谢谢你！"

我没有说什么，微笑的溜走了，远远我看见浚在那圈绳内的柱子旁笑我呢！这时候，连我自己也莫名其妙，忽然由厌恨转为爱慕了，她真是具有伟大的魔术呢！也许她就是故事里所说的那些魔女吧！

音乐第三次奏起，很自然的大家都一对一对缘着外圈走，浚和一个女看护去溜了，我独自在中间练我新习的步法，忽然有一种轻碎的语声由背后转来，回头看原来又是她，她说：

"能允许我和你溜一圈吗？"

她不好意思的把双手递过来，我笑着道：

"我不很会，小心把你拉摔了！"

这一夜是很令我忆念着的：当我伴她经过那灿烂光亮如白昼的电灯下时，我仔细看着她这一套缟素衣裳，和那一双温柔的玉腕时，猛然想到沉没海底的凌心，和流落天涯的子青，说不出那时我心中的惨痛！栗然使我心惊，我觉她仿佛是一条五彩斑烂的毒蛇，柔软如丝带似的缠绕着我！我走到柱子前托言腿酸就悄悄溜开了，回首时还看见她那含有毒意的流波微笑！

淩已看出来了，她在那天归路上，正式的劝告我不要多接近她，这种善于玩弄人颠倒人的魔女，还是不必向她表示什么好感，也不必接受她的好感。我自然也很明白，而且子青前几天还来信说他这一生的失败，都是她的罪恶；她拿上别人的生命，前程，供她的玩弄挥霍，我是不能再去蹈这险途了。不过她仍具有绝大的魔力，此后我遇见她时，真令我近又不是，避又不是，恨又不忍，爱又不能了。就是冷落漠然的淩也有时会迷恋着她。我推想到冰场上也许不少人有这同感吧！

如今我们不称呼她的名字了，直接唤她魔女。闲暇时围炉无事，常常提到她，常常研究她到底是种什么人？什么样的心情？我总是原谅她，替她分辩，我有时恨她们常说女子的不好；一切罪恶来子，都是让给女子负担，这是无理的。不过良心唤醒我时，我又替凌心子青表同情了。对于她这花锦团圆，美满快乐的环境，不由要怨恨她的无情狠心了，她只是一条任意喜悦随心吮吸人的毒蛇，盘绕在这辉煌的灯光下，晶莹的冰场上，昂首伸舌的狞笑着；她哪能想到为她摒弃生命幸福的凌心和子青呢！

毒蛇的杀人，你不能责她无情，琪如也可作如斯观。

今天去苏州胡同归来经过冰场的铁门，真是不堪回首呵！往日此中的灯光倩影，如今只剩模糊梦痕，我心中惆痕之余，偶然还能想起魔女的微笑和她的一切。这也是一个不能驱逐的印象。

我从那天别后还未再见她，我希望此后永远不要再看见她。

# 偶然来临的贵妇人

我正午梦醒来，睁眼见窗外芭蕉后站着一个人，我问谁？女仆递给我一张名片，接过来看时，上面写着；胡张蔚然。呵！是她！

我赶快穿上鞋下了床，弄展了绉折的床毡，又掠梳了一下纷乱的散发，这时候竹篱花径传来了清脆的皮鞋声音，隐约帘外见绯红衫子的身影分花拂柳而来。我迎出去，只见她珠翠环绕，雍容端丽，无论如何也不敢认这位娇贵的妇人，就是前八年名振一时的女界伟人。

寒暄后，她抬起流媚的双睛打量了我，又打量子我的房子，蓦然间感觉到自己的微小和寒酸，在她那种不自禁流露的傲贵神韵中。

我十分局促嗫嗫着说："蔚然姊，我们在学校分离后就未再见。听同学们说你在南方很做了许多实地的工作，这次来更可以指导我们了。"她抿嘴微笑着道："我早不做什么工作了。一半灰心，一半懒惰，自从我和衡如结婚后，大概也是环境的原故罢！无论如何振作不起往日的精神，什么当主席，请愿，发传单，示威，这套拿手戏，想起来还觉好笑呢！一个人最终的目的，谁不是梦想着实现个如意的世界，使自己能浸润在幸福美满中生活着。现在衡如有力量使我过这种不劳而获的生活，我又何必再出去呼号奔波。有的是银钱，多少享乐的愿望，都可以达到；在社会上既有名誉，又有地位。物质的享受，我没有什么不满意。精神方面，衡如自同他妻离散后，对我的感情是非常忠诚专一，假使他有什么变化，我也不愁没有情人来安慰我，我高兴热闹时到上海向那金迷纸醉的洋场求穷奢极欲的好梦，喜欢幽静时找一两个闲散的朋友到西湖或牯岭去，那里都有自己的别墅，在天然美丽的风景中，休息我的劳顿和疲倦。如果国内的情形使我厌烦时，也许轻装简服悄悄的就溜到外国。我想手里只要有钱，宇宙万物都任我摆布。我现在才知道了，藻如！你晓得如今一般不得志的人，整天仰着头打倒这个铲除那个，但是到了那种地位，无论从前怎么样血气刚强、人格高尚的人，照样还是走着前边人开辟的道路，行为举动和自己当年所要打倒铲除者是分毫无差，也许还别有花样呢！衡如和他现在这一般朋友，哪一个不是几十万几百万的家产，四五个美貌如花的爱人。从前他们革命时那种穷困无聊的样子你也见过，世界就这样一套把戏，不论挂什么招牌，结果还是生活的问题，并且还是多数人饿死少数人吃肥的问题。”

我真没有想到她忽然发现了这样的人生哲学，又像吹法螺，又像发牢骚，这么一来我真不知她今天来的目的是什么了。

接着她又说：“藻如：别后你还是那样消沉吗？在南边时听人说你死了，隔些时又说你嫁了，无论什么谣传都是这生生死死吧！到这里打听，才知道你还是保持着旧日那孤傲静默的生涯。你真有耐心，这多年用粉笔灰撑着半饱的肚子，要是我早想别的方法了。不过这样沉默的生活也有好处，不声不响的：你就是掀天摇地翻山倒海的弄一套，结果也是这样。你瞧我，一定笑不长进，不过我想只有这样是我的需要。”她哈哈的笑了，这清脆的笑声，颤溢在这狭霉的小书斋。

我不知该说什么话好，只痴笑着陪她。仔细揣摸她这惊人的伟论，及在她那粉白黛绿、珠翠缤纷的美型中，找寻往日那种英俊的丰采是隐湮不见了。

她又向我问讯了几个旧朋友的近况，最后她说了目的，是衡如的儿子想考学校，托我帮点忙让他取录。明晚她家里开个跳舞会，请的客人都是新贵，再三请我去，我向她婉谢了。我没有力量和她应酬，我愿在这小书斋当孤傲的主人，不愿去向那广庭华筵、灯光辉煌下做寒伧的来客。

送她上了汽车，灰尘中依稀似回眸一笑。

回来检起茶杯，整理了一下书桌：坐在藤椅上觉屋中氤氲着一种清芬的余香，这气息中我恍惚又看见她娇贵的高傲的倩影。

# 惆　怅

先在上帝面前，忏悔这如焚的惆怅！

朋友！我就这样称呼你吧。当我第一次在酒楼上逢见你时，我便埋怨命运的欺弄我了。我虽不认识你是谁？我也不要知道你是谁？但我们偶然的遇合，使我在你清澈聪慧的眼里，发现了我久隐胸头的幻影，在你炯炯目光中重新看见了那个捣碎我一切的故人。自从那天你由我身畔经过，自从你一度惊异的注视我之后，我平静冷寂的心波为你汹涌了。朋友！愿你慈悲点远离开我，愿你允许我不再见你，为了你的丰韵，你的眼辉，处处都能撼的我动魄惊心！

这样凄零如焚的心境里，我在这酒店内成了个奇异的来客，这也许就是你怀疑我追究我的缘故吧？为了躲避过去梦影之纠缠，我想不再看见你，但是每次独自踽踽林中归来后，望着故人的遗像，又愿马上看见你，如观黄泉下久矣沉寂消游的音容。因此我才强咽着泪，来到这酒店内狂饮，来到这跳舞厅上跹蹁。明知道这是更深更深的痛苦，不过我不能自禁的沉没了。

你也感到惊奇吗？每天屋角的桌子上，我执着玛瑙杯狂饮，饮醉后我又踱到舞场上去歌舞，一直到灯暗人散，歌暗舞乱，才抱着惆怅和疲倦归来。这自然不是安放心灵的静境，但我为了你，天天来到这里饮一瓶上等的白兰地，希望醉极了能毒死我呢！不过依然是清醒过来了。近来，你似乎感到我的行为奇特吧！你伴着别人跳舞时，目光时时在望着我，想仔细探索我是什么人？怀着什么样心情来到这里痛饮狂舞？唉！这终于是个谜，除了我这一套朴素衣裙苍白容颜外，怕你不能再多知道一点我的心情和形踪罢？

记得那一夜，我独自在游廊上望月沉思：你悄悄立在我身后，当我回到沙发上时，你低着头叹息了一声就走过去了。真值得我注意，这一声哀惨的叹息深入了我的心灵，在如此嘈杂喧嚷，金迷纸醉的地方，无意中会遇见心的创伤的同情。这时音乐正奏着最后的哀调，呜呜咽咽像夜莺悲啼，孤猿长啸，我振了振舞衣，想推门进去参加那欢乐的表演；但哀婉的音乐令我不能自持，后来泪已扑簌簌落满衣襟，我感到极度的痛苦，就是这样热闹的环境中愈衬出我心境的荒凉冷寂。这种回肠荡气的心情，你是注意到了，我走进了大厅时，偷眼看见你在呆呆地望着我，脸上的颜色也十分惨淡；难道说你也是天涯沦落的伤心人吗？不过你的天真烂漫，憨娇活泼的精神，谁信你是人间苦痛中扎挣着的人呢？朋友！我自然祝福你不是那样。更愿你不必注意到我，我只是一个散洒悲哀，布施痛苦的人，在这世界上我无力再承受任何人的同情和怜恤了。我虽希望改换我的环境，忘掉一切，舍弃一切，埋葬一切，但是新的境遇里有时也会回到旧的梦里。依然不能摆脱，件件分明的往事，照样映演着揉碎我的心灵。我已明白了，这是一直和我灵魂殉葬入墓的礼物！

写到这里我心烦乱极了，我走倒在床上休息一会再往下写吧！

这封信未写完我就病了。

朋友！这时我重提起笔来的心情已完全和上边不同了。是忏悔，也是觉悟，我心灵的怒马奔放到前段深潭的山崖时，也该收住了，再前去只有不堪形容的沉落，陷埋了我自己，同时也连累你，我那能这样傻呢！

那天我太醉了，不知不觉晕倒在酒楼上，醒来后睁开眼我睡在软榻上，猛抬头便看你温柔含情的目光，你低低和我说：

“小姐！觉着好点吗？你先喝点解酒的汤。”

我不能拒绝你的好意，我在你手里喝了两口桔子汤，心头清醒了许多，忽然感到不安，便扎挣的坐起来想要走。你忧郁而诚恳的说：

“你能否允许我驾车送你回去么？请你告诉我住在那里？”我拂然的拒绝了你。心中虽然是说不尽的感谢，但我的理智诏示我应该远避你的殷勤，所以我便勉强起身，默无一语的下楼来。店主人招呼我上车时，我还看见你远远站在楼台上望我。唉！朋友！我悔不该来这地方，又留下一个凄惨的回忆；而且给你如此深沉的怀疑和痛苦，我知道忏悔了愿，你忘记我们的遇合并且原谅我难言的哀怀吧！

从前为了你来到这里，如今又为了你离开。我已决定不再住下去了，三天内即航海到南洋一带度漂流的生涯，那里的朋友曾特请去同他们合伙演电影，我自己也很有兴趣，如今又有一个希望在诱惑我做一个悲剧的明星呢！这个事业也许能发挥我满腔凄酸，并给你一个再见我的机会。

今天又到酒店去看你，我独隐帏幕后，灯光辉煌，人影散乱中，看见你穿一件翡翠色的衣服，坐在音乐台畔的沙发上吸着雪茄沉思，朋友！我那时心中痛苦万分，很想揭开幕去向你告别，但是我不能。只有咽着泪默望你说了声：

“朋友！再见。一切命运的安排，原谅我这是偶然。”

# 晚　宴

有天晚晌，一个广东朋友请我在长安春吃饭。

他穿着青绿的短服，气度轩昂，英俊豪爽，比较在法国时的神态又两样了。他也算是北伐成功后的新贵之一呢！

来客都是广东人。只有苏小姐和我是例外。

说到广东朋友时，我可以附带说明一下，特别对广东人的好感。我常觉广东的民性之活泼好动，勇敢有为，敏慧刚健，忠诚坦白，是值得我们赞美的。凡中国那种腐败颓废的病态，他们都没有；而许多发扬国华，策励前进的精神，是全球都感到惊畏的。这无怪乎是革命的根据地，而首领大半是令人钦佩的广东人了。

寒暄后，文蕙拉了我手走到屋角。她悄悄指着一个穿翻领西装的青年说："这就是天下为婆的胡先生！"我笑着紧握了她手道："你真滑稽。"

想起来这是两月前的事了。我从山城回来后，文蕙姊妹们，请我到北海划船，那是黄昏日落时候，晚景真美，西方浅蓝深青的云堆中，掩映夹杂着绯红的彩霞，一颗赤日慢慢西沉下去。东方呢，一片白云，白云中又袭着几道青痕，在一个凄清冷静的氛围中，月儿皎洁的银光射到碧清的海面。晚风徐徐吹过，双桨摇到莲花深处去了。

这种清凉的境地，洗涤着这尘灰封锁的灵魂。在他们的倩影中，笑语里，都深深感到恍非人间了。菡萏香里我们停了桨畅谈起来：偶然提到文蕙的一个同学，又引起革命时努力工作的女同志，谈着她们的事迹，有的真令我们敬钦，有的令我们惊异，有的也令我们失望而懊丧！

文蕙忽然告我，有一位朋友和她谈到妇女问题说：“你们怕什么呢！这年头儿是天下为婆。”我笑起来了，问她这怎么解释呢？她说这位主张“天下为婆”的学者大概如此立论：

一国最紧要的是政治。而政治舞台上的政治伟人，运用政治手腕时的背景，有时却是操纵在女子手中。凡是大政治家、大革命家的鼓舞奋发，惨淡经营，又多半是天生丽质的爱人，或者是多才多艺的内助，辅其成功。不过仅是少数出类拔萃的女子，大多数还是服务于家庭中，男子负荷着全责去赡养。

因此，男子们，都尽量的去寻觅职业，预备维持妻妾的饱暖；同时虚荣心的鼓励，又幻想着生活的美满和富裕。这样努力的结果，往往酿成许多的贪官污吏。据说这是女子间接应得的罪案。

例如已打倒的旧军阀张宗昌，其妻妾衣饰杂费共需数十万。风闻如今革命伟人之妻妾，亦有衣饰费达十余万者。（这惊人的糜费我自然确信其为谣言无疑了。）——男子一方面生产，女子一方面消费。这“天下为婆”似乎愤怨，似乎鄙笑的言论，遂在滑稽刻薄的胡先生口中实现了。我们听见当然觉得有点侮辱女性，不无忿怒。但是静心想想，这话虽然俏皮，不过实际情形是如斯，又何能辨白呢！

试问现在女子有相当职业，经济独立，不依人供养的有几多？像有些知识阶级的贵妇人，依然沉湼于金迷纸醉，富裕挥霍的生活中；并不想以自己的劳力求换取面包，以自己的才能去服务社会。

不过我自己也很感到呢！文蕙她们也正是失业者。镇日想在能力范围内寻觅点工作，以自生活，并供养她五十余岁的病母。但是无论如何在北平就找不到工作，各机关没有女子可问津的道路。除非是和机关当局沾亲带故的体己人外，谁不是徘徊途中呢！意志薄弱点的女子，禁不住这磨炼挫折，受不了这风霜饥寒，慢慢就由奋斗彷徨途中，而回到养尊处优的家庭中去了。

这夜偶然又逢到胡先生。想起他的话来，我真想找个机会和他谈谈，不过事与愿违，他未终席就因有要事匆匆地去了。

# 卸装之夜

蘅如偶然当了一个中学校的校长，校长是如何庄严伟大的事业，但是在蘅如只是偶然兴来的一幕扮演。上装后一切都失却自由，其实际情形无异是作了收罗万矢的箭垛。

如今箭垛的命运算是满了，她很觉值得感谢上苍。双手将这顶辉煌的翠冠，递给愿意接受的朋友后，自己不禁偷偷的笑了！这来也匆匆，去也匆匆的命运。

在纷扰的社会里，嘈杂的会场上，奸狡万变的面孔，口是心非的微笑中，她悄悄推倒前面那块收罗万矢的箭垛，摘下那顶庄严伟大的峨冠，飘然回到她幽静的书斋去了。走进了深深院落，望见紫藤的绿荫掩着她的碧纱窗。那一排新种的杨柳也长高了，影子很婀娜的似在舞动，树荫下挂着她最爱的鹦哥，听见步履声，它抬起头来飞在横木上叫着：

“快开门，快开门!”

她举眸回盼了一下。湘帘沉沉中听见姨母唤她的声音。这时帘揭开了，双鬓如雪的姨母扶杖出来迎接蘅如。一般晚香玉的芬馥，由屋中照来，她猛然清醒！如午夜梦回一样。

晚餐后，她回到自己的屋里，卸下那一套“恰如其分”的装束，换上了一件沾满泪痕酒渍的旧衣，坐在写字台前沙发上，深深的吐了一口气。觉得灵魂自由了，如天空的流云，如海上的飞鸟。瓶中有鲜艳的菡萏，清芬扑鼻，玻璃杯里斟着浓酽的绿茶，沽人心脾。磨好了墨，蘸饱了笔，雪亮的灯光下，她沉思对一迭稿纸支颐。

该从何处下笔呢！这半截惊惶纷乱，污浊冷酷的环境；狡诈奸险，可气可笑的事迹，都如电影一般在她脑中演映着。

辗转在荆棘中，灵魂身体都是一样创痛。虽然是已经受了她不曾受过的，但认识的深刻，见闻的广博，却也得到她不曾知道的。人生既是活动的变迁，力和智的奋争，那她今夜归来的情况，直有点儿像勇士由战壕沙场的梦中惊醒，抚摸着自己的创痕，而回忆那炮火弥漫，人仰马翻，赤血白骨，灰烬残堞；喟叹着身历的奇险恐怖一样。

丁零零门铃响了，张妈拿来了几封信。

她拆开来，都是学校里来的。

一封是焕之写来的。满纸都是愤慨语，一方面诅咒别人，一方面恭维着自己，左不是那一奋类乎黄钟毁弃、瓦釜雷鸣的笔调。她读后笑了笑！心想何必发这无意义的牢骚。她完全不懂时势和社会的内容，假使社会或个人的环境，没有一点儿循环的变化，这世界就完全死寂了，许多好看热闹的戏也就闭幕了，那种人生有什么意味呢！

又一封信，笔迹写的很恶劣，内容大概说堂内同学素常对蘅如很有感情，不应对她忽然又翻脸攻击，更不应以一种卑鄙钻营的手段获得胜利。气了个愤填胸臆，骂了个痛快淋漓，那种怒发冲冠、拔剑相皆的情形，真仿佛如在目前。

但是蘅如看到信尾的签字呢，令她惊异了！原来这个王亚琼，就是在学校中反对蘅如最激烈的分子，喊打倒，贴标语，当主席，谒当局的都是她。

这真是奇迹呵！

蘅如拿着那封信对着灯光发呆，看见纸上那些怎样钦佩，怎样爱慕，怎样同情，怎样愤慨的话，每一字每一句都像毒刺深插入她的灵魂。她真不解；为什么那样天真活泼，伶俐可爱的女孩们，她洁白纯净的心田，如何也蒙蔽着社会中惯用的一套可憎恨的虚伪狡诈罪呢！明知道，爱和憎或是关乎切身的利害，这都是人人顾虑的私情，谁敢说是恶德呢！不过一方面喊“打倒”一方面送秋波的伎俩，总不是我辈热血真诚的青年所应为的罢！她忏悔了，教育是失败了呢，还是力量小呢？

起始怀疑了，这样的冲突。赞美你的固然是好听，其本心不见得是真钦佩你。咒骂你的自然感到气愤，但是也不必认为真对你怎样厌恶。她想到这里，心境豁然开朗，漠然微笑中，把这两封信团了个球掷在纸篚里。

夜深了，秋风吹过时，可以听见树叶落地的声音。这凄清秋意，轻轻掀动了宁静的心波，她又感到人间的崎岖冷酷，和身世的畸零孤苦，过去一样是春梦烟痕；回想起来，已是秋风起后另有一番风景了。

她愿恢复了旧日天马行空的气魄，提起了久不温存的笔尖，捉摸那飘然来去的灵感。原本是游戏人间来的，因之绝不懊悔这一次偶然的扮演。胸中燃烧着热烈欲爆的灵焰，盼这久抑的文思如虹霓一样，专在黯淡深奥处画出她美丽伟大的云彩，于是乎她迅速的提起了笔。

# 蕙娟的一封信

你万想不到，我已决定了走这条路，信收到时我已在海天渺茫的路程中了，这未卜前途的摸索，自然充满了危险和艰苦，但是我不能不走这条路。玲弟！我的境遇太惨苦了！你望着我这渐泯于黑暗的后影也觉得黯然吗？

请你转告姑母，我已走，就这样悄悄地走了。你们不必怀念，任我去吧！我希望你们都忘掉我和我死了一样，因为假如忆到我，这不祥多难的身世徒令人不欢——我愿我自己承受上躲到天之一角去，不愿让亲爱我的人介怀着这黯淡的一切而惆怅！

来到这里本是想排解我的忧愁，但孰料结果又是这样惨淡！无意中又演了一幕悲剧。玲弟：我真不知世界为什么这样小，总捉弄着我，使我处处受窘。人间多少事太偶然了，偶然这样，偶然那样；结果又是这般同样的方式，为什么人的能力灵感不能挣脱斩断这密布的网罗呢！我这次虽然逃脱，但前途依然有的是陷阱网罗，何处不是弋人和埋伏呢！玲弟！我该怎样解脱我才好？这世界太小了。

这次走，素君完全不知道。现在他一定正在悲苦中，希望你能替我安慰劝解他，他前程远大，不要留恋着我，耽误他的努力。他希望于我的，希望于这世界的，虽然很小，但是绝对的不可能，你知道我现在——一直到死的心，是永不能转移的。他也很清楚，但是他沉溺了又不能自由意志的振拔自己，这真令我抱欠悲苦到万分。我这玩弄人间的心太狠毒了，但是我不能不忍再去捉弄素君，我忏悔着罪恶的时候，我又那能重履罪恶呢！天呵！让我隐没于山林中吧！让我独居于海滨吧！我不能再游于这扰攘的人寰了。

素君喜欢听我的诗歌，我愿从此搁笔不再做那些悲苦欲泣的哀调以引他的同情。素君喜欢读我过去记录，我愿从此不再提到往事前尘以动他的感慨。素君喜欢听我抚琴，我愿从此不再向他弹琴以乱他的心曲。素君喜欢我的行止丰韵，我愿此后不再见他以表示绝决。玲弟！我已走了，你们升天入地怕也觅不到我的踪迹，我是向远远地天之角地之涯独自漂流去了。不必虑到什么，也许不久就毁灭了这躯壳呢！那时我可以释去此生的罪戾，很清洁光明的去见上帝。

姑母的小套间内储存着一只大皮箱，上面有我的封条。我屋里中间桌上抽屉内有钥匙，请你开开，那里边就是我的一生，我一生的痕迹都在那里。你像看戏或者读小说一样检收我那些遗物，你不必难受。有些东西也不要让姑母表妹她们知道，我希望你能知道我了解我，我不愿使不了解不知道我的人妄加品评。那些东西都是分别束缚着。你不是快放暑假了吗？你在闲暇时不妨解开看看，你可以完全了解我这苦悲的境界和一切偶然的捉弄，一直逼我到我离开这世界。这些都是刺伤我的毒箭，上边都沾着我淋漓的血痕，和粉碎的心瓣。

唉！让我追忆一下吧！小时候，姑父说蕙儿太聪慧了，怕没有什么福气，她的神韵也太清峭了。父亲笑道：我不喜欢一个女孩儿生得笨蠢如牛，一窍不通。那时大家都笑了，我也笑了！如今才知道自己的命运，已早由姑父鉴定了；我很希望黄泉下的姑父能知道如今流落无归到处荆棘的蕙儿。而一援手指示她一条光明超脱的路境以自救并以救人哩！

不说闲话吧！你如觉这些东西可以给素君看时，不妨让他看看。他如果看完我那些日记和书信，他一定能了然他自己的命运，不是我过分的薄情，而是他自己的际遇使然了。这样可以减轻我许多罪恶，也可以表示我是怎样的一个女子，不然怕诅咒我的人连你们也要在内呢！如果素君对于我这次走不能谅解时，你还是不必让他再伤心看这些悲惨的遗物，最好你多寻点证据来证明我是怎样一个堕落无聊自努力的女子，叫他把我给他那点稀薄的印象完全毁灭掉才好，皮箱内有几件好玩具珍贵的东西，你最好替我分散给表姊妹们。但是素君，你千万不能把我的东西给他，你能原谅我这番心才对，我是完全想用一个消极的方法来毁灭了我在他的心境内的。

皮箱上边篋内有一个银行存款折子，我这里边的钱是留给母亲的一点礼物，你可以代收存着；过一两个月，你用我名义写一封信汇一些钱去给母亲，一直到款子完了再说，那时这世界也许已变过了。这件事比什么都重要，你一定要念我的可怜，念我的孤苦，念我母亲的遭遇，替我办到这很重要的事。另有一笔款子，那是特别给文哥修理坟墓用的。今年春天清明节我已重新给文哥种植了许多松树，我最后去时，已葱茏勃然大有生气，我是希望这一生的血泪来培植这几株树的，但是连这点微小的希望环境都不允许我呢！我走后，他墓头将永永远远的寂寞了，永永远远再看不见缟素衣裳的女郎来挥泪来献花了，将永永远远不能再到那湖滨那土丘看晚霞和春霭了。秋林枫叶，冬郊寒雪。芦苇花开，稻香弥漫时，只剩了孤寂无人凭吊的墓了，这也许是永永远远的寂寞泯灭吧！以后谁还知道这块黄土下埋着谁呢？更有谁想到我的下落，已和文哥隔离了千万里呢！

深山村居的老母，此后孤凄仃伶的生活，真不堪设想，暮年晚景伤心如此，这都是我重重不孝的女儿造成的，事已到此，夫复何言。黄泉深埋的文哥，此后异乡孤魂，谁来扫祭？这孤冢石碑，环墓朽树，谁来灌浇？也许没有几年就冢平碑倒，树枯骨暴呢！我也只好尽我的力量来保存他，因此又要劳你照拂一下，这笔款子就是预备给他修饰用的。玲弟！我不敢说我怎样对你好，但是我知道你是这世界上能够了解我，可怜我，同情我的一个人。这些麻烦的未了之件也只有你可以托付了。我用全生命来感谢你的盛意，玲弟！你允许我这最后的请求吗？

这世界上。事业我是无望了，什么事业我都做过，但什么都归失败了。这失败不是我的不努力而是环境的恶劣使然。名誉我也无望了。什么虚荣的名誉我都得到了，结果还是空虚的粉饰。而且牺牲了无数真诚的精神和宝贵的光阴去博那不值一晒的虚荣，如今，我还是依然故我，徒害得心身俱碎。我悔，悔我为了一时虚名博得终身的怨愤。有一个时期我也曾做过英雄梦，想轰轰烈烈，掀天踏海的闹一幕悲壮武剧。结果，我还未入梦，而多少英雄都在梦中死了，也有侥幸逃出了梦而惊醒的，原来也是一出趣剧，和我自己心里理想的事迹绝不是一件事，相去有万万里，而这万万里又是黑黯崎岖的险途，光明还是在九霄云外。

有时自己骗自己说：不要分析，不要深究，不要清楚，昏昏沉沉糊涂混日子吧！因此奔波匆忙，微笑着，敷衍着，玩弄面具，掉换枪花，当时未尝不觉圆满光彩。但是你一沉思凝想，才会感觉到灵魂上的尘土封锁创痕斑驳的痛苦，能令你鄙弃自己，痛悔所为，而想跃入苍海一洗这重重的污痕和尘土呢！这时候，怎样富贵荣华的物质供奉，那都不能安慰这灵魂高洁纯真的需要。这痛苦，深夜梦醒，独自沉思忏悔着时：玲弟！我不知应该怎样毁灭这世界和自己？

社会——我也大略认识了。人类——我也依稀会晤了。不幸的很，我都觉那些一律无讳言吧，罪恶，虚伪的窝薮和趣剧表演的舞台而已。虽然不少真诚忠实的朋友，可以令我感到人世的安慰和乐趣，但这些同情好意；也许有时一样同为罪恶，揭开面具还是侵夺霸占，自利自私而已。这世界上什么是值得我留恋的事，可以说如今都在毁灭之列了。

这样在人间世上，没有一样东西能系连着继续着我生命的活跃，我觉这是一件最痛苦的事。不过我还希望上帝能给我一小点自由能让我灵魂静静地蜷伏着，不要外界的闲杂来扰乱我；有这点自由我也许可以混下去，混下去和人类自然生存着，自然死亡着一样。这三年中的生活，我就是秉此心志延长下来的。我自己又幻想任一个心灵上的信仰寄托我的情趣，那就是文哥的墓地和他在天的灵魂，我想就这样百年如一日过去。谁会想到，偶然中又有素君来破坏捣乱我这残余的自由和生活，使我躲避到不能不离开母亲，和文哥而奔我渺茫不知栖止的前程。

都是在人间不可避免的，我想避免只好另觅道路了。但是那样乱哄哄内争外患的中国，什么地方能让我避免呢！回去山里伴母亲渡这残生，也是一个良策，但是我的家乡正在枪林弹雨下横扫着，我又怎能归去，绕道回去，这行路难一段，怕我就没有勇气再扎挣奋斗了，我只恨生在如此时代之中国，如此时代之社会，如此环境中之自我；除此外，我不能再说什么了。

玲弟！这是蕙姊最后的申诉，也是我最后向人间忏悔的记录，你能用文学家的眼光鉴明时，这也许是偶然心灵的组合，人生皆假，何须认真，心情阴晴不定，人事变化难测，也许这只是一封信而已。

姑母前替我问好，告诉她我去南洋群岛一个华侨合资集办的电影公司，去做悲剧明星去了。素君问到时，也可以告诉他说蕙姊到上海后已和一个富翁结婚，现在正在西湖度蜜月呢。

一九二八，五，二九，花神殿。

# 花神殿的一夜

这时候，北京城正在沉默中隐伏着恐怖和危机，谁也料不到将来要发生怎样的悲剧，在这充满神秘黑暗的夜里。

寄宿的学生都纷纷向亲友家避难去了，剩下这寂寞空旷的院落，花草似乎也知人意，现露一种说不出来的冷静和战栗。夜深了。淡淡的月光照在屋檐上，树梢头，细碎的花影下掩映着异样的惨淡。仰头见灰暗的天空镌着三五小星，模糊微耀的光辉，像一双双含涕的泪眼。

静悄悄没有一点儿人声，只听见中海连续不断的蛙声，和惊人的汽车笛鸣，远远依稀隐约有深巷野犬的吠声。平常不注意的声音，如今都分明呈于耳底。轻轻揭帘走到院里，月光下只看见静悄悄竹帘低垂，树影荫翳，清风徐来，花枝散乱。缘廊走到梦苏的窗下，隔着玻璃映着灯光，她正在案上写信。我偷眼看她，冷静庄严，凛然坦然，一点儿也不露惊惶疑虑；真帮助鼓舞我不少勇气，在这般恐怖空寂的深夜里。

顺着花畦。绕过了竹篱，由一个小月亮门来，到了花神殿前。巍然庄严的大殿；荫深如云的古松，屹立的大理石日规，和那风风雨雨剥蚀已久的铁香炉，都在淡淡月光下笼罩着，不禁脱口赞道：

"真美妙的夜景呵！"

倚着老槐树呆望了一会，走到井口旁边的木栏上坐下，仔细欣赏这古殿荒园，凄凉月色下，零乱阑珊的春景。

如此佳境，美妙如画，恍惚若梦，偏是在这鼙鼓惊人，战氛弥漫，荒凉冷静的深夜里发现；我不知道该赞美欣赏呢，还是诅恨这危殆的命运？

来到这里已经三月了。为了奔波促忙，早晨出去，傍晚回来，简直没有一个闲暇时候令我鉴赏这古殿花窖的风景。只在初搬来的一夜，风声中摇撼着陌生斗室，像瀚海烟艇时：依稀想到仿佛“梅窠”。

有时归来，不是事务羁身，就是精神疲倦；夜间自己不曾出来过一次。白天呢！这不是我的世界。被一般青春活泼的少女占领着，花荫树底，莺声燕语，嫣然巧笑，翩跹如仙。我常和慧泉说：

“这是现实世界中的花神呢！”

因此，似乎不愿去杂入问津，分她们的享受，身体虽在此停栖了三月之久，而认识花神殿，令我精神上感到快慰的，还是这沉默恐怖的今夜。

不过，我很悔，今夜的发现太晚了，明夜我将离开这里。

对着这神妙幽美的花神殿，我心觉着万分伤感。回想这几年漂泊生涯，懊恼心情，永远在我生命史上深映着。谁能料到呢！我依然奔走于长安道上，在这红尘人寰，金迷纸醉的繁华场所，扮演着我心认为最难受最悲惨的滑稽趣剧。忘记了过去，毁灭了前尘，固无是件痛快的事；不过连自己的努力，生活的进程都漠然不顾问时，这也是生的颓废的苦痛呢！那敢说是游嬉人间。

呵！让我低低喊一声母亲吧！我的足迹下浸着泪痕。

三月前我由荫护五年的穆宅搬出来，默咽了多少感激致谢的热泪。五年中待遇我的高义厚恩，想此生已不能图报万一，我常为这件事难受。假使我还是栖息在这高义厚恩之中时，恐怕我的不安，怍愧，更是加增无已。因此才含涕拜别，像一个无家而不得不归去的小燕子，飞到这荒凉芜废的花神殿。我在不介意的忙碌中，看着葱茏的树枝发了芽，鲜艳的红花含着苞蕾；如今眼前这些姹紫嫣红，翠碧青森，都是一个冬梦后的觉醒，刹那间的繁华！往日荒凉固堪悲，但此后零落又那能设想呢！

我偶然来到这里的，我将偶然而去；可笑的是漂零身世，又遇着幻变难测的时局，倏忽转换的人事；行装甫卸，又须结束；伴我流浪半生的这几本破书残简，也许有怨意吧！对于这不安定的生活。

我常想到海角天涯去，寻访古刹松林，清泉幽岩，和些渔父牧童谈谈心；我不需要人间充塞满的这些物质供养我的心身。不过总是扎脱不出这尘网，辗转因人，颦笑皆难。咳！人生真是万劫的苦海呵！谁能拯我出此呢？

忽然一阵狂风飞沙走石，满天星月也被黑云遮翳；不能久留了，我心想明日此后茫茫前途，其黑暗惊怖也许就是此时象征吧！人生如果真是这样幻变不测的活动着，有时也觉有趣呢！我只好振作起来向前摸索，看着荆棘山石刺破了自己的皮肤，血淋淋下滴时虽然痛苦，不过也有一种新经验能令我兴奋。走吧！留恋的地方固多，然留恋又何能禁止人生活动的进展呢！

走到房里灯光下堆集着零乱的衣服和书籍，表现出多少颠顿狼狈的样子；我没奈何的去整理它们。在一本书内，忽然飘落下一片枫叶，上面写着：

“风中柳絮水中萍，飘泊两无情。”

一九二八，六，三十。

# 春之波

春之波在爱之河荡漾着，人类的宝贵者，他乘着光阴的船驶行了；只留下碧蓝的幕上，镌着一轮皓月，照着那梨花树叶——一缕缕含着惠风的颤动。她跪在那清净寂寞的天心下，倾她心里所有的，贡献于上帝。她祈祷那汹涌澎湃的怒浪巨波，不要覆了她幸福船！

白绫船的泉水，滚着浪花，由山崖冲出的时候，他不回顾那亲爱的川渊，只带着他洁净的本质，悠悠地去了，沉闷的诗人啊，把伊郁结的心血，都化作了泪泉——一滴滴的从眼腔内滚到那清冷的泉心，泉心振动了，皱着眉头说："这是人类苦痛的余沥，我愿意拿欢乐之泉洗净他。"

一片一片红花瓣，辞了她亲爱的枝柯，落在地上的时候，她心里很舒服逍遥底随着风儿飘荡，任那水去浮沉；她不希望锦囊收艳骨，诗笺吊孤魂！花开花落，她一任天公。但沉闷的诗人啊！从他心灵中搏动的余韵，知道他能安落花之魂吗？牡丹啊！你艳红的腮儿上，沾了谁的泪痕？当她驻了足，拿心灵的碎片，要问她的时，他的泪又洒在伊的腮上。

一九二二年十月二日

（原刊《国风日报·学汇副刊》第6期）

# 心之波

我立在窗前许多时候，我最喜欢见落日光辉，照在那烟雾迷蒙的西山，在暮色苍茫的园里，粗厉而且黑暗的假山影，在紫色光辉里照耀着；那傍晚的云霞，飘坠在楼下，青黄相间，迎风摇曳的梧桐树上——很美丽的闪烁；犹如一阵淡红蔷薇花片的微雨，遍染了深秋梧叶。我痴痴地看那晚霞坠在西山背后，今天的愉快中秋节，又匆匆地去了！时间张着口，把青春之花，生命之果都吸进去了；只留下迷路的小羊在山坡踌躇着。

夜间临到了！我在寂寞沉闷的自然怀抱中，我是宇宙的渺小者呵；这一瞥生命之波又应当这样把温和与甜蜜的情感，去发掘宇宙秘藏之奥妙；吸收她的美和感化，以安慰这枯燥的人生呵！晶莹光辉的一轮明月，她将一手蕴藏的光明，都兴尽的照遍宇宙了；那夜景的灿烂，都构成很和平很静默的空气。我从楼上下去到了后院——那空旷的操场上，去吸收她那素彩清辉的抚爱；一路过了许多游廊，那电灯都黑沉的想着他的沉闷，他是没有力量和月光争辉的，但在黑暗的夜里，那月儿被黑云翳遮满了，除了一二繁星闪烁外，在那黑暗里辉耀着的就是电灯了！但现在他是不能和她争点光明的，因为她是自然的神。我一路想着许多无聊的小问题，不觉的走到花园的后面一棵松树底下；我就拂着枯草坐在树底。从枝叶织成的天然幕里，仰着头看那含笑的月！我闭了眼，那灵魂儿不觉的飞出去，找我那理想中之幻想界——神之宫——仙之园——作我的游缘。我觉着灵魂从白云迷茫中，分出一道光明的路，我很欣喜的踏了进去，那白玉琢成的月宫里，冉冉的走出许多极美丽的白衣仙女，张着翅膀去欢迎我的灵魂！从微笑的温和中，我跪在那白绒的毡上，伏在那洁白神女之肩上。我那时觉着灵魂儿都化成千数只的蝴蝶，翩翩在白云的深宫跳舞了！神秘的音乐，飘荡在银涛的波光中，那地上的花木，也摇曳着合拍的发出相击的细声。眼睁开了，依然在伟大的松林影下坐着，眼中还映着那闪烁而飘浮的色带：仿佛那白衣的神妃及仙女都舞蹈着向我微笑！她听见各地方都发出嘹嘹的，奇异的，悲愁的，感动的，恳切的声调；如珍珠的细雨落在深密而开花的林中一样。我慢慢地醒了那灵魂中构成的幻梦，微细的音乐还依然在那银涛之光中波动着。我凝神细听，才知是远处的箫声，那一缕缕的哀音，告诉以人类的可怜！

去年今夜，不是同她在皓月之下叙别吗？我那时候无心去看月儿的娇媚，我的泪只是往肚子里流！现在月儿一样的照在我和她的心里，但重洋之波流不去我的思悃。我确知道她是最哀痛的一个失恋者，在生命中她不觉的愉快，幸福只充满了忏悔和哀怨。她生命之花，都被那恶社会的环境牺牲了。她觉着宇宙尽充着悲哀，在呜咽的音容中，微笑总是徒然，像海鸥躲出海去，是不可能的事啊！

我思潮不定的波荡着，到了我极无聊的时候，我觉着又非常可笑！人生到底是怎样生活去吗？我慢慢地向我寝室走，那萧瑟的秋风吹在两旁的树林里，瑟瑟地向我微语：他们的吟声和着风声，唱出那悲哀之歌。我踽踽独行，是沉闷无聊的事吗？但我看来，是在这烦恼嚣杂的社会里，不亲近人是躲避是非的妙法。所以人家待我有二三分的美意，我就觉着有一种说不出的恐怖布满了我的心腔。我慢慢地沉思着走到了我的楼下，忽然见楼旁有个黑影一闪，我很惊讶地问了一声“是谁”，但那黑影已完全消灭了，找不出半点行踪。一瞥的人生也是这样的无影无踪吗？我匆匆地上楼，那皓光恰好射在我的帐子上，现出种极惨的白色！在帐中的一个小像上，她掬着充足的泪泉在那眼波中，摄我的灵魂去，游那悲哀之海啊！失恋的小羊哟，在这生命之波流动的时候，那种哀怨的人生，是阻止那进行的拦路虎，愈要觉着那不语的隐痛。但人要不觉悟人世是虚伪的，本来什么也不足为凭，何况是一种冲动的感情啊！不过人在旁观者的地位都觉着她是不知达观方面去想的，到了身受者亲切的感着时候，是比不得旁观者之冷眼讥笑。这假面具带满的社会，谁能看透那脑筋荡漾着什么波浪啊！谁知道谁的目的是怎样主张啊？况且人世的事都是完全相对的，不能定一个是非；如甲以为是的乙又以为非，是没有标准的。那么，在这恶社会里失望和懊恼，都是人类难免的事。这么一想，她有多少悲哀都要被极强的意志战胜。既然人世是宇宙的渺小者瞬息的一转，影一般的就捉不住了！那疲倦的青春，和沉梦的醉者，都是青年人所不应当消极的。但现在的青年——知识界的青年，因感觉的敏感，和思想的深邃，所以处处感着不快的人生，烦闷的人生。他们见宇宙的事物，人类是受束缚的。那如天空的鸿雁，任意翱翔，春日的流莺，随心歌啭呢？他们是没有知识的，所以他们也减少烦恼，他们是生活简单的，所以也不受拘束。

我一沉思，虽晴光素彩，光照宇宙，但我心胸中依然塞满了黑暗。我搬把椅子，放在寝室外边的栏杆旁，恰好一轮明月，就照着我。那栏杆下沉静的青草和杨柳，也伸着头和月儿微语呢。一阵秋风，那树叶依然扑拉拉落了满地。月儿仍然不能保护他今夜不受秋风的摧残，她更不能借月儿的力量，帮助他的“生命之花”不衰萎不败落。这是他们最不幸的事情，但他们也慷慨的委之于运命了！

夜是何等的静默啊！心之波在这爱园中波荡着，想起多少的回忆：在初级师范读书的时候，天真烂漫，那赤血搏动的心里，是何等光亮和洁白呵！没有一点的尘埃，是奥妙神洁的天心呵！赶我渐渐一步一步的挨近社会，才透澈了社会的真像——是万恶的——引人入万恶之途的。一入万恶之渊，未有不被万恶之魔支配的！叫他洁白的心胸，染了许多的污点。他是意志薄弱的青年，能不为万恶之魔战败吗！所以一般知识略深的青年，对于社会的事业，是很热心去改造的，不过因为环境和恶魔的征服，他们结果便灰心了，所以他对于社会是卑弃的，远避的。社会上所需要的事物，都是悖逆青年的意志，而偏要使他去做的事情。被征服的青年，也只好换一副面具和心肠去应付社会去，这是人生隐痛啊！觉悟的青年，感受着这种苦痛，都是社会告诉他的，将他从前的希望，都变成悲观的枯笑，使他自然地被摒弃于社会之外，社会的万恶之魔，就是许多相袭既久的陈腐习惯；在这种习惯下面，造出一种诈伪不自然的伪君子，面子上都是仁义道德，骨子里都是男盗女娼，然而这是社会上最尊敬最赞扬的人物，假如在这社会习惯里有一二青年，要禀着独立破坏的精神，去发展个人的天性，不甘心受这种陈腐不道德的束缚，于是乎东突西冲，想与社会作对，但是社会的权力很大，罗网很密，个人绝对不能做社会的公敌的，社会像个大火炉，什么金银铜铁锡，进了炉子，都要熔化的。况且“多数服从的迷信”是执行重罚的机关，所以他们用大多数的专制威权去压制那少数的真理志士，削夺了他的言论行动精神肉体——易卜生的社会栋梁同国民公敌都是青年在社会内的背影！

人生是不敢去预想未来，回忆过去的，只可合眼放步随造物的低昂去。一切希望和烦恼，都可归到运命的括弧下。积极方面斗争作去，终归于昙花一现，就消极方面挨延过去，依然一样的落花流水；所取的目的虽不同，而将来携手时，是同归于一点的。人生如沉醉的梦中，在梦中的时候一颦一笑，都是由衷的——发于至情的；迨警钟声唤醒噩梦后，回想是极无意识而且发笑的！人生观中一片片的回忆，也是这种现象。

今夜的月儿，好像朵生命之花，而我的灵魂又不能永久深藏在月宫，躲着这沉浊的社会去，这是永久的不满意呵！世界上的事物，没有定而不变的，没有绝对真实的。我这一时的心波是最飘忽的一只雁儿；那心血汹涌的时候，已一瞥的追不回来了！追不回来了！我只好低着头再去沉思之渊觅她去……

一九二三年，双十节脱稿

（原刊1923年《国风日报·学汇副刊》第8—10期）

# 同是上帝的儿女

狂风——卷土扬沙的怒吼，人们所幻想的璀璨庄严的皇城，确是变一片矿野无人的沙漠；这时我不敢骄傲了，因为我不是一只富于沙漠经验的骆驼——忠诚的说，连小骆驼的梦也未曾做过。

每天逢到数不清的洋车，今天都不知被风刮在哪里去；但在这广大的沙漠中，我确感到急切的需要了。堪笑——这样狼狈，既不是贿选的议员，也不是树倒的猴狲，因有温馨的诱惑我；在这萧条凄寒的归路里，我只得蹒跚迎风，呻吟着适之先生的“努力”！

我觉着走了有数十里，实际不过是由学校走到西口，这时揉揉眼睛，猛然有了发现了：

两个小的活动的骷髅，抬着一辆曾拖过尸骸的破车，一个是男的在前面，一个是女的在后面，她的嘴似乎动了一动，细听这抖颤的声浪，她说：

“大姑儿您要车？”

“你能拉动我吗？这样小的车夫。”

“大姑儿，您坐吧，是哪儿？”前边那个男小孩也拖着车问我。但是我总不放心，明知我近来的乡愁闲恨，量偌大的人儿，破碎的车儿，是难以载起。决定后，我大踏步的向前走了。

“大姑儿，您见怜小孩们吧！爸爸去打仗莫有回家，妈妈现在病在床上，想赚几个铜子，给妈妈一碗粥喝，但老天又这样风大！”后面那女孩似唱似诉的这样说。

真大胆，真勇气，记得上车时还很傲然，等他们拖不了几步，我开始在车上战栗了！不禁低头看看：我怀疑了，为什么我能坐车，他们只这样拉车？为什么我穿着耀目丝绸的皮袍，他们只披着百结的单衣？为什么我能在他们面前当小资本家，他们只在我几枚铜子下流着血汗？

谁能不笑我这浅陋呢？

良心，或者也可说是人情，逼着我让他们停了车，抖颤的掏出钱袋，倾其所有递给他们；当时我只觉两腮发热，惭愧的说不出什么！

他们惊讶的相望着，最终他们来谢我的，不是惨淡的笑容，是浸入土里的几滴热泪！至现在我还怀疑我们……同是上帝的儿女！

十二月八号狂风的深夜里。

（原刊 1924 年 12 月 10 日《京报副刊·妇女周刊》第 1 期）

# 梅花小鹿

——寄晶清

我是很欣慰的正在歌舞：无意中找到几枝苍翠的松枝，和红艳如火的玫瑰；我在生命的花篮内，已替他们永久在神前赞祝且祈祷。

当云帷深处，悄悄地推出了皎洁的明月；汩汩的溪水，飘着落花东去的时候：我也很希望遥远的深林中，燃着光明的火把，引导我偷偷踱过了这芜荒枯寂的墓道。虽是很理想的实现，但在个朦胧梦里，我依稀坐着神女的皇辇，斑驳可爱的梅花小鹿驾驰在白云迷漫途中。愿永远作朋友们的疑问。晶清！在你或须不诅咒我的狂妄吧？

绮丽的故事，又由我碎如落花般的心里，默默地浮动着。朋友，假如你能得件宝贵而可以骄傲的礼赠时；或者有兴迫你由陈旧的字笼里，重读这封神秘不惊奇而平淡的信。

我隔绝了那银采的障幕，已经两个月了：我的心火燃成了毒焰的火龙，在夜的舞宴上曾惊死了青春的少女！在浓绿的深林里，曾误伤了 Cupid 的翅膀①！当我的心坠在荆棘丛生的山涧下时，我的血染成了极美丽的杜鹃花！但我在银幕的后面，常依稀听到遥远的旅客，由命运的铁链下，发出那惨切恐怖的悲调！虽然这不过仅是海面吹激的浪花，在人间的历程上，轻轻地只拨弹了几丝同情的反应的心弦！谁能想到痛苦的情感所趋，挂在颊上的泪珠，就是这充满了交流的结果呵！确是应该诅咒的，也是应该祝福的，在我将这

---

① Cupid：丘比特，罗马神话中的爱神。

颗血心掷在山涧下的时候，原未料到她肯揭起了隔幕，伸出她那洁白的玉臂，环抱着我这烦闷的苦痛的身躯呵！朋友，我太懦弱了！写到这里竟未免落泪……或许这是生命中的创伤？或许这是命运的末日？当这种同情颁赐我的时候，也同是苦恼缠绕的机会吧？

晶清：我很侥幸我能够在悲哀中，得到种比悲哀还要沉痛的安慰，我是欣喜的在漠漠的沙粒中，择出了血斑似的珍珠！这样梦境实现后，宇宙的一切，在我眼底蓦然间缩小，或许我能藏它在我生命的一页上。

生命虽然是倏忽的，但我已得到生命的一瞥灵光；人世纵然是虚幻的，但我已找到永存的不灭之花！

人间的事，每每是起因和结果，适得其反比，惟其我能盛气庄容的误会我的朋友，才可由薄幕下渗透那藏在深处，不易揭示的血心！以后命运决定了：历史上的残痕，和这颗破缺的碎心！

三年前的一个夏天，我和梅影同坐在葡萄架下，望那白云的飘浮，听着溪流的音韵：当时的风景是极令人爱慕的。他提出个问题，让我猜他隐伏在深心内的希望和志愿；我不幸一一都猜中之后，他不禁伏在案上啜泣了！在这样同心感动之下，他曾说过几句耐人思索的话：

“敬爱的上帝！将神经的两端，一头给我，一头付你：纵然我们是被银幕隔绝了的朋友，永远是保持着这淡似水的友情，但我们在这宇宙中，你是金弦，我是玉琴，心波协和着波动，把人类都沉醉在这凄伤的音韵里。”

是的，我们是解脱了上帝所赐给一般庸众的圈套，我们只弹着这协和的音韵，在云头浮飘！但晶清：除了少数能了解的朋友外，谁能不为了银幕的制度命运而诅咒呢？

朋友：在这样人间，最能安慰人的，只有空泛的幻想，原知道浓雾中看花是极模糊的迹象；但比较连花影都莫有的沙漠，似乎已可少慰远途旅客的孤寂。人类原是占有性最发达的动物，假如把只心燕由温暖的心窠，捉入别个银丝的鸟笼，这也是很难实现的事。

晶清！我一生的性情执拗处最多，所以我这志愿恐将笼罩了这遥远的生之途程，或者这是你极怀疑的事？

三点钟快到了，我只好抛弃了这神经的萦想，去那游戏场上，和一般天真可爱的少女，捉那生之谜去。好友！当你香云拖地，睡眼朦胧的时候，或能用欣喜而抖颤的手，接受这香艳似碧桃一般的心花！

（原刊1925年2月11日《京报副刊·妇女周刊》第9期）

# 灰　烬

我愿建我的希望在灰烬之上，然而我的希望依然要变成灰烬：灰烬是时时刻刻的寓在建设里面，但建设也时时刻刻化作灰烬。

我常对着一堆灰烬微笑，是庆祝我建设的成功，然而我也对着灰烬痛哭，是抱恨我的建设的成功终不免仍是灰烬。

一星火焰起了，围着多少惊怕颤战的人们，惟恐自己的建设化成灰烬；火焰熄了，人们都垂头丧气离开灰烬或者在灰烬上又用血去建筑起伟大的工程来！在他们欣欣然色喜的时候，灰烬已走进来，偷偷的走进来了！

这本来是平常的一件事，然而众人都拿它当作神妙的谜。我为了这真不能不对聪明的人们怀疑了！

谁都忍心自己骗自己，谁都是看不见自己的脸，而能很清楚的看别人的脸，不觉自己的面目可憎，常常觉着别人的面目是可憎。上帝虽然曾告诉人们有一面镜子，然而人们都藏起来，久之久之忘了用处，常常拿来照别人。

这是上帝的政策，羁系世界的绳索；谁都愿意骗自己，毫不觉的诚心诚意供献一切给骗自己的神。

我们只看见装璜美丽，幻变无常的舞台，然而我们都不愿去知道，复杂凌乱，真形毕露的后台：我们都看着喜怒聚合，乔装假扮的戏剧，然而我们都不过问下装闭幕后的是谁？不愿去知道，不愿去过问明知道是怕把谜猜穿。可笑人们都愿蒙上这一层自己骗自己的薄纱，永远不要猜透，直到死神接引的时候。

锦绣似的花园，是荒冢，是灰烬！美丽的姑娘，是腐尸，是枯骨！然而人们都徘徊在锦绣似的花园，包围着美丽的姑娘。荒冢和枯骨都化成灰烬了，沉恋灰烬的是谁呢？我在深夜点着萤火灯找了许久了，然而莫有逢到一个人？

谁都认荒冢枯骨是死了的表象，然而我觉着是生的开始，因此我将我最后的希望建在灰烬之上。

在这深夜里，人们都睡了，我一个人走到街上去游逛，这是专预备给我的世界吧！一个人影都莫有，一点声音都莫有，这时候统治宇宙的是我，静悄悄家家的门儿都关闭着，人们都在梦乡里呓语，睁着眼看这宇宙的只有我！我是拒绝在门外和梦乡的人，纵然我现在投到母亲的怀里，母亲肯解怀留我：不过母亲也要惊奇的，她的女儿为什么和一切的环境反抗，众人蠢动的时候，她却睡着，众人睡梦的时候，她却在街上观察宇宙，观察一切已经沉寂的东西呢？

其实这有什么惊奇呵：一样度人生，谁也是消磨这有尽的岁月，由建设直到灰烬；我何尝敢和环境反抗，为什么我要和它们颠倒呢？为了我的希望建在灰烬之上，而他们的希望却是建在坚固伟大的工程里。

我终日和人们笑；但有时我在人们面前流下泪来！这不过只是我的一种行为，环境逼我出此的一种行为。我的心绝对不跑到人间，尤其不会揭露在人们的面前。我的心是闪烁在烨光萤火之上，荒墟废墓之间；在那里你去低唤着我的心时，她总会答应你！而且她会告诉你不知道的那个世界里的世界。萤火便在我手里，然而追了她光华来找我的却莫有人。

我想杀人，然而人也想杀我；我想占住我的地盘，然而人也想占住我的地盘；我想推倒你，谁知你也正在要推倒我！翻开很厚的历史，展阅很广的地图，都是为了这些把戏。我站在睡了的地球上，看着地上的血迹和尸骸这样想。

一把火烧成了灰烬，灰烬上又建造起很伟大庄严美丽的工程来。火是烧不尽的，人也是杀不尽的，假如这就是物质不灭的时候。

人生便是互相仇杀残害，然而多半是为了扩大自己的爱，爱包括了一切，统治了一切；因之产生了活动的进行的战线，在每个人离开母怀的时候。这是经验告诉我的。

烦恼用铁锈压着我，同时又有欲望的花香引诱我，设下一道深阔的河，然而却造下航渡的船筏；朋友们，谁能逃逸出这安排好的网儿？蠢才！低着头负上你肩荷的东西，走这万里途程吧，一点一点走着，当你息肩叹气时，隐隐的深林里有美妙的歌声唤你：背后却有失望惆怅骑着快马追你！

朝霞照着你！晚虹也照着你！然而你一天一天走进墓门了。不是墓门，是你希望的万里途程，边缘途有高官厚禄娇妻美妾，名誉金钱幸福爱人。那里是个深远的幽谷，这端是生，那端便是死！这边是摇篮，那边便是棺材。

我看见许多人对我骄傲的笑，同时也看见许多人向我凄哀的哭；我分辨不出他们的脸来，然而我只知道他们是同我走着一条道的朋友。我曾命令他们说：

“俘虏！你跪在我裙下！”

然而有时他们也用同样的命令说：

“进来吧！女人，这是你自己的家。”

这样互相骗着，有时弄态作腔的，时哭时笑，其实都是这套把戏，得意的笑，和失望的哭，本来是一个心的两面，距离并不遥远。

誓不两立的仇敌，戴上一个假面具时，马上可以握手言欢，作爱的朋友；爱的朋友，有时心里用箭用刀害你时，你却笑着忍受。看着别人杀头似乎是宰羊般有趣，当自己割破了指头流血时，心痛到全部的神经都颤战了！

我不知道为了犯人才有监狱，还是有了监狱才有犯人；但是聪明的人们，都愿意自己造了圈套自己环绕；有宁死也愿意坐在监狱里，而不愿焚毁了监狱逃跑的。

我良心常常在打骂我，因为我在小朋友面前曾骄傲我的宝藏，她们将小袋检开给我看时，我却将我的大袋挂在高枝上。我欺骗了自己，我不管她，人生本来是自骗；然而几次欺骗了人，觉的隐隐有鬼神在嘲笑我！而且深夜里常觉有重锤压在我心上。其实这是我太聪明了，一样的有许多人正在那里骗我，一样有许多人也挂着大袋骄傲我？

我在睡了的地球上，徘徊着，黑暗的夜静悄悄包围了我。在这时候，我的思想落在纸上。鸡鸣了！人都醒了，我面前有一堆灰烬。

母亲！寄给你，我一夜燃成的灰烬！

然而这灰烬上却建着我最后的希望！

（原刊 1925 年 9 月 30 日《京报副刊·妇女周刊》第 42 期）

# 绿　屋

我要谢谢上帝呢我们能有宁静的今日。

这时我正和清坐在菊花堆满的碧纱窗下，品着淡淡的清茶，焚着浓浓的檀香。我们傲然的感到自己用心血构成小屋的舒适，这足以抵过我们逢到的耻辱和愤怒了。

我默望着纱窗外血红的爬山虎叶子沉思着。我忆起替清搬东西来绿窗的那个黄昏。许多天的黄昏都一样吧，然而这个黄昏特别深画着悲怆之痕。当我负了清的使命坐车去学校时的路上，我便感到异样，因为我是去欢迎空寂，我是去接见许多不敢想象的森严面孔，又担心着怕林素园误会了我，硬叫校警抓出去时的气愤和羞愧。我七年未忘，常在她温暖的怀中蜷伏着的红楼，这次分外的冷酷无情。

我抱着这样的心情走进校门，我站在她寝室门前踟蹰了，我不推门进去，我怕惊醒了那凄静的沉寂。我又怕璧姊和秀姊在里边，我不愿逢见她们，见了她们我脆弱的心要抖战的流下泪来，我怎忍独自来拣收这人去后的什物呢！本来清还健在，只不过受林素园的一封“函该生知悉”的信，而驱逐出。不过我来收东西时忽然觉着似乎她是死了的情形。

在门外立了半天，终于鼓着勇气推开了门，幸而好她们都不在，给与我这整个的空寂。三支帐低赤裸，窗外的淡淡的阳光射璧姊的床缘上。清赤裹的木板上堆着她四年在红楼集聚下的物事，它们静静放在那里，我感到和几付僵尸卧着一样。收清拾楚后在这寂静的屋内环视一周，我替清投射这最后留恋的心情。我终于大胆地去办公处见她向她们拿出箱笼去的通行证。

允许我忏悔吧！我那时心情太汹涌了，曾将我在心里的怨愤泄露给我们的朋友叔举君。她默默承受了之后，我悔了，我觉不应错怪她。拿了通行证后，我又给璧姊写了个纸条，告诉她，清的东西我已搬去了，有拿错的请她再同清去换，末了我写了“再见”，这“再见”，两字那时和针一样刺着我。

莫有人知道，我悄悄独自提着清的小箱走出了校门。是这样走的，极静极静，无人注意的时候我逃出了这昔日令我眷恋，今日令我悲戚的红楼。

记得我没有回顾，车到了顺治门铁栏时，我忽然想起四年前我由红楼搬到寄宿校舍的情形，不过那时我是眷恋，如今我是愤恨。

进了校场头条北口，便看见弱小的清站在红漆的朱门前，她正在拿着车钱等着我。这次看见她似乎久别乍逢，又似乎噩梦初醒，说不出的一种凄酸压在我的胸上喉头。她也凝视着她那些四年来在红楼伴她书箱而兴起一缕哀感！

这夜我十点钟才回来，我和她默默地整理床褥，整理书箱，整理这久已被人欺凌，久已被人践踏，久已无门归处而徘徊于十字街头的心。

月色凄寒如水，令我在静冷的归路上，更感到人心上的冰块，或者不是我们的热泪所能融化！人面上的虚伪，或者不是我们的赤心所能转换。我们的世界假如终于是理想的梦，那么这现世终于要遗弃我们的，我们又不能不踽踽的追寻着这不可期待的梦境，这或许是我们心中永远的恶伧之痕吧！

这一夜我不知她怎样过去的，在漂泊的枕上，在一个孤清生疏的枕上。

如今，她沉默的焚着香，在忏悔祈祷什么我不知道。不过她是应该感谢上帝的，她如今有了这富有诗情富有画意的绿屋，来养息她受创的小灵魂。

十五年十月二十日

# 沄　沁

灰城里入春以来，十天有九天是阴霾四布见不着太阳光，有时从云缝里露出半面，但不到一会又飘浮过一朵墨云来掩盖上了。本来多愁善感的我，在团花如锦，光华灿烂的天地中，我的心的周围已是环抱着阴霾重重，怎禁住这样天气又压迫在我忧郁的心头呢？

昨夜忽然晴了。点点疏星，弯弯明月，令我感到静默的幽光下，有万种难以叙述的心情纠结着。在院里望了望满天星月，我想到数月前往事，觉人生聚散离合，恍如一梦。这时幻想到你们时，你们一定都是沉醉在胜利的金觥里，或者也许卧在碧血沙场做着故园千里的归梦。夜寒了，我走到房里，由书架上，拿了一本《小檀峦室闺秀词》，在灯下读着，以解散我寂寞的心怀。

这时门铃响了，绿衣使者把你的信递到我案头来了，你想我是多么高兴？多么欣慰呢？

你念着白发无依的老母，和临行时才开未残的腊梅；证明你漂泊中还忆到软红十丈的燕京，沄沁！

前三天我去看母亲，到了院里，母亲很喜欢的迎我进了房，一切陈设和你在时一样，只是腊梅残了，案头新换上了红绣球和千叶莲。那些花是不认识你的。不属于你的，是母亲的。在她们嫣红微笑中，知道母亲已将忆念你的爱心分注一点在她们身上了，她们现在代你伴着寂寞的父亲，你该谢谢这些不相识的花草呢！你的床上现在不是空的，是一位田小姐住在那里，夜夜陪着母亲的。黄小姐是隔一两天就去一次，还有许多朋友们也常去。母亲那天告我时她像傲然的样子，我笑着道：“这是伯母的福气，走了一个女儿，来了许多女儿。”她微笑着，我在这微笑中看出了母亲们慈爱之伟大和庄严。我想到了我故乡山城的母亲，她是没有你的母亲这样旷达的胸怀，也无这些可爱的女孩儿围绕着她。她看见的只是银须飘拂的老父，和些毫无情感的亲友们，像石像冰一样冷硬的人心侵凌着她，令她终身生活陷于愁病之中，而我又是这样忤逆，远离开她不能问暖嘘寒，后来和母亲谈了许多关乎你漂泊行踪的事，母亲很豪爽的评论现状，不带半点儿女缠绵之态，我心中暗暗佩服，自然因为有这样豪爽的母亲，才有你这样英武的女儿，我自愧不如。

虽然母亲是这样能自己扎挣，让你去投奔在战线上毫不恋恋。但是眉峰间隐约有些寂寞的皱纹，是为了忆念你新添的。

我和母亲谈着时，门环响了，一会女仆引进一位三十多岁的妇人，黄瘦憔悴中还保留着少年时的幽美丰韵；只是眼光神情中，满溢着无限的忧愁，令人乍看便知是个可怜人，伤心人。你猜是谁呢，原来是你中学的朋友——陈君。她来请母亲介绍她一个医生，医治她的肝气症。她说到了身体上的病症时，同时也告诉我们她精神上的痛苦。你是知道的，她结婚的一切经过都是她哥哥包揽，事前并未得她同意，更不必说到愿意不愿意了。结婚后数年还和好相安，共有子女六人，因为小孩多，她在四年前买了一个十四岁的丫头叫秋香，初来还听话做事也勤敏，慢慢就爱吃懒动，偷东西偷银钱，后来更坏的不堪，连老妈都雇不住，来一个好的，几天就被她引坏了。这一两年内更骄纵的不成样子，她的张老爷帮着秋香欺凌她，其初是骂，后来足拳交加慢慢也挨打了。家中的银钱都交给秋香去管，得罪了秋香时，比得罪了老爷还利害。有一次秋香伴着三少爷玩，用卵子大的石头，击破了三少爷的鼻梁，血流了满脸，险一些打坏了眼睛。她忍不住了，叫来秋香骂了几句，秋香可受不了她的气，当时把被褥卷好放在大门口，等老爷回来她哭着向他说太太赶她走，老爷听见后亲自把大门口的被褥拿到下房里，向秋香赔礼。那夜她的张老爷又把她打骂了一顿，儿子脸上的血窟他连睬都不睬。她说，秋香现在是赶不走，她正托人给她张老爷找姨太太，她奢望有个好姨太太时，秋香或可让她走。当时陈君说着流下泪来！家庭像一座焦煎的油锅，她的丈夫便是狞恶的魔鬼，她不知这罪受到何时才完？因为有六个小孩子，她不忍舍弃了他们和她丈夫离婚，带上子女去呢，她丈夫也不肯，即是肯，她又如何能够养活了他们。这苦诉向谁呢？中国法律本来不是为女子定的，是为了保障男子的强暴兽行而规定的，她只有被宠幸的丫头欺凌她，被兽性冲动的丈夫践踏她至于忍气吞声忧愤成病，病深至于死，大概才会逃脱这火坑吧！沄沁，你是以改革一切旧社会制度，和保障女权的运动者，你怎样能够救这位可怜的妇人。

我们不知道的沦陷于此种痛苦下的女人自然很多，因之我们不能不为她们去要求社会、改革，和毁灭那些保障恶魔的铁栏而努力的我们不努力，她们更深落到十八层地狱下永不能再睹天日了。像这些强暴的男子也多极了，我不知他们怎样披着那张人皮，在光天化日之下鬼混？漱玉来信告我说，那位遗弃她和别人恋爱去的情人，现在又掉过头来，隔山渡海的，向她频送秋波，说许多“薄情也许是多情，害你也许是爱你”的话来引诱她，希望破镜重圆，再收覆水。你想玩一个娼妓，也不能这样随便由男人的爱憎，况且漱玉如今是努力于妇女解放运动的人。

漂泊的生活自然不是安适幸福的生活，你所说“见了多少未曾见到的事，受了多少未曾受过的苦，”这便是你求生的成绩了，你还追求什么呢？这值得向人骄傲的丰富经验，和人生阅历，已由你眼底收集在你心海中了，如果有一日能闲散度着山林生活时，你把你的收获写出来，也许是一本纸贵洛阳的珍册吧！

夜将尽，天空有孤雁长唳的哀声，沄沁，我执笔向你致一个文学的敬礼吧！

十六年四月十三日

（原刊 1927 年 4 月 26 日《世界日报·蔷薇周刊》第 22 期）

# 雪　夜

北京城落了这样大这样厚的雪，我也没有兴趣和机缘出去鉴赏，我只在绿屋给受伤倒卧的朋友煮药煎茶。寂静的黄昏，窗外飞舞着雪花，一阵紧是一阵，低垂的帐帷中传出的苦痛呻吟，一声惨似一声！我黑暗中坐在火炉畔，望着药壶的蒸汽而沉思。

如抽乱丝般的脑海里，令我想到关乎许多雪的事，和关乎许多病友的事，绞思着陷入了一种不堪说的情状；推开门我看着雪，又回来揭起帐门看看病友，我真不知心境为什么这样不安定而彷徨？我该诅咒谁呢？是世界还是人类？我望着美丽的雪花，我赞美这世界，然而回头听见病友的呻吟时，我又诅咒这世界。我们都是负着创痛倒了又扎挣，倒了又扎挣，失败中还希冀胜利的战士，这世界虽冷酷无情，然而我们还奢望用我们的热情去温暖，这世界虽残毒狠辣，而我们总祷告用我们的善良心灵去改换。如今，我们在战线上又受了重创，我们微小的力量，只赚来这无限的忧伤！何时是我们重新扎挣的时候，何时是我们战胜凯旋的时候？我只向熊熊的火炉祷祝他给与我们以力量，使这一剂药能医治我病友霍然使她能驰驱赴敌再扫阴霾！

黄昏去了，夜又来临，这时候瑛弟踏雪来看病友，为了人间的烦恼，令他天真烂漫的面靥上，也重重地罩了愁容，这真是不幸的事，不过我相信一个人的生存，只是和苦痛搏战，这同时也在一件极平淡而庸常无奇的事吧！我又何必替众生来忏悔？

给她吃了药后，我才离开绿屋，离开时我曾想到她这一夜辗转哀泣的呻吟，明天朝霞照临时她惨白的面靥一定又瘦削了不少！爱怜，同情，我真不愿再提到了，罪恶和创痛何尝不是基于这些好听的名词，我不敢诅咒人类，然而我又何能轻信人类……所以我在这种情境中，绝不敢以这些好听的名词来市恩于我的病友；我只求赐她以愚钝，因为愚钝的人，或者是幸福的人，然而天又赋她以伶俐聪慧以自戕残。

出了绿屋我徘徊在静白的十字街头了，这粉装玉琢的街市，是多么幽美清冷值得人鉴赏和赞美！这时候我想到荒凉冷静的陶然亭，伟大庄严的天安门，萧疏辽阔的什刹海，富丽娇小的公园，幽雅闲散的北海，就是这热闹多忙的十字街头，也另有一种雪后的幽韵，镇天被灰尘泥土蔽蒙了的北京，我落魄在这里许多年，四周只有层层黑暗的网罗束缚着，重重罪恶的铁闸紧压着，空气里那样干燥，生活里那样枯涩，心境里那样苦闷，更何必再提到金迷沉醉的大厦外，啼饥号寒的呻吟。然而我终于在这般梦中惊醒，睁眼看见了这样幽美神妙的世界，我只为了一层转瞬即消逝的雪幕而感到欣慰，由欣慰中我又发现了许多年未有的惊叹，纵然是只如磷火在黑暗中细微的闪烁，然而我也认识了宇宙尚有这一刹那的改换和遮蔽，我希望，我愿一切的人情世事都有这样刹那的发现，改正我这对世界浮薄的评判。

过顺治门桥梁时，一片白雪，隐约中望见如云如雾两行挂着雪花的枯树枝，和平坦洁白的河面。这时已夜深了，路上行人稀少，远远只听见犬吠的声音，和悠远清灵的钟声。沙沙地我足下践踏着在电灯下闪闪银光的白雪直觉到恍非人间世界。城墙上参差的砖缘，被罩着一层一层的白雪，抬头望：又看见城楼上粉饰的雪顶，和挂悬下垂的流苏。底下现出一个深黑的洞，远望见似乎是个不堪设想的一个恐怖之洞门。我立在这寂静的空洞中往返回顾而踟蹰，我真想不到扰攘拥挤的街市上，也有这样沉寂冷静时候。

过了宣武门洞，一片白地上，远远望见万盏灯火，人影蠕动的单牌楼，真美，雪遮掩了一切污浊和丑恶。在这里是十字街头了，朋友们，不少和我一样爱好雪的朋友们，你们在这清白皎洁的雪光下，映出来的影子，践踏下的足踪，是怎么光明和伟大！今夜我投身到这白茫茫的雪镜中，我只照见了自己的渺小和阴暗，身心的四周何尝能如雪的透明纯洁；因为雪才反映出我自己的黑暗和污浊，我认识自己只是一个和罪恶的人类一样的影子，我又那能以轻薄的心理去责备人类，和这本来不清明的世界呢！朋友！我知所忏悔了！

爱恋着雪夜，爱恋着这刹那的雪景，我虽然因夜深不能去陶然亭，什刹海，北海，公园，然而我禁不住自己的意志，我的足踪忽然走向天安门，过西安门饭店的门前时，看见停着的几辆汽车，上边都是白雪，四轮深陷在雪里，黑暗的车箱中有蜷伏着的人影，高耸的洋楼在夜的云霄中扑迎着雪花，一盏盏的半暗的电灯下照出门前零乱的足痕，我忽然想起赖婚中的一幕来，这门前有几分像呢！

走向前，走向前，丁丁当当的电车过去了，我只望着它车轮底的火花微笑！我骄傲，我是冒着雪花走向前去的，我未曾借助于什么而达到我的目的，我只是走向前，走向前。

进了西长安街的大森林，我远远看见天边四周都现着浅红，疏疏的枝桠上堆着雪花，风过处纷纷地飞落下来，和我的眼泪滴在这地上一样。过这森林时我抱着沉重的怆痛，我虽然能忆起往日和君宇走过时的足踪在那里，但我又怎敢想到城南一角黄土下已埋葬了两年的君宇，如今连梦都无。

过了三门洞，呵！这伟大庄严的天安门，只有白，只有白，只有白，漫天漫地一片皆白，我一步一步像拜佛的虔诚般走到了白石桥梁下，石狮龙柱之前，我抬头望着红墙碧瓦巍然高耸的天安门，我遥想着往日帝皇的尊严，和这故宫中遗留下的荒凉。踏上了无人践踏的石桥，立在桥上远望灯光明灭的正阳门，我傲然的立了多时，我觉着心境逐渐的冷静沉默，至于无所兴感。这又是我的世界，这如梦似真的艺术化的世界。下了桥我又一直向前去，那新栽的小松上，满缀了如流苏似的雪花，一列一列远望去好像撑着白裙的舞女。前面有一盏光明的灯照着，我向前去了几步，似乎到了中山先生铜像基础旁便折回来。灯光雪光照映在我面上，这时我觉心地很洁白纯真，毫无阴翳遮蔽，因为我已不是在这世界上，我脱了一切人间的衣裳，至少我也是初来到这世界上。

我自己不免受人间一切翳蒙，我才爱白雪，而雪真能洗涤我心灵至于如雪冷洁，我还奢望着，奢望人间一切的事物和主持世界的人类，也能给雪以洗涤的机会，那么，我相信比用血来扑灭反叛的火焰还要有效！

十六年一月十四日雪夜

（原刊 1927 年 1 月 29 日《语丝》第 116 期）

# 爆竹声中的除夕

这时候是一个最令人撩乱不安的环境，一切都在欢动中颤摇着。离人的心上是深深地厚厚地罩着一层乡愁，无论如何不想家的人，或者简直无家可想的人，他都要猛然感到悲怆，像惊醒一个梦似的叹息着！

在这雪后晴朗的燕市，自然不少漂泊到此的旅客游子，当爆竹声彻夜的在空中振动时，你们心上能不随着它爆发，随着它陨落吗？这时的心怕要和爆竹一样的爆发出满天的火星。而落下时又是那么狼藉零乱，碎成一片一节的散到地上。

八年了，我在北京城里听爆竹声，环境心情虽年年不同，而这种惊魂碎心的声音是永远一样的。记得第一年我在红楼当新生，仿佛是睡在冰冷的寝室床上流泪度过的；不忍听时我曾用双手按着耳朵，把头缩在被里，心里骗自己说："这是一个平常的夜，静静地睡吧！"第二年在一个同乡家里，三四个小时候的老朋友围着火炉畅谈在太原女师时顽皮的往事。笑话中听见爆竹，便似乎想到家里，跪在神龛前替我祝福的母亲。第三年在红楼的教室中写文章，那时我最好，好的是知道用功的读书，而且学的写白话文，不是先前的一味顽皮嘻笑了。不过这一年里，我认识了人间的忧愁。第四年我也是在红楼，陈夕之夜记得是写信，写一封悲凄哀婉的信，还做了四首旧诗。第五年我已出了红楼，住在破庙的东厢，这一年我是多灾多难，多愁多病的过去了。第六年我又到了一个温暖的家庭里寄栖，爱我护我如我自己的家一样；不幸那时宇哥病重，除夕之夜，是心情纷纭，事务繁杂中度过的。第七年我仍是寄居在这个繁花纷披的篱下，然相形之下，我笑靥总掩饰不住啼痕；当一个由远处挣扎飞来的孤燕，栖息在乐园的门里时，她或许是因在银光闪烁的镜里，现出她疮痛遍体的形状更感到凄酸的！况且这一年是命运埋葬我的时候。第八年的除夕，就是今夜了，爆竹声和往年一样的飞起而落下，爆发后的强烈火星，和坠落在地上的纸灰余烬也仿佛是一样；就是我这在人生轮下转动的小生命，也觉还是那一套把戏的重映演。

八年了，我仔细回忆觉我自己是庸凡的度过去了，生命的痕迹和历程也只是些琐碎的儿女事。我想找一两件能超出平凡可以记述的事，简直没有！我悔恨自己是这样不长进，多少愿望都被命运的铁锤粉碎，如今扎挣着的只是这已投身到悲苦中奢望做一个悲剧人物的残骸。假使我还能有十年的生命，我愿这十年中完成我的素志，做一个悲剧的主人，在这灰黯而缺乏生命火焰的人间，放射一道惨白的异彩！

我是家庭社会中的闲散人，我肩上负荷的，除了因神经软弱受不住人世的各种践踏欺凌讪讽嘲笑，而感到悲苦外，只是我自己生命的营养和保护。所以我无所谓年关的，在这啼饥号寒的冬夜，腊尽岁残的除夕，可以骄傲人了；因为我能在昏黯的电灯下，温暖的红炉畔，慢慢地回忆过去，仔细听窗外天空中声调不同的爆竹，从这些声音中，我又幻想着一个一个爆竹爆发和陨落的命运，你想，这是何等闲散的兴致？在这除夕之夜不必到会计室门前等着领欠薪，不必在冰天雪地中挟着东西进当铺，不必向亲戚朋友左右张罗，不必愁明天酒肉饭食的有无，这样我应该很欣慰的送旧迎新。然而爆竹声中的心情，似乎又不是那样简单而闲逸，我不知怎样形容，只感到无名的怅惘和辛酸！为了这一声声间断连续的炮竹声，扰乱了我宁静的心潮，那纤细的波浪，一直由官感到了我的灵魂深处，颤动的心弦不知如何理，如何弹？

我想到母亲。

母亲这时候是咽着泪站在神龛前的，她口中呢喃祷告些什么，是替天涯的女儿在祝福吧？是盼望暑假快临她早日归来吧？只有神知道她心深处的悲哀，只有神龛前的红烛，伴着她在落泪！在这一夜，她一定要比平常要想念我，母亲！我不能安慰你在家的孤寂，你不能安慰我漂泊的苦痛，这一线爱牵系着两地相思，我恨人间为何有别离？而我们的隔离又像银河畔的双星，一年一度重相会，暑假一月的团聚恍如天上七夕。母亲，岁去了，你鬓边银丝一定更多了，你思儿的泪，在这八年中或者也枯干了，母亲，我是知道的，你对于我的爱。我虽远离开你，在团圆家筵上少了我；然而我在异乡团贺的筵上，咽着泪高执着酒杯替别人祝福时，母亲，你是在我的心上。

母亲！想起来为什么我离开你，只为了，我想吃一碗用自己心血苦力挣来的饭。仅仅这点小愿望，才把我由你温暖的怀中劫夺出，做这天涯寄迹的旅客，年年除夕之夜，我第一怀念的便是你，我只能由重压的，崎岖的扎挣中，在远方祝福你！

想到母奈，我又想到银须飘拂七十岁的老父，他不仅是我慈爱的父亲，并且是我生平最感戴的知己；我奔波尘海十数年，知道我，认识我，原谅我，了解我的除了父亲外再无一人。他老了，我和璜哥各奔前程，都不能常在他膝前承欢；中原多事，南北征战，反令他脑海中挂念着两头的儿女，惊魂难定！我除了努力做一个父亲所希望所喜欢的女儿外，我真不知怎样安慰他报答他，人生并不仅为了衣食生存？然而，不幸多少幸福快乐都为了衣食生存而捐弃；岂仅是我，这爆竹声中伤离怀故的自然更有人在。

我想倦了娘子关里的双亲时，又想到漂流在海上的晶清，这夜里她驻足在那里？只有天知道。她是在海上，是在海底，是在天之涯，是在地之角，也只有天知道。她这次南下的命运是凄悲，是欢欣，是顺利，是艰险，也只有天知道。我只在这爆竹声中，静静地求上帝赐给她力量，令她一直扎挣着，扎挣着到一个不能扎挣的时候。还说什么呢！一切都在毁灭捐弃之中，人世既然是这样变的好玩，也只好睁着眼挺着腰一直向前去，到底看看最后的究竟是什么？一切的箭镞都承受，一切的苦恼都咽下，倒了，起来！倒了，起来！一直到血冷体僵不能扎挣为止。

走向前便向前走吧！前边不一定有桃红色的希望；然而人生只是走向前，虽崎岖荆棘明知险途，也只好走向前。渺茫的前途，归宿何处？这岂是我们所知道，也只好付之命运去主持。人生惟其善变，才有这离合悲欢，因之“生”才有意义，有兴趣；我祷告晶清在海上，落日红霞，冷月夜深时，进步觉悟了幻梦无凭，而另画一条战斗的阵线，奋发她厮杀的勇气！

我盼望她在今夜，把过去一切的梦都埋葬了，或者在爆竹声中毁灭焚碎不再遗存；从此用她的聪明才能，发挥到她愿意做的事业上，那能说她不是我们的英雄?!悲愁乞怜，呻吟求情，岂是我们知识阶级的女子所应为？我们只有焚毁着自己的身体，当后来者光明的火炬！如有一星火花能照耀一块天地时，我们也应努力去工作去寻觅！

黄昏时，我曾打开晶清留给我的小书箱，那一只箱子上剥蚀破碎的痕迹，和她心一样。我检点时忽然一阵心酸，禁不住的热泪滴在她的旧书上。我呆立在火炉畔，望着灰烬想到绿屋中那夜检收书箱时的她，其惨淡伤心，怕比我对着这寂寞的书箱落泪还要深刻吧！一直搁在我房里四五天了，我都不愿打开它，有时看见总觉刺心，拿到别的房里去我又不忍离它。晶清如果知道它们这样令我难处置时，她一定不愿给我了。

我看见时总想：这只破箱，剥蚀腐毁的和她心一样。

在一个梦的惊醒后，我和她分手了；今夜，这爆竹声中，她在那里呢？命运真残酷，连我们牵携的弱腕，他都要强行分散，我只盼望我们的手在梦中还是牵携着。

夜已深了，爆竹声还不止。不宁静的心境，和爆竹一样飞起又落下，爆裂成一片一节僵卧在地上。

十五年除夕之夜

（原刊 1927 年 2 月 8 日《世界日报·蔷薇周刊》第 11 期）

# 报告停办后的女师大

——寄翠湖畔的晶清

在母怀里蜷伏了几夜，妈用轻柔的手抚我睡眠，有时梦见怕梦，便投到妈怀里抱着颈痛哭，她不能说什么，只伴我流泪，一直流到红霞上了窗棂；我俩都一点不显露的去应付那快乐的家庭。但是不幸我和妈都病了，病时候我梦见你和心诲。病好后我体谅我可怜的妈，我再不痛哭了，难过时候，我跑到楼上，望山色，看游云，我把我心底隐潜的悲哀，都远远地寄在那青峰之顶，都高高地寄在那游云的足上，使它载着我到我愿意去的地方。

离开妈的一夜，她握住我的手叮咛我几句话，我为了得妈的信任，我跪在帐帷前向着窗外一轮晶洁的月儿发誓，我说：

“妈妈，你能看见这颗永久不离开你的月儿吗？她便是你的女儿，虽然有缺有圆，但是你总能看见她，只要你在她的光辉下的时候。”

清光照着她的银发霜鬓，照着我的颓唐的悴容，这时候我双手接过了妈递给我的生命。窗外一阵冷风吹进，环绕着我和母亲，一股清冷浸入我的心脾，母亲唤醒我的时候，已到了我走的时刻。就那样忍着，回到北京，看见庄严繁华的北京城时，我心头泛着一种清冷的微颤，从此我放下一头又系上那头。

到京后我第一系念便是琼和萍，因为你不在，我对她们应该更要关心体贴点的缘故。一进女师大，就觉着一股阴森凄凉，转过石屏，见那个柳荫通道，便是那夜我们和玉薇赞许的地方。你不是说这是女师大的风水，这一条绿荫甬道上，曾经过不少的钗影裙带，翩翩和珊珊的女郎。也曾有多少诗人和浪漫的文学家，在月夜卧在这草地上狂饮高吟，和许多辩论家议论风生吗？总之这是女师大唯一命脉，如今那绿森森掩映的通道，枯萎了的是花，倒折的是树，堆散着的是灰石；再三凝视，这何尝了是我的母校，我欲痛哭，终于这便是我的母校。她像一个被人殴打击伤了女郎，她穿着撕破的裙裳，她散着松了的头发，她脸上流着血和泪，她腿上有爪痕和深深的血疤。她泪眼莹莹的望着我几次想告诉我她的厄运和惨劫，但是她已不能说话，倒卧在那里连转侧都不能够；所能够的只是那泪波的流盼而已。

我经过这通道，便进了会客室，那是我四年中徘徊的故地，我恍然还能记起你末次要走时，穿着一身缟素衣裳，伏在桌上辗转娇啼的情形；但是现在只有一张一张残余的报纸都散在地上，灰尘集了有几分厚，门也有点欹偏，像一个老人的背。我正在发呆的时候，迎面跑来一人握住我手，叫着我名，抬头看原来就是我一月不见的琼妹，她憔悴的瘦容，和凄楚的表情，令我的泪不能再忍了，我紧握住她手说：

"琼：你受委曲了！"这句话未说完已哽咽的不能再续，她牵着我进了内堂，静悄悄的满院里堆集着箱笼和木具，杂乱纵横，像荒芜的花园，像残杀后的战场；记的吗？晶清！那一片红楼便是昔日幽静的天宫美丽的闺房，在这深帷低垂，雪帐未开时；无端来了野蛮的丘八，和粗臭的流氓，他们的枪刀耀辉，铁器叮当，就是那一阵皮靴的重踏声，也能吓得我心惊胆跳：真亏她们的胆壮，但她们几经尝过这般滋味。

到了房里，韵和秀都看见了，她们的悲愤真不知从哪里说起好。过了默默几分钟，她们才告诉我大概详细情形。她们说：

"在八月一号的前几天，国三一位同学，听她朋友暗示她一句话说：'大观园快抄家了。'她们都不知何指。一号那天早晨七时，学生刚起床，一外婆带着军警打手百余人，一拥入校，其势汹汹，勒逼学生，即刻滚出校门暂到补习科住听候办法，一面杨氏督同办事员粘贴布告。可怜我们的大梦到此才醒来，原来杨氏真的武装抄家来了，顷刻之间她传了几道圣旨，截断电话，停止饮食，所有交通，一概断绝。又发出解散四班的布告，仅余体音两班；她们由杨氏租给太平湖饭店去住。

我们去质问杨氏，她不敢见，我们都到庶务处去寻她，她忽然由许多军警架护掖扶着到了校长办公室，有几位同学上前找她说话，反叫军警横臂阻止，有几个女同学倒地受伤，杨氏令军警两人监视一人，但是我们仍然鼓勇的和她相抗！后来她悄悄由后门逃了，军警也多半发现了良心，他们也看见我们在这大雨滂沱，愁云惨淡，站在廊檐下吃干面包的可怜。谁莫有同情心，结果军警都散去，他们的漠不相关的人，都比杨氏的心不残毒！不阴险！

第二：天听差老妈也叫走了，教员都搬到太平湖饭店去住；我们天天在会客厅吃干面包连点开水都喝不上，一天李石曾太太来看我们，我们笑了，她说这样苦你们还笑呢！其实有时觉着可气，有时也觉的可笑！

一星期以后，昨天我们才找到厨子做饭吃，无论怎样生命可以保持平安，才能和杨荫榆拼命。但是她已经辞职了，教育部明令停办女师大了，为杨荫榆泄私愤！”

大概她们这样告诉给我，其实我也在报上得了点恍惚的消息，我想安慰她们几句，不意她们勇气真壮勇，一点都莫有屈服的气态，我心里真佩服她们！但是我的感想很为她们难受，你想从故乡到北京有那么远的道路，离乡背井来这里到底为什么呢？书既不能念，生活又这样可怜，家里父母知道他们的爱女在外边这样受罪，真不知焦急到何种地步？杨荫榆身居长者，居然为了自己一个校长的地位，狠毒欺侮她们这般小姐们到露天挨饿，这是多么残忍无人心的荒谬举动。晶清：你真不幸奔父丧回去，香港罢工，你不能归来；即是你现在归来，你创伤未愈的心境，怎能再受这深刻巨大的激刺！你劫后余生，更何忍再看这凄凄荒凉的学校，像尸体横藉的坟墓，隐隐有几个瘦的病的女郎在里面出没呢！

女师大虽经杨氏武装进校，但结果她依然抱头窜之而去，学生方面以为章士钊苟关心女子教育，当能选派贤能，另事整顿，也可慰她们年余殷殷勤学之诚，免得读书之暇还要关心校政。谁能料到呢：章士钊斩草除根，女师大系一个花园，杨氏年余的园丁不称职，干枯不灌溉，在烈日下已变成枯草；杨荫榆觉枯草还比较要有生气，恨起放一把火烧个干净。章士钊觉烬余残根犹伏处地下，春风一吹不免又要勃生绿芽：他更决心把根都拔去。关起门来，他们袖手立在高处了望着这残余灰烬，小草烧根的狼藉遍地，狞笑着表示得意的胜利。似乎告诉一般人说：

“吓！不怕的只管来试试这滋味。”

现在学校几天不去了，不是懒不是忙，是我不忍，真不忍去看那倒毙在地上她已经死了的惨状。而最痛心我们中国二万万女同胞的教育，弦歌之声不幸绝于章杨之手，是可忍，而孰不可忍呵！目前正在暑假期内，诸同学都在家里和家人团聚，忽然霹雳般传去这可哀的噩耗，她们将怎样惊心！晶清！我们二万万女人绝不能屈伏在杨氏的淫威下，听其宰割。四万万中国同胞亦何忍能令章杨二人，停办了我女界唯一高等教育机关。从前是很纯粹而极简单的校长问题，理在已经成了我女界人格问题，教育问题，解放问题，女权问题；再大言之是中国教育界的问题，教育应影响到国家，便是中国存亡问题。

停办后教育部的势力大概只封了几个教室，查点了几件木具；但不幸我们呕血掬心的妇女周刊，数千份存报，从第一到三十五都被遗失了。因国三自休室暑假要改寝室，莫法琼和我把她们暂寄阶级教室，十号那天我和琼去看，封条已撕破，但是数千份如山集的妇刊已不翼而飞，我真痛心，想你也痛心，理更对不住一般爱读和交换的朋友们，自三十期起琼因女师大事忙然莫有寄给他们，不幸妇刊也遭了这样厄劫，杨荫榆真罪状难数了。

现她们在校同学仍积极进行，将来成功固所希望，就是失败，她们勇气已驱逐她们宁为玉碎，不愿瓦全。以我眼光所及，以我经验相绳，总觉双方意气用事，不免俱伤，苟有相当调停人，能劝章士钊收回停办原文，仍选检贤能，在暑假中解决了这年余拖延的风潮，俾使学校进行不致停顿，而学生学业亦不能再事荒废未尝不是她悔过的机会，还不失之于不堪收拾。从此一切荒谬举动可以不提，如章士钊能采纳忠言，回头是岸，则整顿女师大风潮并不若何掣肘；而女师大内务同一切计划进行，亦能指日可待。苟不如斯，即将来结果，必闹到全国教育为之停顿，或者章教长终不免扫兴下台。

女师大风潮所以不堪收拾到此种地步，纯系教部当局一再迁延，处置乘戾所致；假使章士钊能允纳学生方面意见，调查一下杨氏近来行为，绝不至以美专援例而停办女师大，实因女师大问题与美专有绝对不同之点，女师大并未到非停办不可的情况下，而美专当日情形实相反异。

至于同学方面，我认为不能负任何罪咎，则有对杨氏不敬的地方，也是杨氏的品德不足以服人，才智不足以制众所致。至于杨氏武装入校之后，学生已铤而走险，一切危险同越轨，亦不能加罪；盖此等情形，乃由杨荫榆解散激之于前，而章士钊停办又愤起于后，是非颠倒，黑白混淆；堂堂校长教长都能若斯暴戾荒谬，她们一般束髻小女，更不能强绳以乱命。

我现在还希望于一般袖手旁观的母校教员和校生各名流各教育家；我代表着二万万可怜的女子请命，希望他们不要以为女师大真是臭毛厕，行人掩鼻，不愿过问。更不应该真怀着野心，想从此吞并女子一个独立的最高教育机关。虽然目下女师大的毛厕已横决四溢，臭气遍布，但清扫有人，洁净为人力所能办到；我们应该积极去扫除，不应消极的去不理。

返京后就逢着母校遭此惨劫，连日校务繁忙，心情又觉烦乱；已去函三次，请你快来，我想白菊开时，和你同饮于北海畔，月夜下，望小湖繁灯如星，看草间萤虫闪烁，乘此良夜，一倾离绪。想翠湖畔归来的诗人，定能用一杯甘甜的美酒，沉醉我这漂泊异乡的孤魂！

（原载 1925 年 8 月 19 日《京报副刊·妇女周刊》第 36 号）

# 女师大惨剧的经过

——寄告晶清

我恍惚不知掉落在一层地狱，隐约听见哭声打声笑声胜利的呼喊！四面都站着戴了假面具的两足兽，和那些蓬头垢面的女鬼；一列一列的亮晶晶的刀剑，勇纠纠气昂昂排列满无数的恶魔，黑油的脸上发出狰狞的笑容。懦弱的奴隶们都缩头缩脑的，瞪着灰死的眼睛，看这一幕惨剧。

在光天化日之下，发生了这幕惨剧；而我们贵国的教育确事整顿的肃清了，真不知这位“名邦大学，负笈分驰”的章教长，效法哪一名邦，步尘哪一大学：使教育而武装？

自从报上载着章士钊、刘百昭等拟雇女丐强拖女生出校的消息后，她们已经是一夕数惊，轮流守夜，稍有震动，胆破欲裂，在她们心惊胆跳的时候，已消极的封锁校门，聚哭一堂，静等着强暴的来临，她们已抱定校存校亡，共此休戚的决心，八月二十二号上午八点钟，女师大的催命符，女子大学筹备处的降主牌就挂在门口了。下午二时余，刘百昭带着打手，流氓，军警，女丐，老妈，有二百多人，分乘二十余辆汽车，尘烟突起处，杀向女师大而来！这时候我确巧来女师大看她们。

我站在参政胡同的中间，听着里面的哭声振天，一阵高一阵远，一阵近一阵低的在里边抵抗，追逐，逃避，捕捉。虽然有高壁堑立在我面前，使我看不见里面女同学们扎挣抵抗的可怜，但是在那呜咽的哭声里，已告诉我这幕惨剧已演成血肉横飞，展转倒地了。正在用心的眼了望她们狼狈状况时，忽然擦擦的鞭打声起了，于是乎打声哭声绞成一片，我的心一酸懦弱的泪先流了！这时哭喊声近了，参政胡同的小门也开了，由那宽莫有三尺的小门里，拖出一个散发披襟，血泪满脸的同学来，四个蛮横的女丐，两个强悍的男仆，把她捉上汽车。这时人围住汽车我看不清楚是谁，但听见她哭骂的声音，确乎像琼妹。晶清！你想我应该怎样呢，我晕了，我一点都不知道的倒在一个女人身上，幸亏她唤醒我；我睁开眼看时，正好一辆汽车飞过去，她们的哭声也渐渐远了，也不知载她们到什么地方去？那时薇在我旁边，我让她坐上汽车去追她们去，知道她们在什么地方时，回来再告我，我在这里想着等韵出来。

呵！天呵！一样的哭喊，一样的鞭打，有的血和泪把衣衫都染红了！第二辆汽车捉走的是韵了，看见我时，喊了一声我名字她已不能抬头，当我嚼紧牙齿跑到汽车前时，只有一缕烟尘扑到我鼻里，一闪时她仍也都去了。这时里面的哭声未止，鞭打声也未止，路傍许多看热闹的女人们都流下泪来，慨叹着说：

“咳！这都是千金小姐，在家里父母是娇贵惯的，谁受过这气，谁更挨过这打呢！”

“上学上成这样，该有多么寒心！咱们家女孩快不要让她们上学受这苦！”

薇来了，告诉我说把她们送在地检厅不收，现在她们在报子街补习科里。我马上坐上车到了那里，两扇红门紧紧地关着不许人进去，我那时真愤恨极了，把门捶得如鼓般响。后来一辆汽车来了，里面坐着油面团团的一位官僚，不问自然知道是教育部的大员，真该谢谢他，我和许多同学才能跟着他进来。一进门，琼和韵握着我手痛哭起来，我也只有挥泪默然的站着。这时忽然听见里边大哭起来，我们跑进去看时，李桂生君直挺挺的在院里地下躺着，满身的衣服都撕破了，满身上都成了青紫色的凸起，她闭着眼睛，口边流着白沫，死了！

那位面团团的部员大概心还未死，他看见这种悲惨的境地，他似乎也有点凄然了。但是同学们依然指着他赶着他骂走狗。我见他这样，我遂过去同他谈话，我质问他教育部为什么要出此毒手？我问他家内有莫有姊妹儿女？他很恳切表明他不赞成章刘的过激，此来纯系个人慰问，并非教部差遣。事已至此，我也不便和他多谈，就问他对于李桂生的死去，教部负不负护救责任？他马上答应由他个人负担去请医生，过了半小时北京医院来了一位医生，给她打了一针，她才有一口气呼出，不过依然和死去一样直躺着不能动。我听琼说："她这次受伤太重，医生诊察是内部受伤；加之三次军警打她们时，她三次都受伤，才成了这样。"生命维持到何时未可知，到今天，才送进德国医院。又听人说是头部受伤，因为下车时，她已哭晕过去，由两个流氓把她扔在地下，大概扔的时候头部神经受震动了。

这位部员对于李桂生的病，似乎很帮忙救护，我们不知他是否章士钊派来，还是真的他个人来慰问？但是他曾愤极的说，假如这事成讼，李桂生受伤我可以作证人。那时我们只鄙视的笑了笑！

第二天我和罗刘两位又回到女师大，我们意思要劝她们好好出来，不必受他们的毒打和拖拉，可巧我们走进角门时，正好秀和谛四人捉上车去，她们远远望见我们来，又放声大哭起来，我们都站在车上温慰了她们几句，劝她们节哀保身。秀的衣襟撕的真成捉襟见肘，面色像梨一样黄，她哭的已喘不上气来，她们都捉尽了。她是最后的奋斗者。当汽车开时，她们望着女师大痛哭！那红楼绿柳也暗然无光的在垂泣相送。

晶清！你在翠湖畔应该凭吊，在她们哭喊声嘶后，女师大已一息斩断，从此死亡！然而那一面女子大学的牌匾也一样哀惨无光，这是我们女界空前未有的奇耻，也是我教育界空前未有的奇耻！那一面女子大学筹备处的牌匾下，将来也不过站一些含泪忍痛、吞声咽气的弱者。

琼告我当她们严守大门时，殊未想到打手会由后边小门进来，进来后，她们牵作一团抵抗着这般如虎似狼的敌人。一方面有人捉人拖人，一方面便有许多人跑到寝室里去抢东西。一位女同学被拖走时，要回去拿点钱预备出来用，回到寝室时见床褥已满翻在地下，枕头边的一个皮包已不翼而飞。她气极了，向刘百昭骂他强盗，刘百昭由皮夹里拿出五十元给她，她掷在地下，刘又笑嘻嘻的拣起。这次女丐流氓混入女师大之后，定有许多人发财不少，然而这万里外无家的同学们此后无衣食无寝栖，将何以生存，教育部是否忍令其流离失所，饿毙路旁？

十三个人被困在补习科，还有四五人不知去向，有七八人押送地检厅，尚有赵世兰同姜伯谛被押至何处不知，闻有人逢见在司法部街上毒打已体无完肤，奄奄待毙。晶清！幸而你因父丧未归，不然此祸你哪能侥免，人间地狱，我女子奋斗解放数十年之效果，依然如斯，真令人伤心浩叹！野蛮黑暗，无天日到这样地步！

教部把他们捉送到补习科即算驱逐出校，校内一切铺盖概不给与，那夜大雨，她们又饥又寒，第二天已病倒不少，琼妹面色憔悴黄瘦，尤令我看着难受！今天她东倒西歪已经不能支持了，躺在地板上呻吟！那种情形真惨不忍睹。

昨夜大雨，补习科因已无人住，故纸窗破烂，桌椅灰尘，凄凉黯淡，真类荒冢古墓；那一点洋灯的光，像萤火一样闪亮着，飕飕的凉风吹的人寒栗！她们整整哭了一夜莫睡眠，今天我们送了些东西，才胡乱吃了点，有的几位朋友，送了几件衣裳，她们才换上，脱下那破撕成条的衣衫，不禁对着那上边斑点的血迹流泪！

中国教育界已成这种情形，还有什么话可说呢！我从前希望他们的现在已绝望了。无公理，无是非，只要有野蛮的武力，只要有古怪的头脑，什么残忍莫人道，万恶莫人心的事做不出来呢！她们也算抗争公理了，然而结果呢，总不免要被淫威残害。别的人看着滑稽的喜剧高兴，痛痒既不关心，同情更是表面援助的好名词。

写到这里我接到朋友一封信，说昨夜十一钟她们都不知林卓凤的下落，后来有人说她仍锁在女师大。她们听见回到学校去找，军警不让进去，再三交涉，才请出女师大庶务科一位事务员，他说林君已越窗逃出。现在听说在一个朋友家，她神经已有点失常了，恐怕要有疯症的趋势。你是知道她的，她本来身体素弱、神经质衰的一个人，怎能经过这样的磨难呢！晶清！你归来呵！归来时你当异常伤心，看见她们那种狼狈病容，衰弱心神的时候。我们永久纪念这耻辱，我们当永久的奋斗！这次惨剧是我们女界人格的奇耻，同时也是中国教育破产的先声！

八，二十三，夜十时半

（原刊 1925 年 8 月 26 日《京报副刊·妇女周刊》第 37 号）

# 血　尸

我站在走廊上望着飞舞的雪花，和那已透露了春意的树木花草，一切都如往日一样。黯淡的天幕黑一阵，风雪更紧一阵，遥望着执政府门前的尸身和血迹，风是吹不干，雪是遮不住。

走进大礼堂，我不由的却步不前。从前是如何的庄严灿烂，现在冷风切切，阴气森森，简直是一座悲凄的坟墓。

我独自悄悄地走到那付薄薄的小小的棺材旁边，低低地喊着那不认识的朋友的名字——杨德琼。在万分凄酸中，想到她亲爱的父母和兄弟姊妹时，便不禁垂泪了！只望她负笈北京，完成她未来许多伟大的工作和使命，那想到只剩得惨死异乡、一棺横陈！

这岂是我们所望于她的，这岂是她的家属所望于她的，这又岂是她自己伟大的志愿所允许她的，然而环境是这样结果了她。十分钟前她是英气勃勃的女英雄，十分钟后她便成了血迹模糊，面目可怖的僵尸。

为了抚问未死的伤者，便匆匆离开了死的朋友，冒着寒风，迎着雪花，走向德国医院。当我看见那半月形的铁栏时，我已战栗了！谁也想不到，连自己也想不到，在我血未冷魂未去以前，会能逼我重踏这一块伤心的地方。

样样都令人触目惊心时，我又伏在晶清的病榻前，为了她侥幸的生存，向上帝作虔诚的祈祷！她闭着眼，脸上现出极苦痛的表情。这时凄酸涌住我的喉咙，不能喊她，我只轻轻地用我的手摇醒她。

“呵！想不到还能再见你！”她哽咽着用手紧紧握住我，两眼瞪着，再不能说什么话了。我一只腿半跪着，蹲在病榻前，我说：

“清！你不要悲痛，现在我们不入地狱，谁入地狱？便是这样的死，不是我们去死，谁配去死？我们是在黑暗里摸索寻求光明的人，自然也只有死和影子追随着我们。‘永远是血，一直到了坟墓’。这不值的奇怪和惊异，更不必过分的悲痛，一个一个倒毙了，我们从他们尸身上踏过去，我们也倒了，自然后边的人们又从我们身上踏过去。

“生和死，只有一张蝉翼似的幕隔着。

“看电影记得有一个暴君放出狮子来吃民众。昨天的惨杀，这也是放出野兽来噬人。只恨死几十个中国青年，却反给五色的国徽上染了一片污点，以后怎能再拿上这不鲜明的旗帜见那些大礼帽，燕尾服的外国绅士们。”

这时候张敬淑抬下去看伤，用 X 光线照弹子在什么地方。她睡在软床上，眼闭着，脸苍白的可怕。经过我们面前时，我们都在默祷她能获得安全的健康。

医院空气自然是很阴森凄惨，尤其不得安神的是同屋里的重伤者的呻吟。清说她闭上眼便看见和珍，耳鼓里常听见救命和枪声。因此，得了狄大夫的允许，她便和我乘车回到女师大。听说和珍棺材，五时可到学校，我便坐在清的床畔等着。

我要最后别和珍，我要看和珍在世界上所获到的报酬。由许多人抚养培植的健康人格，健康身体，更是中国女界将来健康的柱石，怎样便牺牲在不知觉中的撒手中？

天愁地惨，风雪交作的黄昏时候，和珍的棺材由那泥泞的道路里，抬进了女师大。多少同学都哭声震天的迎着到了大礼堂。这时一阵阵的风，一阵阵的雪，和着这凄凉的哭声和热泪！我呢，也在这许多勇敢可敬的同学后面，向我可钦可敬可悲可泣的和珍，洒过一腔懦弱的血泪，吊她尚未远去的英魂！

粗糙轻薄的几片木板，血都由裂缝中一滴一滴的流出，她上体都赤裸着，脸上切齿瞪眼的情形内，赠给了我们多少的勇气和怨愤。和珍，你放心的归去吧！我们将踏上你的尸身，执着你赠给我们的火把，去完成你的志愿，洗涤你的怨恨，创造未来的光明！和珍！你放心的归去吧！假如我们也倒了，还有我们未来的朋友们。

她胸部有一个大孔，鲜血仍未流完，翻过背来，有一排四个枪眼，前肋下一个，腋下一个，胸上一个，大概有七枪，头上的棒伤还莫有看出。当扶她出来照像时，天幕也垂下来了，昏暗中我们都被哭声和风声，绞着，雪花和热泪，融着。这是我们现时的环境，这便是我们的世界，多少女孩儿，围着两副血尸！

这两副血尸，正面写着光荣！背面刻着凄惨！

大惨杀的第二天。

（原刊 1926 年 3 月 22 日《京报副刊》第 446 号）

# 痛哭和珍

和珍！冷的我抖颤，冷的我两腿都抖颤！一只手擦着眼泪，一只手扶着被人踏伤的晶清，站在你灵前。抬起头，香烟缭绕中，你依然微笑的望着我们。

我永不能忘记你红面庞上深深地一双酒靥，也永不能忘记你模糊的血迹，心肺的洞穿！和珍，到底那一个是你，是那微笑的遗影，是那遗影后黑漆的棺材！

惨淡庄严的礼堂，供满了鲜花，挂满了素联，这里面也充满了冷森，充满了凄伤，充满了同情，充满了激昂！多少不相识的朋友们都掬着眼泪，来到这里吊你，哭你！看那渗透了鲜血的血衣。

多少红绿的花圈，多少赞扬你哀伤你的挽联，这不是你遗给我们的，最令我们触目惊心的便是你的血尸，你的血衣！你的血虽然冷了，温暖了的是我们的热血，你的尸虽然僵了，铸坚了的是我们的铁志。

最懦弱最可怜的是这些只能流泪，而不敢流血的人们。此后一定有许多人踏向革命的途程，预备好了一切去轰击敌人！指示我们吧，和珍，我也愿将这残余的生命，追随你的英魂！

四围都是哀声，似乎有万斤重闸压着不能呼吸，烛光照着你的遗容，使渺小的我不敢抬起头来。和珍！谁都称你作烈士，谁都赞扬你死的光荣，然而我只痛恨，只伤心，这黑暗崎岖的旅途谁来导领？多少伟大的工程凭谁来完成？况且家中尚有未终养的老母，未成年的弱弟，等你培植，待你孝养。

不幸，这些愿望都毁灭在砰然一声的卫士手中！

当偕行社同学公祭你时，她们的哀号，更令我心碎！你怎忍便这样轻易撒手的离开了她们，在这虎威抖擞，豺狼得意的时候。自杨荫榆带军警入校，至章士钊雇老妈拖出，一直是同患难，同甘苦，同受惊恐，同遭摧残，同到宗帽胡同，同回石驸马大街。三月十八那天也是同去请愿，同在枪林弹雨中扎挣，同在血泊尸堆上逃命；然而她们都负伤生还，只有你，只有你是惨被屠杀！

她们跟着活泼微笑的你出校，她们迎着血迹模糊的你归来，她们怎能不痛哭战线上倒毙的勇士，她们怎能不痛哭战斗正殷中失去了首领！

一年来你们的毅力，你们的精神，你们的意志，一直是和恶势力奋斗抵抗，你们不仅和豺狼虎豹战，狗鼠虫豸战，还有绅士式的文妖作敌，贵族式的小姐忌恨。如今呢，可怜她们一方面要按着心灵的巨创，去吊死慰伤，一方面又恐慌着校长通缉，学校危险，似乎这艰难缔造的大厦，要快被敌人的铁骑蹂躏！

和珍！你一瞑目，一撒手，万事俱休。但是她们当这血迹未干，又准备流血的时候，能不为了你的惨死，瞻望前途的荆棘黑暗而自悲自伤吗？你们都是一条战线上的勇士，追悼你的，悲伤你的，谁能不回顾自己。

你看她们都哭倒在你灵前，她们是和你偕行去，偕行归来的朋友们，如今呢，她们是虎口余生的逃囚，而你便作了虎齿下的牺牲，此后你离开了她们永不能偕行。

和珍！我不愿意你想起我，我只是万千朋友中一个认识的朋友，然而我永远敬佩你作事的毅力，和任劳任怨的精神，尤其是你那微笑中给与我的热力和温情。前一星期我去看晶清，楼梯上逢见你，你握住我手微笑的静默了几分钟，半天你问了一句，“晶清在自治会你看见吗？”便下楼去了。这印象至如今都很真的映在我脑海。第二次见你便是你的血尸，那血迹模糊，洞穿遍体的血尸！这次你不能微笑了，只怒目切齿的瞪视着我。

自从你血尸返校，我天天抽空去看你，看见你封棺，漆材，和今天万人同哀的追悼会。今天在你灵前，站了一天，但是和珍，我不敢想到明天！

现在夜已深了，你的灵前大概也绿灯惨惨，阴气沉沉的静寂无人，这是你的尸骸在女师大最后一夜的停留了，你安静的睡吧！不要再听了她们的哭声而伤心！明天她们送灵到善果寺时，我不去执绋了，我怕那悲凉的军乐，我怕那荒郊外的古刹，我更怕街市上，灰尘中，那些蠕动的东西。他们比什么都蠢，他们比什么都可怜，他们比什么都残忍，他们整个都充满了奴气。当你的棺材，你的血衣，经过他们面前，触入他们眼帘时，他们一面瞧着热闹，一面悄悄地低声咒骂你"活该"！他们说：

"本来女学生起什么哄，请什么愿，亡国有什么相干？"

虽然我们不要求人们的同情，不过这些寒心冷骨的话，我终于不敢听，不敢闻。自你死后，自这大屠杀闭幕后，我早已失丢了，吓跑了，自己终于不知道竟究去了哪里？

和珍！你明天出了校门走到石驸马大街时，你记的不要回头。假如回头，一定不忍离开你自己纤手铁肩，惨淡缔造的女师大；假如回头，一定不忍舍弃同患难，同甘苦的偕行诸友；假如回头，你更何忍看见你亲爱的方其道，他是万分懊丧，万分惆怅，低头洒泪在你的棺后随着！你一直向前去吧，披着你的散发，滴着你的鲜血，忍痛离开这充满残杀，充满恐怖，充满豺狼的人间吧！

沉默是最深的悲哀，此后你便赠给我永久的沉默。

我将等着，能偷生时我总等着，有一天黄土埋了你的黑棺，众人都离开你，忘记你，似乎一个火花爆裂，连最后的青烟都消灭了的时候，风晨雨夕，日落乌啼时，我独自来到你孤冢前慰问你黄泉下的寂寞。

和珍，梦！噩梦！想不到最短时期中，匆匆草草了结了你的一生！然而我们不幸的生存者，连这都不能得到，依然供豺狼虫豸的残杀，还不知死在何日？又有谁来痛哭凭吊齿残下的我们？

冷风一阵阵侵来，我倒卧在床上战栗！

三月廿五赴和珍追悼会归来之夜中写。

# 武昌的名胜[①]

天晴后空中幻出五色彩云，捧着一轮赤日，慢慢地拔开了砌垒的云幕，撒开了朦胧的愁网，冉冉走出，在宇宙中当时焕着耀目的奇彩！我们参观团在这时光，遂踱过莲池，经过鄂园，向着抱冰堂而来。

抱冰堂建在蛇山上，由下边一级一级地上去，绿树荫蒙中，隐现着红绯娇白和画楼雕梁。一阵惠风披襟，花香浮动，只见万紫千红涌现眼底。我们进了抱冰堂的大厅，壁上悬着古画屏联，中间放着古瓶二个，高约四尺；凡武昌雅人伟士都在这个地方宴会。地周围约有一万二千九百四十八方丈，“抱冰”系张之洞的别号，张之洞督鄂的时候，鄂人感公盛德，故建此堂，为公生祠。大厅的西面，相距约五十步，有很庄严的五间大厅，双门锁闭甚严，推开门只见灰尘满地，蛛丝满壁，中间的神龛供着张文襄公的牌位，旁边有黎元洪立的碑[②]。

晴后小径中青石粘土，十分泥滑，两旁千条垂柳，常绾鬓角，再上去是十桂堂，张叶如幕，桂树林立，可惜这不是秋高月圆时。站在十桂堂的中间，由树缝里看见长江如练，民房似栉，可以看见纺纱厂的烟筒，黑云萦绕，烟雾笼罩，凉风过处，心神为之一爽！这是何等舒适逍遥的境界啊！可惜上去了一大群丘八，我们只得远

---

① 此篇及以下两篇是原题《模糊的余影》（副题“女高师第二组国内旅行团的游记”）长篇旅行记的节选。原刊 1923 年 9 月 4 日至 10 月 7 日《晨报副刊》。

② 张文襄公：即张之洞，谥文襄。黎元洪：清末大臣，辛亥武昌首义后被推为军政府都督，后任中华民国副总统。

避。从石砌的道上过去，有小亭，有假山，怪石奇岩，嶙峋无状。我们在这里照了一个游像作纪念。他们都走过去了，我坐在小石上，听着小鸟的啁啾，布谷的婉转，一声声都令人感到一种超然神游的景象。碧天的游云，阶前的落叶，飘萍无踪，荣枯靡常。转瞬间我又车声帆影，飘游于何处何乡？人生如逆旅，在浅的心里常印着这点模糊的追忆迹象……在我思想深入的时候，忽然有人在我肩头一拍，吓得我跳起来，回头一看，原来是惠和，她笑嘻嘻地手里拿着一束草花，我遂携了她的手，由小径中穿出，浓茵铺地，碧草拂鞋，一阵草香扑鼻欲醉。地址虽不大，但结构异常精巧合度，风景如画，涌现千里，而且寂寞荫蒙幽雅最宜人。比较黄鹤楼的术士乞丐汇集者，当然有雅俗的分别了。

二十五号的下午，参观了附小以后，雇车到黄鹤楼去，我同芗蘅先到的。只看见些败壁颓垣，萎靡万状，乱石堆集，我同芗蘅也不知道黄鹤楼是何处上去，后来逢到一位小学生，是附小的学生，请他给我们领路，上了一道石坡就到了。只看见很巍峨灿烂辉煌的高楼，我以为是黄鹤楼了，原来是照像馆。这楼的顶上，镌着个展翅的黄鹤，两旁有一副对联是：

眼底汉江空色相，
楼头云鹤复归来。

由这楼往西，就看见一座一座的相面算卦的棚和命馆。进了张公祠，登了奥略楼①，临窗一望：江水滔滔，涌现眼底，帆影如雁，翩跹上下，在碧雪黄涛的尽头，依稀如翠螺堆集的，就是龟山，对着奥略楼有一座西式茶楼。高出云霄的，就是黄鹤楼故址，在我们未到杭州之先，就听说这楼又塌了。

张公祠就是张文襄公的祠，现在湖北教育联合会在里面，所以奥略楼上有张之洞自题的“日朗云空”四个字的大匾，两旁的对

---

① 奥略楼：清末时（1908年）湖北乡绅和学界为纪念张之洞所建之楼。

联是：

　　昔贤整顿乾坤，缔造都从江汉起；
　　今日交通文轨，登临不觉亚欧远。

这是张之洞所撰，辛亥之役，不知沦于何所，壬戌秋重建，请教育厅宗整重书。奥略楼下壁上有王羲之的一笔鹅。从奥略楼下去，就是吕祖庙，里面香烟缭绕，令人头晕。里面有吕祖的骑鹤吹箫的像在壁间挂着，对联是：

　　鹤飞楼在名千古，
　　地缩仙归道一家。

我同惠和在签筒里抽了一支上上签，她们都笑我们迷信。出了吕祖庙，走不了三步，就有乞丐来索钱，男女老幼都有，原来这是黄鹤楼的出产。黄鹤楼在我心坎中的印象很深，但我觉着除了上了奥略楼望望长江外，没有一样入目的东西。只见龌龊的乞丐，崎岖的道路，败垣乱草中，又有金碧辉煌的大餐馆显真楼，中国人不知正当的保存古迹是何等的可惜。

二十六号的上午，我们乘着汉阳兵工厂的武胜轮破浪直进，在烟波江上，只见风帆上下，浪花飞溅，放眼望去，龟山临左，蛇山旁右，武昌、汉阳、汉口鼎足相向，湖北形势为历史上最著名，实在诚然。船入汉水未久，而汉阳已在目前，两岸树木林立，浓绿荫深，不觉忆及古人诗："晴川历历汉阳树，芳草萋萋鹦鹉洲，日落乡关何处是，烟波江上使人愁。"

武胜轮拢岸后，我们遂舍舟登陆，陡觉炎热凌人，清凉隐逸。走得十余步，已抵汉阳兵工分厂。地址阔广，每一工厂，相距甚远，汽炉炉煤之气，扑鼻欲呕！先至漂棉厂，就是将烂棉花入锅漂过。磨棉厂，汽炉房，马力房，都在这一方，比较尚近，不需多走路就到了。此外又到拌药房，切药新厂，压药新厂，矿炉房，硫酸厂，真空房，酒精厂，枪厂，木枪房，炮厂，钢壳厂，机关枪厂，枪弹厂，打铁厂，木样房，机器厂，图案课。由上午九点钟参观到十二钟，赤日当空已属炎热万分，再加上参观的工厂，不是机声轮轮，就是汽煤呕人，头晕目眩，痛苦万分。但一想到工人的辛苦，我们也只好勉力的向前。对于工厂的组织和化学的配合，纯粹是门外汉，参观所得仅仅是一种形式而已。参观完兵工分厂后，遂返汉水原下船处，仍乘武胜轮至兵工厂总厂，其督办杨文亮的夫人偕其大女公子大少爷在门外欢迎，至会客厅稍息，幸而有几瓶汽水，才把这一上午的集热逐去。又至总厂参观造枪炮之机器及程序，其工厂分法与上所述分厂同不详。我看过一遍，见工人在煤气中生活是何等危险，而其点滴血汗所造成的杀人利器，既不能保障国家的富强，反用以作残杀同胞的工具，这是何等可怜？可惜！中国军阀！中国军阀！何其浑昧如斯呵？炮厂现在正为某军阀赶做氯气炮；可知其阴蓄之久，而中国内乱其有已时吗？

参观完又返总厂的会客厅，督办请我们吃大餐，最有趣的事是督办的母亲杨老夫人，她很奇怪我们这次出来参观，她的心理仍以为是闺阁小姐何能事万里长征。所以她在会餐的时候，问了我们三句有趣的笑话；第一句是：谁家有这些女儿？第二句是：谁家要这些媳妇？第三句是：何处找这许多婆家？这是个很难答的答案，我们只好付之一笑吧！饭后，杨督办拿来许多纸，让我们每人随便写几句话留作纪念。我们为了这一饭之德，更不好推辞，只好每人随便写几句感谢祝贺的话，这一来把我们女高师的程度都考去了。

客厅后面有极幽雅的小园，绿树荫覆如遮翠幕，过一极小之茅亭，碧波荡漾，游鱼上下，池心有接天荷叶，映日红莲，池旁杨柳树下，有白鹅一双，头藏在颈内，正在酣睡。由树林中望去，真神仙佳境。我在这里忽然想到一件极悲哀的事，一腔热泪，夺眶而出，故人何在？旧景虚幻，所留的仅这点触景的回忆，和我这天涯的飘萍！

四围黑云渐渐地包拢来，一轮赤日已隐回去，清风送着草香荷馨，令人神醉。我们二十余人，掩映出没在这小园中，陡觉园林生色，草木欣然。我同芗蘅在一片山石上坐着，谈去年今日在北京时的情景。看看天上云愈堆愈厚，照像馆已有人来了，我们就择一块前有小泉、后有青山的地方，站着的坐下的照了个像。

照像后，尚有一个铁厂未去参观，我因为精神困倦的缘故，所以同芗蘅、惠和走到江岸去找船。但这时候江里的风浪很大，天气阴沉，不久即雨，我不敢去冒险，遂又回到铁厂的应接室休息。里面有茶点，有电扇，我遂躺在睡椅上假寐，略养心神。这时候雨声淅沥，乱洒蕉叶，又换一幅无聊之景。五时天始霁晴，去参观铁厂的同学已回来，遂一同至江畔，仍乘武胜轮返武昌。一路风浪甚大，汉江苍碧，一望无际，远眺云霞灿烂，虹采耀目，江上风景殊觉宜人。我们在甲板上曼声唱卿云之歌，余音萦绕江上，许久不息，临风披襟，心神为之一爽！

# 金陵的古迹

## 一　鸡鸣寺

由东大参观后，步行游鸡鸣寺，沿途张绿树作幕，铺苍苔作毡，慢慢地上台山（即鸡鸣山），幸而有两旁的杨槐遮赤日，山间的清风拂去炎热。到了半山已望见鸡鸣寺，隐约现于浓荫中。惠和拉着我坐在路旁的一块石上稍息。望下去，只见弯曲的成了一道翠幕张满的道。赤日由树叶的缝里露出印在地下成了种种的花纹。在那倾斜的浓绿山下，时时能听到小鸟啁啾，和她们娇脆的笑声，在山里回音，特别觉着响亮！我同惠和、宝珍并着肩连谈带笑的上山去，约没十分钟的时间，已到了鸡鸣寺前，一抬头就看见对面壁上，画着一幅水淹金山寺的图。寺门上有四个大红字是“皆大欢喜”。进去转了有一二个弯就到了正殿，钟声嘹亮，香烟萦绕，八大罗汉里边，只有二三个穿着新衣服——金装，其余都破衣烂裳，愁眉苦眼，有种很伤心的样子！罗汉中也同时有幸不幸啊！

临窗为玄武湖，碧水荡漾，平静如镜，苍苔绿茵，一望皆青。远山含烟，氤氲云间，我问庙里的道士，说是“幕府山”。窗下一望，可摸着杨柳的顶头，惠风颤荡着，婀娜飘舞，像对着我们鞠躬一样！湖山青碧，景致潇洒，俯仰之间，只觉心神怡然，融化在宇宙自然之中。我们六七个人，聚在一桌吃茶，卧薪伏在窗上慢慢地已睡去，我们同芗蘅谈到北京东岳庙里的鬼，说着津津有味的时候，艾一情先生说，“天晚了走吧！”我们遂出了正殿。我临走的时候，向窗下一望，已披了一层烟云的雾，把湖山风景遮了起来。一路瑟瑟树声，哀婉鸟语，深黑的林内，蕴蓄着无穷的神秘和阴森，台城的左右，都是革命志士的坟墓，白杨萧森，英魂赫濯，一腔未洒完的热血，将永埋在黄土深处？

## 二 明陵

六月二号的清晨，我们由华洋旅馆出发，坐着马车去游明陵，一路乱石满道，破垣颓壁，倾斜路旁，烬余碑瓦，堆成小屋，土人聊避风雨，一种凄凉荒芜景象，令人不觉发生一种说不出的悲哀！行了有三里路，就到了朱洪武的故宫[1]，现在改为古物陈列室。里边的东西很多，但莫有什么很珍贵的，有宋本业寺嘉定经幢，冶山朋八卦石的说明：

> 朝天宫宋为天庆观之玄妙观，又改永寿宫；明洪武十七年，赐令百官朝贺习仪于此，自杨溥以来即为宫观[2]，此石传有四世。又传冶山之清殿下，为明太祖真葬处，石为青石所刻，在美正学堂在东北角治操场，掘得此石。”

方氏荔青轩石刻残石，凤凰台诗碣残石，六朝宫内的禁石础。《凤凰台碑记》，节录如下：

> 金陵凤凰台在聚宝门内花盝冈，南朝宋元嘉中有神爵至，乃置凤凰里，起台于山中……台极壮丽，凭临大江，明初江流徙去，凤去台在，此碑始出土。”

此外尚有多种，不暇细看。有明隆庆井床，旧在聚宝门内五贵桥上。鸡鸣寺甘露井石。铜殿遗迹，系粤匪毁殿时所馀[3]，重十八斤，

---

① 朱洪武：即明代开国皇帝朱元璋，“洪武”为其年号。

② 杨溥（1372—1446），明代大臣，官至武英殿大学士。

③ 粤匪：指太平军。后文的“金田战绩”，指太平军被击溃、清军克复南京。

佛十七座。明报恩寺塔砖（第八层），高一尺四寸，宽一尺，为苏泥制，上镌佛像多尊。大明通行宝钞铜板。六朝法云寺铜观音像，清瑞云寺古藤狮像，此系神奇如活现，上坐佛极庄严活泼，刻工非常精细，高约四尺馀。此外尚有宋朝刀剑数种，梁光宅寺铸名臣铜像。最令人注意的，就是中间所立的方孝孺血迹碑，据云天阴时血迹鲜赤晶莹，有左宗棠书《明靖难忠臣血迹碑记》。在此逗留仅二十分钟，故所得甚少。上述皆当时连看连写，惜未能多留，此团体中旅行之不便处。我出了陈列所的门，她们已都上车，芗蘅仍在车旁等着我。一路青草遍径，田畦皆碧，快到明陵的时候，已看见石人石马，倒倾在荒草间，绿树中已能隐约地望着红墙。我们下车走了进去，青石铺地，苍苔满径，两旁苍松古柏，奇特万状。有治隆唐宋大碑①。尚有美英日俄法意六国保存明陵碑。中国古迹而让外人保存，亦历史怪事。正殿内有明太祖高皇帝像，下颚突出，两耳垂肩，貌极奇怪，或即所谓帝王像，应如此。入深洞，青石已剥消粉碎，洞尽处，一片倾斜山坡，遍植柏槐。登其上，风声瑟瑟，草虫唧唧，小鸟依然在碧茫中，为数百年的英魂，作哀悼之歌！

## 三　紫霞洞

循着孝陵的红围墙下，绕至紫金山前，我一个人离了她们，随着个引路的牧童走去，在崎岖的山石里，浓绿的树荫下，我常发生一种最神妙幽美的感觉。那在草径里，时有黄白蝴蝶翩跹其中，我在野草的叶上捉了一个，放在我的笔记本里夹着。我正走着山石的崎岖，厌烦极了，觉着非常干燥，忽然淙淙的水声，由山涧中冲出，汇为小溪，清可鉴底，映着五色的小石，异常美丽。我遂在一块石头上洗我的手绢，包了一手绢的小石头。我正要往前走，肖严在后边说“等等我”，她来了，我们俩遂随着牧童去。路经石榴院，

① 治隆唐宋碑：明孝陵碑刻之一，碑上“治隆唐宋”四字为清康熙所书。

遍植榴花，其红如染，落英满地，为此山特别装点，美丽无比。

牧童说："看，快到了！"只见一片青翠山峰，岩如玉屏，晶莹可爱！过石桥，拾级而上，至半山已可望见寺院，犬闻足音，狂吠不已。牧童叱之，遂嘿然去。至紫霞道院，逢一疯道人，是由四川峨嵋山游行至此，其言语有令人懂的，有令人百思不解的，其疯与否不能辨，但据牧童说"是不可理，说起话来莫有完"。紫霞道院中有紫云洞，其深邃阴凉，令人神清，有瀑布倒挂，宛然白练，纤尘不染，其清华朗润，沁人心脾！忽有钟声，敲破山中的寂寞，搏动着游子的心弦。飘渺着的白云，也停在青峦，高山流水，兴尽于此。寻旧径，披草莱，回首一望，只见霞光万道随着暮云慢慢的沉下去了。

## 四　莫愁湖

进了华岩庵，已现着一种清雅风姿，游人甚多，且富雅士。楼阁虽平列无奇，但英雄事业，美人香草，在湖中图画、莲池风景内，常映着此种秀媚雄伟，令人感慨靡已！

登胜棋楼，有徐中山王的像[①]，两旁的对联好的很多：

英雄有将相才，浩气钟两朝，可泣可歌，此身合书凌云阁；

美人无脂粉态，湖光鉴千顷，绘声绘影，斯楼不减郁金香。

风景宛当年，淮月同流商女恨；
英雄淘不尽，湖云长为美人留。

六代莺华，并作王侯清净地；

① 徐中山王：指徐达，明代开国功臣，封中山王。

一湖烟水，荡开儿女古今愁。

同惠和又进到西院，四围楼阁，中凿莲池，但已非琼楼绮阁，状极荒凉，有亭额曰“荷花生日”，两旁的对联是：

时局类残棋，羡他草昧英雄，大地山河赢一著；
佳名传轶乘，对此荷花秋水，美人心迹更双清。

对面有楼不高而敞，额曰“月到风来”，惜隔莲池，对联未能看清楚。再上为曾公阁，横额为“江天小阁坐人寰”，中悬曾文正公遗像一幅[1]，对联为：

玳梁燕空，玉座苔移，千古永留凭吊处；
天际遥青，城头浓翠，一樽来坐画图间。

凭窗一望，镜水平铺，荷花映日，远山含翠，荫木如森，真的古往今来，英雄美人能有几何？而更能香迹遗千古，事业安天下，则英雄美人今虽泥灭躯壳，但苟有足令人回忆的，仍然可以在宇宙中永存。余友纫秋常羡慕英雄美人，但未知英雄常困草昧，美人罕遇知音，同为天涯憾事！质之纫秋，以为如何？

壁间有联，如：

红藕花开，打桨人犹夸粉黛；
朱门草没，登楼我自吊英雄。

憾江上石头，抵不住迁流尘梦，柳枝何处，桃叶无踪，转羡他名将美人，燕息能留千古；

问湖边月色，照过了多少年华，玉树歌馀，金莲舞后，收拾这残山剩水，莺花犹是六朝春。

① 曾文正公：即曾国藩。

江山再动，收拾残局，好凭湖影花光，净洗馀氛见休壑；

楼阁周遮，低徊灵迹，中有美人名将，平分片席到烟波。

莫愁小像，悬徐中王像后凭湖的楼上，轻盈妙年，俨然国色，眉黛间隐有余恨，旁有联为：

湖水纵无秋，狂客未妨浇竹叶；

美人不知处，化身犹自现莲花。

因尚有雨花台未游，故未能细睹湖光花影，殊为长恨。莫愁俗人，或以为楼阁平淡，荷池无奇，湖光山色，亦不能独擅胜概。但仁者见仁，智者见智，胸有怀抱的人登临，则大可作毕生逗留！湖光花影，血泪染江山半片，琼楼绮阁，又何莫非昙花空梦！据古证今，则此雪泥鸿爪草草游踪，安知不为后人所凭吊云。

未游秦淮河，未登清凉山。雨花台草厅数间，沙土小石，堆集成丘，除带回几粒晶洁美颜的石子外，其余金田战绩，本同胞相残，无甚可叙，省着点笔墨，去奉敬我渴望如醉的西湖罢！

# 西湖的风景

西湖风景，我怀慕渴望已非一日。在学校，我的朋友多为浙江人，往往月下花前，谈西湖名胜，辄令我神游梦寐在那里，“西湖”已深深地镌印在我的心里，种着很深的苗。所以当时我能把心神都化在那里。在细纹的湖水里，反映出我的影子，我才知道不是梦境的虚幻。但我在西湖逗留了五六天，所得的印影，都如电光一瞬，现在想起来，依然是梦境，所余的仅仅一点模糊回忆。我现在幽居在山城里，窗外雨声淅沥，恼人愁怀。欹斜花影，反映纸上。我披卷握管，预备把我的回忆和当时情形，写在纸上。但这是最令我胆怯的，我的心异常的懦弱，竟使我写不下去。这时候我接到君宇的一封信，他这信是和我谈风景的，中有一段和我现在濡毫难下的情形相同：

“本来人与宇宙，感着的不见得说得出，说出的不见得写得出。口头与笔端所表示的，绝不是兴感的整个。就像我自己，跑遍了半个地球，国内东部各省都走过了。山水之美虽都历历犹在目中，但是要以口或笔形容它们，我总是做不出。有时我也找得最好的诗句，恨笔不在手底不能写出来，然而就是当时笔在手边又何尝写得出呢？好的诗句，是念不出的，更是写不出的。好的风景是画不出的，更是描不出。越是诗人，越多兴感，越觉得描写技短，又何怪你觉你游过的景物不可写出呢？然而我总愿世人应得把他的才能志愿，将宇宙一切图画了出来。你不笑这是个永不能达的妄想吗？”

这信内说的非常透彻，但我准不能为西湖而搁笔，只好尽我的能力做去。

六月五号的下午，我们去游西湖。一望湖水滟潋，一片空明，千峰紫翠；冠山为寺，架木作亭，楼台烟雨，绮丽清幽；昔日观画图恐西湖不如画，今乃知画何足以尽西湖？我们坐着小艇慢慢划着，微风过处，金鳞涌湃，烈日反映，幻作异采。只见碧波茫茫，云天苍苍，远山含翠，若烟若雾，一只小艇飘荡着如登仙境。我们同学都衣裳翩跹，意欲凌仙。惠和穿着极薄的绛纱，永叔服着一套绡裳，映在碧波中未尝不与西子增色！惠文向划船的要了桨，想自己撑，但不料反退了回去！我们都笑起来！两岸绿树之影，映在湖中碧嫩欲滴，我们一齐都唱起《杏花村》来，协着水中反应，声如玉磬。柳扬水面，映着阳光万点，如绢上的云霓宝钻，撒手一幅，采光万道。美哉！西子。

我们到了苏堤东，有洲，洲旁有三塔影入洲中，就是三潭印月。船拢岸上陆，为小瀛洲。四周碧树荫蒙，如遮绿幕，回亭水上，横匾为“饮渌”，联为“一桥虚待山光补，片席平分潭影清”。过假山有亭，横匾为三亭字“亭亭亭”，联为“至此地空邀明月，向谁家秋思，吹残玉笛到三更？记故乡亦有仙潭，看一样湖光，添得石桥长九曲。”此外如：

波上平临三塔影，
湖中倒映一轮秋。

四面山光，湖水，相映皆碧。中有三塔，内分三潭，青山映潭，潭水印月，宇宙之美，即非中秋来此，俯仰之间都是良辰佳景。几排疏柳中，可以望见断桥残雪，几扇翠屏里，可以看着雷峰夕照。仰视青天白云，潭水映影，顿现我像，惜无明月对我，斟酒当歌！莲荷摇曳其上，游鱼游荡于下，小艇一只，撑破荷叶，缓缓渡来，人耶？仙耶？东坡咏西湖有句：

毕竟西湖六月中，风光不与四时同；
接天莲叶无穷碧，映日荷花别样红。

诚然！不到其处，不知古人写景之妙。我来恰在六月（但非阴历），虽荷花未映日，而莲叶接天，一望皆碧。返故道上船，有月门额曰“竹径通幽”，我拉了金环进去一望，只见青竹撑天，曲折九回，从篱中能望见湖水，其明如镜。尚有明孝贤祠，卧薪说无奇，故牺牲不去看。上船又至白云庵，清高宗题为“漪园”[1]。净慈寺里有运木古井，济颠当日曾在此运木，留在井中的，老和尚给我们把烛系在绳端放下去看，真是一块木头在里边。

“南屏晚钟”，南屏在净慈寺之后，正对着苏堤，寺钟一动，山谷皆应。据说是济公的显圣处，因为他曾在净慈寺做过书记。雷峰在净慈寺前，现已倾塌中空。我同孝颜，披蒙茸，拂苍苔，拾级登雷峰。乱石堆集，悬石欲坠；“俗传这里的砖做炉灶可集福，所以现在的砖都被人拿去。”这是惠文告我说的。我只觉四面风来，摇摇欲倒，吹我衣襟，翩然欲飞，阴沉之气扑人欲咽，俯望西湖，银光灿烂。塔为绛色，矗立于碧绿里，反映在湖水中，而其美丽更在夕照时。昔有姓雷的筑庵于此，后吴越王妃黄氏，就此处建塔，遂名雷峰。俗传青白两蛇，镇压塔下，此塔现已倾颓，苟白蛇有能，想早已腾空逸去？

“花港观鱼”，在映波和锁澜二桥的中间。池中有大金鱼，以饼作饵，鱼始现出。茅亭上遍植藤萝，景致幽雅，卧薪在这里请我们吃茶；清凉草香，令人心醉；竹篱外隐约能看见游人的衣衫飘动。上船后到红栎山庄，俗称高庄。两傍竹高丈馀，风过处瑟瑟作响，有一种特别的韵调。我们在高庄的后门等船，只见一只白帆的小艇，慢慢地由断桥下撑来；我眼睛只望着这小船，忽然卧薪在后边叫我去看她买的香珠。从这里上船到水竹居，俗叫刘庄，在隐秀桥西，是香山刘学询所建；它的风景佳丽，可以在联语中看出——

山色湖光，倒影浑成天上下；
花明柳暗，闻香不辨路西东。

---

① 清高宗：即乾隆。下文济颠，即济公。后文清圣祖，即康熙。

泉石亦经纶，揽全湖多少楼台，试大开绮户，遍倚雕栏，对西子新装，如此文章真美丽；

琴尊容啸傲，游佳日联翩裙屐，有万树琪花，四围岚翠，话天台逸事，本来家世即神仙。

其亭台楼阁，花草之美，为湖上庄墅的第一；有藏书处叫望山楼，登其上觉一湾碧水，万叠青山，看烟云变态，共风月清淡，并可以领略万壑中的涛声，六桥间的烟景。

湖心亭是明朝知府孙孟建的，初名“振鹭亭”，清圣祖题“静观万类楼”。如明月一轮镌入碧青，如微云一朵点上河汉：翼然水面，恰在湖心。有“静观万类，天然图画”八字，为清圣祖御书。有联为——

春水绿浮珠一颗，

夕阳红湿地三弓。

游毕湖心亭，遂棹归桨；云山模糊，暮烟朦胧；像撒了满天的红霞，披罩着西子愈增其艳，真是浓装。一种激昂的歌声入耳，徒觉心胸辛酸，半天西湖揽胜凭吊，感慨甚多！迨暮霭迷漫，蓦的一片的时候，我的心又沉在深深的悲哀之渊里。湖水深恨无穷！幸万灯辉煌，已抵第一码头拢船上岸，无精打采的回了我们住的旅社。这是第一天游的西湖，在此暂且收束吧。

六月六号上午参观女师，下午仍游西湖，仍由第一码头上岸。过卧龙桥，两岸杨树丝丝，芦苇瑟瑟，野花一阵阵的香味，送拂襟头，平湖似镜，时闻小鸟啁啾婉转，俨然置身于碧玉池内，映影皆绿。舍舟上陆，有船夫给我们引路，一直向灵隐去。两旁松柏杉杨，茂然荫森，如张绿幕。苍苔草径中时有贞节牌坊，和某府某堂之墓道。由黄土小道，蜿蜒而上，则累累皆荒冢。幽深的环境里常有小鸟婉转唱歌，似安慰千古的孤魂，声极凄凉。慢步同芗蘅、惠和联袂相偕，青石铺道，绿荫林下，时有瀑布如挂练，激在小石中间，发出种自然的韵调，其声淙淙，清凉芬香。日影映地，仅见花纹零乱。惠和谈她们家乡惠山的风景与我听；走了约有五六里，已到灵隐寺的山门，只见两旁古树参天，青碧一片，奇峰特峙，流水环周；旁有理公塔，上为理公岩，晋时西僧惠理至杭，登山见怪石森立，千态各出，曾云“此乃天竺国灵鹫峰之小岭，不知何年飞来?”后遂名飞来峰，亦呼灵鹫峰。山石不杂土壤，山势若浮若悬，小隙中时生瘦藤古木，都是抱石合皮，云霞横生，孔穴贯达。山壁间满镌佛像，山洞内亦供石佛，盈千累万，不计其数；大小粗细，其工不一。洞在山腹，桥当洞口，度桥进洞里，只见岩崖空幻，石骨玲珑，乳泉滴沥，韵音清心，名玉乳洞。又叫一线天；香烟萦绕，供铜佛一尊，和尚以长杆指岩顶裂缝，可见一线天色，故叫一线天。静贞同永叔在洞外摄一影留念。我们又向前行，清溪边，山岩下，石形奇秀，卓立林间。此地风景殊佳，遂同金环、芗蘅在此摄一影，我斜蹲在山峰上，脚下有清泉一股，白石磷磷突然而起。山侧有放生池，池下为冷泉亭，即八景中的“冷泉猿啸”。亭旁联语甚多，有左文襄公一联为①——

在山本清泉，自源头冷起；
入世皆幻峰，从天外飞来。

这亭高不倍寻，广不累大，振前搜胜，真为神仙境地。春天即花碧草香，可以导和纳粹，畅人怀抱；夏天即风冷泉亭，可以蠲烦消暑，兴我幽情；秋冬即山树作盖，岩石为屏，另有一种悲歌激昂的状况，我在亭栏上俯望清溪内怪石昂藏，流泉湍急，游鱼喷沫，碧藻澄鲜，望着飞来峰峭峻嵯岈，宛如一朵千叶莲花，神奇莫名——亭下为石门涧，涧旁有壑雷亭，东为春淙亭。

云林寺，即灵隐寺，在冷泉的北面，晋僧慧理建；现在系清初

---

① 左文襄公：即左宗棠，谥文襄。

僧宏礼重建，为西湖名刹。入正殿见佛高数丈，跪着许多小和尚，两旁的大和尚都披着袈裟，坐着念经。这种生活，亦有趣味。但他们念经时，心未必能专一吧？老和尚木鱼一敲，手中拿着的乐器也叮当的奏起来，念经的声音，也特别洪亮。寺左有罗汉堂，内里有五百个罗汉，也是男女老幼，千态万状，以笑容可掬、慈眉善眼的居多数。灵隐寺的对殿，有一副对联是：

胜境重新，门前峰列如屏，未必飞来不飞去；
优游若昔；亭畔水清可掬，漫论泉冷与泉温。

“天竺韬光”，天色已暮，容后游，遂乘洋车去岳坟，路经栖霞岭，桃溪。岳王庙在栖霞岭下，金碧辉煌，系重建未久，仰庄严之像，不觉凛然。联语甚多，兹择三联为：

暇日矢忠心，千古仰军人矩矱；
栖霞新庙貌，万方拜中国英雄。

专制杀英雄，千载何人雪国耻？
横流遍宇宙，九州无地哭忠魂。

忠孝节义，萃于一门，间拔南宋伤心史；
祠祔尝蒸，昭乎四祀，可绝西湖堕泪碑。

寺左有启忠祠，祀岳父母，旁有五侯及五夫人祠。精忠墓在祠内，其树木皆向南，秦桧、王氏铸铁像，背缚跪于墓前，冢门联为——

宋室忠臣留此冢，
岳家母教重如山。

有精忠柏，相传为岳坟柏树历久变石，真的碧血丹心，草木亦为之感动吗？出岳王庙，见湖内泊一帆船，中坐一人，绝类纫秋，询之诸友，亦谓极像。下船渡跨虹桥已望见苏小的墓[1]！所谓“英雄侠骨儿女柔情”，又点缀在湖山图画中。旁为鉴湖秋墓，草径荒凉，侠气犹存。卧薪说：“这是女界的英雄”，我们后生应该行全礼，我们很恭敬的行了三鞠躬的礼；佳联很多，如：

浙东西冤狱成三，前岳后于，浩气英风侠女子[2]；
湖南北高峰有两，残山剩水，惊魂血泪葬斯人。

共和五载竟前功，英名直抗罗兰，欧亚东西，烈女双烈[3]；
风雨□□还慧业，抔土重依武穆，湖山今古，秋社千秋。

慧文拜谒了秋墓，要去玉泉看金鱼，我们说天晚了明天再游，后来我见她很热心的要去，我们遂把船划到清涟寺。御书为“清涟禅寺”。进门为大雄宝殿，殿后有方池二——即玉泉，清澈鉴底，有五色大鱼数百，映日金鳞耀目，美丽无比！再进内有珍珠泉，再进为鱼乐国，大鱼约有三尺许，以石击之，一翻身，水花四溅！上有洗心亭，凭栏投饵，此为最佳。遂棹归舟，时暮霭笼罩，高歌一曲，余音缭绕水面，晚风拂面，胸襟皆清，此种清凉福几生修到？

昨夜十时余我伏在电灯底下，给北京的朋友写信，写完我正要归寝，忽然淅淅沥沥的落起雨来，滴在芭蕉叶上，奏出很凄凉的音韵。这时景色渐渐淡起来，电灯也惨然无光。由窗外看出去只见黑漆漆一片，雨愈下愈大，我想到一切的旧事，都浮在我的心阈里，烦恼极了。最令我挂念的，就是雨要不止，明天怎样游西湖呢？果然恨事，今天由早晨到下午雨犹未止，且愈下愈大，今日的西湖是不能去了，未免扫兴。并且我们有极短的规定；耽误一天，西湖就

---

① 苏小：即苏小小（479—约502），南北朝时期南齐钱塘名妓，去世后葬于西湖西泠桥畔。下文“鉴湖秋墓”，指鉴湖女侠秋瑾墓。

② 前岳后于：分别指宋代的岳飞和明代的于谦。下文“武穆”，岳飞的谥号。

③ 罗兰：指罗兰夫人，法国女民族英雄。

少游一天，这是多么可惜的事啊！

一直到八号的下午，雨稍止，我才能再见到西湖。别后的怅惘是多么幽怨啊！幸而又能三次与西湖把晤。只见细雨濛濛，湖水微绉，烟雾成霞，山岚抹黛，东坡有诗咏西湖初雨“水光潋滟晴偏好，山色空濛雨亦奇；欲把西湖比西子，淡妆浓抹总相宜”。可知西湖之晴雨皆为佳艳。我不禁欣喜，能看到雨后的西湖！望去如云如烟，似山非山：如月光射到梨花时，由楼上望梨花后之美人，其美在隐约间。船抵葛岭拢岸。

葛岭在宝石山西，相传为葛洪炼丹处。上船后雨已止，惟径湿草滑，花草欣然，欲滴露珠。路旁有荒冢，覆满青碧，旁有白泉涌出，其声淙淙。过兰若精舍，再进杨柳夹道，槐青松香，满山苍翠。岩间有大瀑布冲下，声犹裂帛，洁如绡练。对面有奇峰峙立，俨如一石砌成，上有喜雨亭，一望满湖风景，翠峦如屏，苏堤杨柳，犹自随风飘舞，历历如涌眼底。有联为：“雨后山光分外青，喜看湖水浓于碧。”在此仰视则红旭一轮，俯窥则翠峦千叠，诚为宇宙内之奇观。愈登愈高至顽石亭，无奇可叙。揽灿亭有联为：“江痕斜界东西浙，山色都收里外湖。”能望见全湖，风景历历如画，钱塘如带，横系天边。再上有石碑额曰“渥丹养素”，中有古葛岭院，即葛洪住处。再进为玉皇殿，旁有抱朴庐——抱朴，葛洪之别号，再上为炼丹台，石洞中供葛仙像。登炼丹台，已能全望钱塘。在湖中的小舟，宛如凫鹅游泳。四周碧青，拥护仙寰。有联为“岭上白云千万片，时闻鸾鹤下仙坛”。再上为“观光”，有联为：“晓日初升，荡得山色湖光，试登绝顶；仙人何处，剩有石台丹井，来结闲缘。”此处有关内侯葛洪像。有碑曰初阳台，地处高朗，最宜远眺，每岁十月朔日，可观月日并升。朝吞旭日，夜纳归蟾。湖光浅碧，层峦矗立。登其上，俯视岩下，烟云由脚下生，风声瑟瑟，殊畏衣薄！开旷心胸，无负披荆棘、出岩砾之苦。葛岭左有智果寺，寺旁有杨云友女史墓，南有云龛亭，联有：“雾鬓云裳曾入梦，柳塘花屿对是亭。”

下葛岭即命船至孤山；一屿耸立，四无依联，又名孤屿，环山叠翠，如列屏几案，一镜子湖，澄波千顷；踞全湖之胜，而能爽然四眺。为林和靖隐处，有放鹤亭、巢居阁、林下亭诸胜。那时我极目水云，由低莲内看游鸥，昂首霄汉，想从林亭中放鹤归；处士风流不羁，看破人生真谛，梅妻鹤子，是真能自乐其生。想当年红梅百本，雪鹤一双，潇洒艳福，谁能比此？巢居阁后为林处士墓，有吴惟信题联最佳：

坟草年年一度青，梅花无主自飘零；
定知魂在梅花上，只有春风唤得醒。

墓旁有鹤冢，其形俨然如岳家父子；墓后壁上镌“孤山一片云”五字。后有赵公祠及财神庙。林处士墓侧，马菊香墓前，即为冯小青墓①。小青薄命，遗憾千秋；西湖胜景，春花秋月，皆为赏心悦目之行乐地；但小青葬孤山，遂与西湖另辟一凄凉境界。读其诗如：“新妆竟与画图争，知在昭阳第几名？瘦影自怜春水照，卿须怜我我怜卿。”其哀怨悲婉，我欲为小青大哭。但我今日能凭吊孤冢，怀想美人在夕阳青紫之间者，抑天之不成就小青于当时，正成就小青于千古。

杨庄为前清杨士琦的别业，现属严姓；风景殊佳，有眷属在内。在客厅稍息吃茶后，遂到西泠印社。内祀丁敬，为印学浙派所宗，丁仁、叶铭、吴隐、王寿祺所创立；内有假山小池，结构精巧。由草径中看见石上镌有“清心佳镜”四字，遍植修篁，上有茅亭。再上为仰贤亭，豁然开朗，风景幽秀；水中有石刊“西泠印社”四字，旁有敬身先生石像，有石碑上刊：

古极龙泓像，描来影欲流，看碑伸鹤颈，柱杖坐苔矶，世外隐君子，人间大布衣，似寻蝌蚪文，苍颉庙中题。（袁枚题）

---

① 林处士：指林逋；马菊香：宋代才女；冯小青：明代才女。

再进有茅亭，名曰“剔藓”，再上即为观乐楼，及四照阁，阁上有叶翰仙女史所撰；

面面为情，环水抱山山抱水；
心心相印，因人传地地传人。

此外尚有泉唐丁不识所撰一联：

亞字阑，卍字墙，丁字箔，心字香，翼然井然，咸宜左右；

东瞰日，西瞰月，南瞰山，北瞰水，高也明也，宛在中央。

壁间无名诗一首：

搔首乾坤几醉醒，年来游屐未曾停；
双柑斗酒孤山路，一片风云护落星。
六桥三竺两模糊，野鹤寒梅一屿孤；
删尽繁华归淡泊，寥寥千载一林逋。

山顶荷池，颇宜消夏；湖中风景，此为最佳，因俯瞰环眺，在在皆为胜境，竹韵荷香，总是雅人深致。

公园即行宫改建，复阁回廊，周环相通，凿石为基，削岩成壁，导水成池，植花成幄，以湖山自然为胜，略加人工，其富艳可想。渡桥登山，到后边，宫殿建山上，含岩石于殿中，注清泉于座下，一室之中，山水奇观毕具。左右高楼，近可以挹湖光，远可以吞山色，惜现多倾颓，已非旧观。

平湖秋月，为十景中之一，前临外湖，旁构重轩，曲栏画槛，直挹波际；想秋月圆时其风景之美，始能全现；乍视觉一湖濛潋，几栏回廊，是无足奇。额曰“湖天一碧”，有彭玉麟一联为：

凭栏看云影波光，最好是红蓼花疏，白蘋秋老；
把酒对琼楼玉宇，莫孤负天心月到，水面风来。

平湖秋月，来时非秋更无月，故无景；断桥残雪，来时非冬更无雪，故无景；草径中虫鸣，湖岸旁蛙叫；暮夜清风，飘荡湖中，凝眸望去，俨然海上神山，隐约恍惚于缥渺虚无之间；望岸上明灯千盏，我又归繁华境地，作无味敷衍的生活，非我所欲的生活啊！

湖上风景，已游其大概；惟异境多在山中人迹罕至之处，故今日之游，舍船用竹轿，游行万岩中，希望探窥深幽间的妙处。缘着里湖，白堤，过卧龙山庄、白莲祠而抵葛岭山脚、时天气阴沉，空气清爽，两旁杨柳，碧绿夹道，落花铺地，鸟语如簧，竹轿拂杨披柳，隐约望之，俨然人入画图中！坐轿中不如地行舒适，且无谈伴，幸蝉声抑扬林间，如慰我的沉闷！过玛瑙寺未入内，在此能望见初阳台上顶；黄牛踟蹰于芳草中间，石像已生满苔藓，倒卧草中；在在皆为极雅致之风景。绕岳庙栖霞岭到香山小洞，小湖碧青四环，岸上柳，湖中影，一样碧绿，人影反映，亦浸成绿色，俨然游于翠玉浴池！有殿供金佛数尊，洞中供观世音，建于洞壁上，玉乳下滴，幽深清凉，令人生惧心！旁有小楼数间，为夏日避暑地，清凉如秋。上轿过清溪稻田，万顷青碧，野花小草间，时有白黄蛱蝶飞舞其间。路旁峭岩削壁，万骨嶙峋，山势既高，故轿行亦慢，上下振动的速度逐增加。枫叶朱染，映在碧绿的林内，红艳可爱！山坡有花，白黄相间，问轿夫，他说是栗子花。轿抵紫云洞落下，有石坊额曰“紫云胜境”，有联为“灵鬼灵山风马云车历历，一丘一壑玉阶凉夜愔愔”。缘石阶上去，有寺名智禅寺，再进为大雄宝殿。旁有小门，额曰“洞天福地”，进小门陡觉阴深幽凉，顿使罗衣生寒，缘怪石下去，峭耸嵌空，奇崖削壁，色如暮云凝紫，几疑身入仙府！从洞口下石级二十余，隆然如堂，内外明朗；岩间玉乳滴沥，声如玉碧。空中石楼倒垂，上设峻槛，拾级上，在岩洞中供西方三圣神像，张颂元题“云根净土”于其上。中有泉方可三尺，水极清澈，深不可测，名“七宝泉”。石上满生苍苔，油绿可爱。此洞状既幽深，石都嶙峋，清凉彻骨，寒沁胸襟，真夏季的福地，西湖山中妙景此其一。壁上石刊诗数首，择一录如下：

黄龙带左栖霞右，牝洞居然踞路中；
未可鸣鞭过弗入，春风坐似拂秋风。

下山时在稻田中有一碧头红嘴的小鸟，在水里喝水，见我的轿子过去，她走近两步向我点点头，飞着向碧林中去了！小鸟呵！你认识的故人吗？在我的家乡梅树的枯枝上，我在前二年曾看见一只碧头红嘴的小鸟，在那里啁啾；一天，就飞去永没有再回来；今天这小鸟似非似是，令我不解。但宇宙间事物只可遇之无意中，又何必斤斤然去计较是非呢？当时引起我不少的感想来——我只顾想着这最虚无缥缈的幻想，已经过了灵隐寺，一直上韬光去。一路落花沉涧，鸟语如簧，竹韵涛声，别饶风致！缘石阶曲折而上，有石亭，额匾“韬光”两字，再登为韬光禅寺，入内有引水处，金莲池，鹤岭，风景幽雅，读书其中，真能足迹不到城市。再上为吕金仙宗祠，两峰夹峙，翠螺如黛。再上为观海楼，有高宗御书“云岑日观”，有骆宾王之“楼观沧海日，门对浙江潮”。登此真觉海阔天空，别开眼界。再上为炼丹台，有吕仙洞，嵌“丹崖空洞”四字。崖下有水，点滴如乳泉，有老和尚向我们谈吕洞宾故事，颇津津有味。云烟苍茫，风高衣寒，身体摇摇欲坠，几欲飞去！真是“岭树湖云沉足底，江潮海日上眉端”，依稀能看见一线沧海。北高峰我本欲去，后惠和说“不用去吧，太高了”！下山时枫叶遍落山涧，红艳可爱！我择了几叶夹到书里。林中徐步，翠幕下甚觉清凉，蟹雷亭前瀑布，因雨后更觉美丽，有联如：

飞瀑停水，迹在名山偏耐冷；
巨雷纵蟹，心如止水总无惊。

据卧薪告我，北高峰上有景晖亭，亭中有碑，人登其上，如入云中，四面风拂，袖袂生寒，望见西湖如丸，钱塘江已全如了掌。

十二时我们在灵隐寺旁的饭店，略吃点点心；吃完饭遂乘轿到天竺去。先到下天竺自灵隐寺至天门，周围数十里，两山相夹，峦岫重裹，林壑之美，实聚于下天竺。入内香烟萦绕，嗅之欲醉，有许多太太们拿着香烛进香。观音殿上有仙山一座，上有多神，男女皆有；再进为大佛殿，有子孙娘娘，神龛前有许多小孩。庙前有无数香铺，想都是很兴旺的生意！一路上进香的妇女，都联络不绝于道，或坐轿或走。中天竺距下天竺约一里路，法真寺中有池碧青，非金鱼似鲫鱼，长约尺许，亦皆五色。上天竺我们因为都是庙和佛殿，并且听轿夫说和中天竺、下天竺相同，所以我们决计不去上天竺；去龙井山去。

当我轿子过那青翠的山时，我不禁觉着我现时的心太繁杂了，充满了人间的污点同烦闷。我想在西湖的山川里，一濯我二十年来沾染的人间污点。但我的心是最懦弱不过的；我的身体是不自由的。为了白发的双亲期望和爱恋，我只得在那万恶的深渊里浮沉去，人间的丝已缚得我紧紧的，我斩不断我天性中的爱恋啊！万绿丛中我在轿里想着，这样多风景，也是一时的印痕，如电光一般的过去了。离合聚散，都在这一瞥里，明天我将要别了我永久爱恋的西湖去；白香山说："未能抛得杭州去，一半勾留为此湖。"我不禁也感到这种痛苦，愿留着我未尽的西湖，作我他日的逗留。

两岸稻田秧穗，一束束在水的浅处浸着，前面屏着青翠的山，旁边临着碧绿的泉；天上啊？人间？每一个枝头，都留我一点粉屑碎了的心在里边。过路里鸡龙山的中间，有庙正在唱戏，观者很多。时时能看见草里的荒冢，山坡下有几间瓦房，小鸡都散在坡下的草地上觅食。其间花香扑鼻，水声淙淙，竹韵瑟瑟，这好景在我的脑海里已堆集成好几会，所以使我更觉着模糊！不觉间已到龙井，亭曰"过豁亭"，有泉自山巅冲下，汇成小溪，绿萍满覆，旁有茅屋数间。抵龙井寺，遂下轿，见墅上碑字已模糊不能辨，再进，匾为"引人入胜"，壁上有"风篁余韵"，"爱其瑰青"，皆高宗御笔。圆洞中出泉，激成瀑布，如练下奔。井水供品茶用，有"钟灵毓秀"刊石上，有"龙泉试茗"刊其崖顶，山石成阶，琢自天成；有极大山洞，石洁如玉，雨后润泽欲滴。右行有小亭，有康有为题"江湖一勺亭"；茶树尚在狮子峰，距此尚有二里遥。至小亭稍憩，茶淡而香。亭上可观西湖之一角，白银一片，民房如鳞，清风徐来，心胸皆醉，竹韵泠然，如置身清凉画图中。

轿行山下，蜿蜒而上，俯视下方，云烟脚底；至绝顶，同学辈皆下轿步行，隐约碧绿中衣衫鲜丽。抵烟霞洞，旁有石极光滑，皆山水浸泽的缘故。绿槐修竹，张天如幕，阶级登其顶，有“烟霞此地多”五字嵌石壁内。有诗刊石上：“初入烟霞片乱无，老僧学信住茅屋，往来三十余年后，琼岛瑶台曲径铺，久仰名山幽境寻，六旬有二惯登临，自来小住清阁课，煮茗浇花乐更深。”壁皆满刊佛像，如飞来峰，有洞甚深，轿夫云内有蛇，故未敢进去。壁刊“天留胜地”四字。再上为陟屺亭，有联为“得来山水奇观，与君选胜；对此烟霞佳景，使我思亲”；山壁上有“佛地诗情”。登此一望，群峦列笏，迎风长啸，修竹万竿，幽寂高岑。我觉西湖各风景，此为我最爱。有吸江亭，旁有题词为：“学信开士新辟一亭，自烟霞洞凿石通径而上；远吞山光，俯挹江潮，往来空气呼吸可通，请题额，以吸江称之。”有联为：“四大空中独留云往，一峰缺处远看潮来。”远望旭日出海，江湖涌金，晓雾成霞，山岚抹黛，烟云冉冉，生于脚下；幽壑深林，风景特殊，我不禁留恋久之！下有双栖冢，系周兑枳与其夫人金凤藻女士合葬于此。再上为师复墓，师复为世界语学者，社会主义宣传者，创晦鸣学舍世界语研究会，发刊《民声》杂志，后呕血死，葬于此地。有卧狮阁，因匆匆下未探其秘，至洞口有慧文同孝琪购茶。我拾级下，俯望万绿荫遮，烟霞丛生，瀑流喷薄，坠玉飞珠，涧水深幽，调笙鼓瑟，仰视可摸罗松之末，缥渺入云。那时我的灵魂不禁出云霄而凌驾烟霞，冉冉扶摇直上！再上为南高峰，为经济时间未暇登其巅。乘轿过夕岚亭，对面为“南高揽胜”，登南高必经之途。时已夕阳西下，赤日已敛其光辉，清风徐来，胸襟豁然开朗；山坡下有白羊游于碧草间，山崖中有鸡觅食稻粟，有携筐村女，其清艳不带俗相，岂亦西湖之钟秀欤？

大仁寺内有石屋洞，壁刊“印心石屋”，洞门嵌“沧海浮螺”，崖如刀削，嶙峋作顶，上刊无数佛像。池中有清红小石，晶莹可爱，水清可鉴底，有□飞仙，系裸体女神，面相向嵌两壁顶上。有汇真泉，再上有乾坤洞小石屋，奇石卧地，圆滑可鉴。再上为青龙洞，蜿蜒深入，惟惜时间已暮，故未能尽兴探奇，今回忆之殊甚怅怅！出此洞一路秀峰削立，小溪横流，抵定慧禅寺，山门有石塔旁立，高约五尺。无山不青，无水不韵；石涧中涌泉，喧声如西子呢喃！于荫清凉，杜鹃啁啾；美景皆是，惜我无生花妙笔。佛殿内有方池，宽长各二尺，水取之不竭，亦不溢出，名虎跑泉，壁上有东坡题诗，已模糊，不过尚可观其大概为：

紫李黄瓜村路香，乌纱白葛道衣裳；
凉避门野寺松荫，转敧枕风轩梦长。
因病得闲殊不恶，心安是药更无方；
道人不惜阶前水，惜与匏樽自去尝。

后有济祖道院，再进为紫金罗汉阿那尊者济公佛祖的塔。游完至亭稍憩，略品虎跑清泉，遂出寺。一路风来夜寒，碧崖翠峦皆笼罩在烟云中。蝉声喧谷，山林欲眠，湖水苍碧，雷峰默立；崖中隐约间吐出烟云，遮遍湖中。暮云四合，晚景模糊，山水烟云浑成一片，我在此共游四次，而湖光山色，峰峦叠翠，在在皆觉恋人。我在船中只觉着山色依依，尚知不舍，湖水漾漾，宛若留人；可怜我："征途行色惨风烟，祖帐离声咽管弦"，"处处回首尽堪恋，就中离别是湖边"。把白香山别西湖的诗，拿来表我当时的情形。

# 龙潭之滨[①]

细雨蒙蒙里，骑着驴儿踏上了龙潭道。

雨珠也解人意，只像沙霰一般落着，湿了的是崎岖不平的青石山路。半山岭的桃花正开着，一堆一堆远望去像青空中叠浮的桃色云；又像一个翠玉的篮儿里，满盛着红白的花。烟雾迷漫中，似一幅粉纱，轻轻地笼罩了青翠的山峰和卧崖。

谁都是悄悄地，只听见得得的蹄声。回头看芸，我不禁笑了，她垂鞭踏蹬，昂首挺胸的像个马上的英雄；虽然这是一幅美丽柔媚的图画，不是黄沙无垠的战场。

天边絮云一块块叠重着，雨丝被风吹着像细柳飘拂。远山翠碧如黛。如削的山峰里，涌出的乳泉，汇成我驴蹄下一池清水。我骑在驴背上，望着这如画的河山，似醉似痴，轻轻颤动我心弦的凄音；往事如梦，不禁对着这高山流水深深地叹了一口气！

惭愧我既不会画，又不能诗，只任着秀丽的山水由我眼底逝去，像一只口衔落花的燕子，飞掠进深林。

这边是悬崖，那边是深涧，狭道上满是崎岖的青石，明滑如镜，苍苔盈寸；因之驴蹄踏上去一步一滑！远远望去似乎人在峭壁上高悬着。危险极了，我劝芸下来，驴交给驴夫牵着，我俩携着手一跳一窜的走着。四围望不见什么，只有笔锋般的山峰像屏风一样环峙着：涧底淙淙流水碎玉般声音，好听似月下深林，晚风吹送来的环珮声。

---

① 此篇与下一篇，原总题《烟霞余影》。原刊 1925 年 8 月 5 日《京报副刊·妇女周刊》第 34 号。

跨过了几个山峰，渡过了几池流水，远远地就听见有一种声音，不是檐前金铃玉铎那样清悠意远，不是短笛洞箫那样凄哀情深，差堪比拟像云深处回绕的春雷，似近又远，似远又近的在这山峰间蕴蓄着。芸和我正走在一块悬岩上，她紧握住我的手说：

"蒲：这是什么声音？"

我莫回答她：抬头望见几块高岩上，已站满了人，疏疏洒洒像天上的小星般密布着。苹在高处招手叫我，她说："快来看龙潭！"在众人欢呼声中，我踟蹰不能向前：我已想着那里是一个令我意伤的境地，无论它是雄壮还是柔美。

一步一步慢腾腾的走到苹站着的那块岩石上，那春雷般的声音更响亮了。我俯首一望，身上很迅速的感到一种清冷，这清冷，由皮肤直浸入我的心，包裹了我整个的灵魂。

这便是龙潭，两个青碧的岩石中间，汹涌着一朵一片的絮云，它是比银还晶洁，比雪还皎白；一朵一朵的由这个山层飞下那个山层，一片一片由这个深涧飘到那个深涧。它像山灵的白袍，它像水神的银须；我意想它是翠屏上的一幅水珠帘，我意想它是裁剪下的一匹白绫。但是它都不能比拟，它似乎是一条银白色的蛟龙在深涧底回旋，它回旋中有无数的仙云拥护，有无数的天乐齐鸣！

我痴立在岩石上不动，看它瞬息万变，听它钟鼓并鸣。一朵白云飞来了，只在青石上一溅，莫有了！一片雪絮飘来了，只在青石上一掠，不见了！我站在最下的一层，抬起头可以看见上三层飞涛的壮观：到了这最后一层遂汇聚成一池碧澄的潭水，是一池清可见底，光能鉴人的泉水。

在这种情形下，我不知心头感到的是欣慰，还是凄酸？我轻渺像晴空中一缕烟线，不知是飘浮在天上还是人间？空洞洞的不知我自己是谁？谁是我自己？同来的游伴我也觉着她们都生了翅儿在云天上翱翔，那淡紫浅粉的羽衣，点缀在这般湖山画里，真不辨是神是仙了。

我的眼不能再看什么了，只见白云一片一片由深涧中乱飞！我的耳不能再听什么了，只听春雷轰轰在山坳里回旋！世界什么都莫有，连我都莫有，只有涛声絮云，只有潭水涧松。

芸和苹都跑在山上去照像。掉在水里的人的嘻笑声，才将我神驰的灵魂唤回来。我自己环视了一周山峰，俯视了一遍深潭，我低低喊着母亲，向着西方的彩云默祷！我觉着二十余年的尘梦，如今也应该一醒；近来悲惨的境遇，凄伤的身世，也应该找个结束。萍踪浪迹十余年漂泊天涯，难道人间莫有一块高峰，一池清溪，作我埋骨之地。如今这絮云堆中，只要我一动足，就可脱解了这人间的樊篱羁系；从此逍遥飘渺和晚风追逐。

我向着她们望了望，我的足已走到岩石的齿缘上，再有一步我就可离此尘世，在这洁白的潭水中，谫浣一下这颗尘沙蒙蔽的小心，忽然后边似乎有人牵着我的衣襟，回头一看芸紧皱着眉峰瞪视着我。

“走吧，到山后去玩玩。”她说着牵了我就转过一个山峰，她和我并坐在一块石头上。我现在才略略清醒，慢慢由遥远的地方把自己找回来，想到刚才的事又喜又怨，热泪不禁夺眶滴在襟上。我永不能忘记，那山峰下的一块岩石，那块岩石上我曾惊悟了二十余年的幻梦，像水云那样无凭呵！

可惜我不是独游，可惜又不是月夜，假如是月夜，是一个眉月伴疏星的月夜，来到这里，一定是不能想不能写的境地。白云絮飞的瀑布，在月下看着一定更美到不能言，钟鼓齐鸣的涛声，在月下。听着一定要美到不敢听。这时候我一定能向深潭明月里，找我自己的幻影去；谁也不知道，谁也想不到：那时芸或者也无力再阻挠我的清兴！

雨已停了，阳光揭起云幕悄悄在窥人；偶然间来到山野的我们，终于要归去。我不忍再看龙潭，遂同芸、苹走下山来，走远了，那春雷般似近似远的声音依然回绕在耳畔。

# 翠峦清潭畔的石床

黄昏时候汽车停到万寿山，揆已雇好驴在那里等着。梅隐许久不骑驴了，很迅速的跨上鞍去，一扬鞭驴子的四蹄已飞跑起来，几几乎把她翻下来，我的驴腿上有点伤不能跑，连走快都不能，幸而好是游山不是赶路，走快走慢莫关系。

这条路的景致非常好，在平坦的马路上，两旁的垂柳常系拂着我的鬓角，迎面吹着五月的和风，夹着野花的清香。翠绿的远山望去像几个青螺，淙淙的水音在桥下流过，似琴弦在月下弹出的凄音，碧清的池塘，水底平铺着翠色的水藻，波上被风吹起一弧一弧的皱纹，里边游影着玉泉山的塔影；最好看是垂杨荫里，黄墙碧瓦的官房，点缀着这一条芳草萋萋的古道。

经过颐和园围墙时，静悄悄除了风涛声外，便是那啼尽兴亡恨事的暮鸦，在苍松古柏的枝头悲啼着。

他们的驴儿都走的很快，转过了粉墙，看见梅隐和揆并骑赛跑；一转弯掩映在一带松林里，连铃声衣影都听不见看不见了。我在后边慢慢让驴儿一拐一拐的走着，我想这电光石火的一刹那能在尘沙飞落之间，错错落落遗留下这几点蹄痕，已是烟水因缘，又哪可让它迅速的轻易度过，而不仔细咀嚼呢！人间的驻停，只是一凝眸，无论如何繁缛绮丽的事境，只是昙花片刻，一卷一卷的像他们转入松林一样渺茫，一样虚无。

在一片松林里，我看见两头驴儿在地上吃草，驴夫靠在一棵树上蹲着吸潮烟，梅隐和揆坐在草地上吃葡萄干；见我来了他们跑过来替我笼住驴，让我下来。这是一个墓地，中间芳草离离，放着一个大石桌几个小石凳，被风雨腐蚀已经是久历风尘的样子。坟头共有三个，青草长了有一尺多高；四围遍植松柏，前边有一个石碑牌坊，字迹已模糊不辨，不知是否奖励节孝的？如今我见了坟墓，常起一种非喜非哀的感觉；愈见的坟墓多，我烦滞的心境愈开旷；虽然我和他们无一面之缘，但我远远望见这黑色的最后一幕时，我总默默替死者祝福！

梅隐见我立在这不相识的墓头发呆，她轻轻拍着我肩说："回来！"揆立在我面前微笑了。那时驴夫已将驴鞍理好，我回头望了望这不相识的墓，骑上驴走了。他们大概也疲倦了，不是他们疲倦是驴们疲倦了，因之我这拐驴有和他们并驾齐驰的机会。这时暮色已很苍茫，四面迷蒙的山岚，不知前有多少路？后有多少路；那烟雾中轻笼的不知是山峰还是树林？凉风吹去我积年的沙尘，尤其是吹去我近来的愁恨，使我投入这大自然的母怀中沉醉。

惟自然可美化一切，可净化一切，这时驴背上的我，心里充满了静妙神微的颤动；一鞭斜阳，得得蹄声中，我是个无忧无虑的骄儿。

大概是七点多钟，我们的驴儿停在卧佛寺门前，两行古柏萧森一道石坡欹斜，庄严黄红色的穹门，恰恰笼罩在那素锦千林，红霞一幕之中。我踱过一道蜂腰桥，底下有碧绿的水，潜游着龙眼红鱼，像燕掠般在水藻间穿插。过了一个小门，望见一大块岩石，狰狞像一个卧着的狮子，岩石旁有一个小亭，小亭四周，遍环着白杨，暮云里蝉声风声噪成一片。

走过几个院落，依稀还经过一个方形的水池，就到了我们住的地方，我们住的地方是龙王堂。龙王堂前边是一眼望不透的森林，森林中漏着一个小圆洞，白天射着太阳，晚上照着月亮；后边是山，是不能测量的高山，那山上可以望见景山和北京城。

刚洗完脸，辛院的诸友都来看我，带来的糖果，便成了招待他们的茶点；在这里逢到，特别感着朴实的滋味，似乎我们都有几分乡村真诚的遗风。吃完饭，我回来时，许多人伏在石栏上拿面包喂鱼，这个鱼池比门前那个澄清，鱼儿也长的美丽。看了一回鱼，我们许多人出了卧佛寺，由小路抄到寺后上山去，揆叫了一个卖汽水点心的跟着，想寻着一个风景好的地方时，在月亮底下开野餐会。

这时候暝色苍茫，远树浓荫郁翁，夜风萧萧瑟瑟，梅隐和揆走着大路，我和云便在乱岩上跳蹿，苔深石滑，跌了不晓的有多少次。经过一个水涧，他们许多人悬崖上走，我和云便走下了涧底，水不深，而碧清可爱，淙淙的水声，在深涧中听着依稀似嫠妇夜啼。几次回首望月，她依然模糊，被轻云遮着；但微微的清光由云缝中泄漏，并不如星夜那么漆黑不辨。前边有一块圆石，晶莹如玉，石下又汇集着一池清水。我喜欢极了，刚想爬上去，不料一不小心，跌在水里把鞋袜都湿了！他们在崖上，拍着手笑起来，我的脸大概是红了，幸而在夜间他们不曾看见；云由岩石上踏过来才将我拖出水池。

抬头望悬崖峭壁之上，郁郁阴森的树林里掩映着几点灯光，夜神翅下的景致，愈觉的神妙深邃，冷静凄淡；这时候无论什么事我都能放得下超得过，将我的心轻轻底捧献给这黑衣的夜神。我们的足步声笑语声，惊的眠在枝上的宿鸟也做不成好梦，抖战着在黑暗中乱飞，似乎静夜旷野爆发了地雷，震得山中林木，如喊杀一般的纷乱和颤噤！前边大概是村庄人家吧，隐隐有犬吠的声音，由那片深林中传出。

爬到山巅时，凉风习习，将衣角和短发都吹起来。我立在一块石床上，抬头望青苍削岩，乳泉一滴滴，由山缝岩隙中流下去，俯视飞瀑流湍，听着像一个系着小铃的白兔儿，在涧底奔跑一般，清冷冷忽远忽近那样好听。我望望云幕中的月儿，依然露着半面窥探，不肯把团圆赐给人间这般痴望的人们。这时候，揆来请我去吃点心，我们的聚餐会遂在那个峰上开了。这个会开的并不快活，各人都懒松松不能十分作兴，月儿呢模模糊糊似乎用泪眼望着我们。梅隐躺在草上唱着很凄凉的歌，真令人愁肠百结；揆将头伏在膝上，不知他是听他姐姐唱歌，还是膜首顶礼和默祷？这样夜里，不知什么紧压着我们的心，不能像往日那样狂放浪吟，解怀痛饮？

陪着他们坐了有几分钟，我悄悄的逃席了。一个人坐在那边石床上，听水涧底的声音，对面阴浓萧森的树林里，隐隐现出房顶；冷静静像死一般笼罩了宇宙。不幸在这非人间的，深碧而窅渺的清潭，映出我迷离恍惚的尘影；我卧在石床上，仰首望着模糊泪痕的月儿，静听着清脆激越的水声，和远处梅隐凄凉入云的歌声，这时候我心头涌来的凄酸，真愿在这般月夜深山里尽兴痛哭；只恨我连这都不能，依然和在人间一样要压着泪倒流回去。蓬勃的悲痛，还让它埋葬在心坎中去展转低吟！而这颗心恰和林梢月色，一样的迷离惨淡，悲情荡漾！

云轻轻走到我身旁，凄（然）的望着我！我遂起来和云跨过这个山峰，忽然眼前发现了一块绿油油的草地。我们遂拣了一块斜坡，坐在上边。面前有一棵松树，月儿正在树影中映出，下边深涧万丈，水流的声音已听不见；只有草虫和风声，更现的静寂中的振荡是这般阴森可怕！我们坐在这里，想不出什么话配在这里谈，而随便的话更不愿在这里谈。这真是最神秘的夜呵！我的心更较清冷，经这度潭水涛声洗涤之后。

夜深了，远处已隐隐听见鸡鸣，露冷夜寒，穿着单衣已有点战栗，我怕云冻病，正想离开这里；揆和梅隐来寻我们，他们说在远处望见你们，像坟前的两个石像。

这夜里我和梅隐睡在龙王堂，而我的梦魂依然留在那翠峦清潭的石床上。

# 《妇女周刊》发刊词

光明灿烂的地球上，确有一部分的人，是禁锁幽闭，蜷伏在黑暗深邃的幕下；悠长的时间内，都在礼教的桎梏中呻吟，箝制的淫威下潜伏着。展开过去的历史，虽然未曾泯灭尽共支人类的女性之轴，不过我们的聪明智慧，大多数都努力于贤顺贞节，以占得一席，目为无上光荣。堪叹多少才能都埋没在柴米油盐，描鸾绣凤，除了少数垂帘秉政的政治家，吟风弄月的文学家。

至少我们积久的血泪，应该滴在地球上，激起同情；流到人心里，化作忏悔。相信我们的“力”可以粉碎桎梏！相信我们的“热”可以焚毁网罟！

数千年饮鸩如醴的痛苦，我们去诉述此后永久的新生，我们去创造。

战栗的——不避畏浅薄，握破笔蘸血泪的尝试了。惭愧我们的才学，不敢效董狐之笔；但我们的愚志，希望如博浪之椎。我们的努力愿意：

一、粉碎偏枯的道德

二、脱弃礼教的束缚

三、发挥艺术的天才

四、拯救沉溺的弱者

五、创造未来的新生

六、介绍海内外消息

大胆在荆棘黑暗的途中燃着这星星光焰，去觅东方的白采，黎明的曙辉。抚着抖颤的心，虔诚向这小小的论坛宣誓：

“弱小的火把，燎燃着世界的荆丛；它是猛烈而光明！细微的呼声，振颤着人类的银铃；它是悠远而警深！”

（原刊1924年12月10日《京报副刊·妇女周刊》第1期）

# 再读《兰生弟的日记》

八月底从山城到北京的第二日，在朋友案头看见了沙漠中满载归来的骆驼，那夜和翌晨读完了《兰生弟的日记》。莫有什么话可表示我那时的心境，似乎是在一种不宁静的心情中，更添加了几许人间共有的惆怅！

过了几日在书摊上又看见那青衣白签的单行本，在万紫千红各色都有的新书堆里，它为什么那样清淡那样孤独呢！直觉的给与我一种悲绪后，买了一本归来。白天我是勤苦的工作着，晚间夜静，在灯下我咽着自己的悲哀，再读《兰生弟的日记》。

真不知道是怎样过去的，如我们现在这种繁剧压迫愤怒恐怖中的生活。我们的生命是沉下去，沉下去，沉到不可深测的洞底去了。在悲哀，颓丧，肤浅，懒惰中悄悄走过去的，也许是我们这莫有力，莫有声，莫有动的空洞的生命罢！

这年头儿，我们都是咽着泪，流着血，按着创痛，鼓着余勇，在枪炮场中，尸骨堆里，找寻理想的绿洲的人群。假使成功胜利是建筑在失败绝望的基础上，那么我们是应该怎样燃烧着内心的希望，向黑暗的，崎岖的，荆棘丛生的道路中摸索着去，更深更深的人生内寻求光明呢。《兰生弟的日记》中告诉我们的，或者就是这些。

厨川白村说艺术的天才，是将纯真无杂的生命之火红焰焰地燃烧着的自己，就照本来面目投给世间。把横在生命的跃进的路上的魔障相冲突的火花，捉住它呈献于自己所爱的面前，将真的自己赤裸的忠诚的整个的表现出。

我读完《兰生弟的日记》后，使我认识了自己生命力量的无限。一直到现在，我都感谢作者所指示所给与的是那样丰富而充实。我比拟它如一只小小的慈航，在瀚海汪洋中，作我们多少青年的摆渡，使我们在波浪汹涌的海上有了平静的强毅的把舵的力量，和进行的方向。作者所表现的是我们这现在的世界内，他的人格和个性在环境中冲击出的火花，他整个把内心经验的总量供献告诉给我们后，他又去更深更深的去处追求着，他是认识了生命，欲将生命安置在他理想的眠床上而努力的人。

谁也说文学家们的小说似乎不能坚认为诚实。所以最率真坦白能表现了自己的，还须在日记和尺牍中，比较能找到。这本《兰生弟的日记》，是一种告白录的体裁，是近代人所最流行的。内容很简单，是主人翁罗兰生寄给薰南姊告白恋爱的一封信。仿佛兰生弟是一个多愁多病林黛玉式的青年，然而他却又是世界上最有力量，最有勇气，最能容忍，最能奋斗，百战中经烂熟的一位英雄。如：

> 今天搬家了！五个月的生活沉溺到不可超度。拍拍身子满是锈屑，朝上收拾行李时衷肠百结。临别时我真欲哭，……脱去旧皮必定有血斑淋漓的苦痛的，我须耐得住这个苦痛！

> ……我说人是战胜一切而生存的。我对你说我和失恋战，和失学战，和贫困战，和病苦战，到处都是苦战。……

> ……天上的神！你为什么如此苛酷？你一步一步逼到我如此！逼到我发狂，我忍住！我咬定牙齿忍住。我从死中求生，求光明，求爱！但是仍旧一步一步逼到我死，到黑暗，到绝望！

> ……我离死期不远了，但是我自己还莫有决心自杀，我在那个时期体验到失了一切光明，失了一切希望的人还不能对于现世否定生存欲的那种人类的确执性。我在那个时期意识到自己虽是力竭声嘶还不肯放手，硬要和现实抓攫胜负。

> ……我匆匆告别回来，走进宿舍，何以说不出理由的流了

> 很久很久的眼泪！岛崎藤村在一部作品里说主人公初入社会时往往泪流满颊的。我那天的眼泪否则也无从说明理由起。

这点滴着血泪的人生，兰生弟是怎样挣扎着去追求他的幻梦。似乎大海中的扁舟，一个大浪滚卷在雪花中了，浪落下时扁舟又颠覆在另一个大浪里。如斯一浪接一浪，他的生命的光荣和富丽，都在这起落的雪花中飞舞着闪烁着！这是多么值得赞美敬佩的精神！

我是信仰恋爱专一有永久性的，我是愿意在一个杯里沉醉或一个梦里不醒的。假使我的希望作了灰，我便将这灰包裹了我这一生；假使我的希望陷落在深涧底，我愿我的心化作了月亮，永久不离的照着这深涧的。最令我敬佩的，便是兰生弟也是在这方面努力的人。他的爱是和他的生命一样，皈依在上帝的神座下永久祈祷着！

> 八月二日那天醒来时觉得做着了你的梦，日记上说；今朝醒来时还记着一个刻印心肝的梦！心肝心肝的梦呵！我今生为此梦而终了！
>
> 我哪能忘你，我哪能忘你！沉默以终，他生记忆。我哪能忘你，我哪能忘你！

> ……于是大家一致认我是最有希望。我着力的否定道："我有眼中看不见的羁束"。

这些镂心刻骨的誓言，这真诚勇往的精神，是能令乐园的石门撞开的。我祝福多少青年们有这种精神的，假使就是失败了，绝望了，也是胜利圆满。

我常想只有缺陷才能构成理想中圆满的希望，只有缺陷才能感到人生旅途中追求的兴味。厨川白村在《缺陷之美》内曾这样说：

> ……看起各人的境遇来，也一定总有些什么缺陷。有钱却生病；身体很好然而穷。一面赚着钱则一面在赔本。刚以为这样就好了，而还莫有好的事立刻跟着一件一件地出来。人类所做的事，无瑕的事是没有的，譬如即使极其愉快的旅行，在长

路中，一定要带一两件失策，数着什么苦恼，不舒服的事。于是人类就假想了毫无这样缺陷的圆满具足之境，试造出天国或极乐世界来，但是这样的东西，在这地上，是没有的。

性格上，境遇上，社会上，都有各样的缺陷。缺陷所在的处所，一定现出不相容的两种力的纠葛和冲突来。将这纠葛，这冲突，从纵，从横，从上，从下，观看了，描写出来的，就是戏曲，就是小说，倘使没有这样的缺陷，人生固然是太平无事了，但同时也就再没有兴味的，再没有生活功效了罢。正因为有暗的影，明的光这才更加显著的。

兰生弟或者正因为能爱琴子而不能去爱，不能爱薰南姊而必须去爱的缘故，才能有勇气表示这四五年浸在恋爱史中的一颗沉潜迂回的心，才能有这本燃烧着生命火焰的日记告白给我们。我更祝贺作者能有这样伟大的艺术天才，能有这样真诚的叙述催眠读者，或许是正因为罗兰生的缺陷成全了他。矫情的再深一层说，我是崇拜悲剧的。我愿大文学家大艺术家的成就，是源于他生命中有深的缺陷。惨痛苦恼中，描写着过去，又追求着未来的。

在现世界，逢见一个人，踏着一块地，都能给与你一种最激骨沁脾的创痛。我们的命运是箭垛。我们只有沉默的容忍着，屈伏着，而潜藏我们另一种能掉换宇宙毁灭宇宙的力量。我们是希望有一天命运成了手中的泥，愿意塑成什么便是什么的。所以兰生弟不怕悲伤，他说：

唉！我不会过于悲伤的。我正要寻些悲伤滋味润泽一下这个干枯沉淀不过的心！

呀！我如今痛切的感到被人践踏后的怨愤，所以要被人践踏，缘由我不想做恶人，示露了善良性的软弱处……人群生活完全是战争。能够发挥残忍而不感不安的人乃是最适当的生存者。如果中途反悔，那么只好被人落刀下来结果了自己的性命。

在人群中扰攘着，是找不到安慰和了解的，只要没有那利锐的，恶毒的意外来袭击，已经算很侥幸了。我们只可投到自然母亲的怀里，承受她的催眠和抚慰，滋润休养着这灰尘中千疮百洞的心身。作者似乎屡屡诏示我们。每在一种烦苦欲狂的心情中，展开一幅最幽静，最清雅，能忘了自己，融化在自然里来抚慰我们的景致，如：

> 有时暗夜里，一个人披上斗篷，不戴帽子，赤脚踏了高屐，穿过冷落街道，隐进一个山边的森林里去。在沉默无光的枯林里瞥见天空的小星，远处的街灯。一回又发见自己走了出来，站定了脚，在一个有狐狸精出没神情的阴风惨惨的古庙口，尽是向里面的黑影子窥望。不知怎样，自己又走下山道，站在街边一个有灯光的纸窗边，听里面有两个小女孩子唧唧哝哝伴着一个母亲似的妇人谈话。人类最宝贵的母爱流露到这纸窗外了。

> 去罢去罢！进了中央公园，靠东从来今雨轩一直往北去转过两个红圈洞走过了古柏下的通路，到了目的地的御沟边来了。在这瞬间才发现濠水已经结冰。呆立了一下，回到长凳上坐下。尽是沉想。好像又被什么东西追着似的轰然站起来，再到花房前的池水边。看见也结了冰，只有铁丝网内冰块间有一个水塘，一群鹅鸭，杂有鸳鸯在那里无心的游叫着。冬天的淡阳光照着池边的萧条景象。在我旁边隔开一张椅子上坐着一个少妇在那里打绒绳。一个学步的小孩绕在身边。我想到不一定那些水鸟才能无心，人也有能无心的。

一个人到了失败绝望无路可走人力无可为的时候，总幻想出一个神灵的力量来拯救他，抚慰他，同情他，将整个受伤的心灵都捧献给神，泄露给神，求神在这失败绝望中，给他勇气，给他援助，使一个受了创痛的心头，负了罪恶的心头，能有一个归依忏悔的机会。所以凡受过宗教的洗礼的，他必能用平静的，慈爱的，温和的心情去宽恕别人，去发现自己。作者所描写的兰生弟，便是背着十字架忠心于上帝的门徒。他在池袋隐者那里忏悔皈依神了之后，他归来是：

> 走在路上，觉得一草一木都像另有生气似的，在心胸宽松了许多。

他的敬虔心的出发，也是想用人力以外的力量来解决矛盾防止矛盾的，他是想在没有路的道上，用上帝的意志去开辟道路的。我从前也是轻蔑基督教的一个叛徒，然而在现在我虽未曾正式受洗作上帝的门徒，不过我心里除了母亲外，已有了上帝的位置，我在一种特殊的心境时，总是口口声声默唤着上帝，求佑于上帝的。虽然我自己也明知道那是个虚无的神。

所以我们可以根据了这种精神，看出兰生弟的容忍和宽大。他虽然在薰南姊面前受了创痛，在大伯父面前尚不知结果。然而这都是不值的忧虑的事，他自己的本身已成了艺术化的人生，还有什么不满足呢！

谈到兰生弟的日记形式上的批评，我是很慕敬作者那枝幽远清淡的笔致，处处都如一股幽谷中流出的清泉一样，那样含蓄，那样幽怨，那样凄凉，那样素淡。据全书个性特有的表现，作者许是一位最沉静，最细腻，最孤高，最多情的，在人间收获了许多经验的人。

这册书内容因为是一封信，又在里边插入了许多日记，似乎有时读者感到冗杂和厌倦，有些人读不下去的原因或者是缘乎此。这是属于心灵上体验上能否同作者共鸣的问题。在一个不能沉醉于酒的人，你问他饮过后的余味，他自然是告诉你感到酸涩的。世界上也许有不需要饮酒的人，自然也许有不需要沉醉的人。

一九二六，十月二十六日。

（原刊 1926 年 10 月 30 日《语丝》第 104 期）

# 编者后记

徜徉陶然亭畔，恐怕没有谁会忽略那里的高君宇、石评梅墓，因为那“冰雪友谊”、凄婉爱情，因为他们的人格和才华，甚至会吟出他们那诗一般的文句。

是的，说到石评梅，就不能不提高君宇。虽然石评梅因为初恋创痛的井绳之惧而退回了高送给她的题诗红叶，但在高身后她又始终珍藏这片红叶，并在文字中屡屡回忆他们的交往，倾吐她的满腔情愫，离开高君宇，就无法了解她的许多文章，也无法理解这些文章体现的情韵。同样不能不提及的是庐隐与陆晶清，她们是石评梅女师大的同学、好友，又有深切的文字交流，其中不少文字就是以相互间书信的体式出现的。另外，石评梅乳名心珠，学名汝璧，评梅以及波微、漱雪、林娜、冰华等都是她的笔名，了解这些，也有助于进入她的作品。

石评梅的散文，在她去世后不久，由友人编为《偶然草》和《涛语》两个集子刊行，包括了她的绝大部分散文作品。我们的这个选集，首先就全部收录了这两个集子。第一部分的是《涛语》，文章写作的跨度很长，切入角度也颇为丰富，与作者相关的“人物”均已登场，但较少涉及社会问题。第二部分的是《偶然草》，这个集子原分两个部分，上部讫《墓畔哀歌》，下部起《偶然草》，内容要丰富得多。两个集子之外散见的部分文章，安排为第三辑。

石评梅是女师大事件和“三一八”惨案某种程度上的亲历者，而在事件中牺牲的刘和珍等又是她的好友，因而她对事件的记述和剖析应该是详尽和深刻的。缘此，本集特意专设一辑，不避重复，收录相关的四篇文章，以认识事件的真相，同时也可以为鲁迅先生的《记念刘和珍君》作个佐证。当然，本集中不止这四篇文章谈及那一事件，此外的《深夜絮语》、《寄海滨故人》等篇，也是有关的篇什。无疑，在这些作品中，作者已经跳出了个人情感的小圈圈，关注更为广大的事情，也表达了更为深广的情感和思考。

石评梅的大部分作品属于自诉或自剖的性质，主题有限，体式也不多。之外的作品，最多的是书信和游记。她的游记比较集中，有《模糊的余影》和《烟霞余影》两个总名，前者是游学旅行记，并不纯粹记述山水名胜，有点像胡适博士的游记；后者比较纯粹，但只有两题。本集从中选录部分相对纯粹的，这些篇章或许可以更为突出地体现这位才女的“才学”的一面，诸如对古诗词的熟稔，对楹联的喜好，写景的从容，文笔的雅洁……

最后，本集收录了一篇发刊词，一篇读书记，它们都反映了作者的创作观，对理解其作品不无裨益。另外，庐隐、陆晶清的作品多有涉及石评梅者，尤其是庐隐的《石评梅略传》，它们是了解石评梅生平、思想和创作的宝贵资料，也是优秀的散文名篇，值得一读。

编　者

**图书在版编目（CIP）数据**

石评梅散文/李霞选编．—上海：上海科学技术文献出版社，2013.1

ISBN 978-7-5439-5724-4

Ⅰ.①石…　Ⅱ.①李…　Ⅲ.①散文集—中国—现代
Ⅳ.①I266

中国版本图书馆 CIP 数据核字(2012)第 319586 号

**责任编辑：** 张　树

**封面设计：** 戴东明

**石评梅散文**

石评梅／著　李霞／选编

*

上海科学技术文献出版社出版发行

（上海市长乐路 746 号　邮政编码 200040）

全国新华书店经销

北京建泰印刷有限公司印刷

开本 150×230　1/16　印张 16　插页 2　字数 210 千字

2013 年 1 月第 1 版　2013 年 1 月第 1 次印刷

ISBN 978-7-5439-5724-4

定价：25.00 元

http://www.sstlp.com